교사의 서평

재미있게 풀어본 56편의 독서

# 교사의 서평

최혜경 지음

# 머리말

삶의 즐거움은 다양한 분야에서 찾을 수 있습니다. 누군가는 음악이나 스포츠에서 찾고, 누군가는 독서 토론에서 즐거움을 경험합니다. 필자는 독서 토론을 '놀이'라고 표현하고 싶습니다. 여럿이 하는 놀이이기 때문에 그만큼 재미있습니다. 얼마나 재미있는 놀이인지 많은 사람들이 직접 참여해 보고, 느껴보길 원합니다. 특히 교사들의 독서 토론은 학생들의 교육에 깊숙이 파고듭니다.

2009년 하반기부터 시작한 교사들의 독서 토론은 학생들에게는 선한 영향력을 주었고, 참여한 교사들에게는 생동감을 주었습니다. 교사들이 같은 책을 들고 다니면 학생들은 그 책에 관심을 기울이며, 자신들의 독후 활동과 교사들의 토론을 비교하기도 합니다.

독서 토론의 가장 큰 장점은 책을 꼼꼼히 읽을 수 있다는 것입니다. 그래서 필자는 어느 책을 보든 연필을 들고 시작합니다. 중요한 부분에는 줄을 치고, 어려운 부분은 따로 찾아보고 적어가며 읽습니다. 또한 독서 토론은 지적 호기심을 채워줍니다. 독서 토론으로 알게 된 장소를 여행할 때에는 가슴 떨리는 설렘이 있습니다. 여행지에서 만나는 수많은 저자들이 어깨너머에서 속삭이며 여행의 안내자가 되어주기 때문입니다. 체코에 가면 밀란 쿤데라와 카프카가, 로마에 가면 단테와 마르쿠스 아우렐리우스가, 그리스에 가면 카잔차키스가, 이집트에 가면 크리스티앙 자크가, 인도에 가면 살만 루슈디가 먼저 나와 여러분을 반겨줄 것입니다.

이 책은 12년 동안 독서 모임에서 발표한 필자의 서평입니다. 총 70편이 넘는데, 그중 56편을 선정하여 발간하게 되었습니다. 56편의 서평은 네 가지의 주제(사랑, 다름, 인문학, 자연과학)로 분류하였고, 한 편의 서평이 끝나면 '생각 나누기'라는 코너를 만들어 토론 주제를 제시해 보았습니다.

여러분들이 이 책 전체를 읽는다면 더욱 좋겠지만, 시간에 제약이 따른다면 관심이 있는 분야를 먼저 선택하여 읽어도 좋겠습니다. 1부는 '사랑'이라는 단어로 묶을 수 있는 문학작품에 대한 서평입니다. 2부는 다른 나라의 문화를 들여다봅니다. 필자의 눈으로 본 그들의 세계에 대해 요약하고 의견을 피력해 보았습니다. 3부는 인문학, 4부는 자연과학입니다. 그동안 인문학과 자연과학을 등한시했다면, 저의 서평을 먼저 읽고 원 저서를 읽어보면 훨씬 이해하기 쉬울 거라 생각합니다.

이 책을 읽으면 책을 보는 관점과 서평하는 방법에 대해서도 알게 될 것입니다. 책을 대할 때 중요한 자세는 '호기심'입니다. 제목에 호기심을 부여하고 글을 읽어나가면 서평은 자연스러워집니다. 또한 서평의 원동력은 독서 토론입니다. 토론을 위해 줄거리와 의견을 정리하는 과정에서 이미 서평은 시작됩니다.

독서 토론은 누구에게나 재미있는 놀이입니다. 이 놀이에 어른, 아이, 학생 모두가 동참하기를 기원합니다. 가슴 뿌듯한 즐거움을 찾는다면, 다만 몇 명이라도 모임을 만들어 쉬운 책부터 시작하면 됩니다. 이 책을 읽으며 필자는 어떤 시선으로 책을 바라보고 글을 썼는지, 자신의 글과 비교해 보는 것도 재미있는 경험이 될 것입니다.

마지막으로 우리 독서 모임을 기획하고 기틀을 잡은 심웅택 선생님, 모임의 활성화에 정성을 다한 이현아 선생님, 내 글에 조언을 아끼지 않는 글쓰기 친구 이정관 선생님께 이 자리를 빌려 감사의 마음을 전합니다.

2022년 7월

최혜경

차례

## 2. 다름의 세계와 조우하다



## 3. 인문학의 들판에 발을 디디다

## 4. 자연과학의 세계를 기웃거리다

# 1.

# 사랑을 이야기하다

# 이윤기의 그리스 로마 신화

이윤기

신화는 계속될 것이다.
신화는 우리 삶 속에 숨 쉬고 있기 때문에.

힐링 차원에서 그리스·로마 신화를 읽어보자는 한 회원의 의견에 따라 우리 독서 모임에서는 《이윤기의 그리스 로마 신화》를 읽기로 했다. 책에 대한 부담이 없어서인지 토론도 하기 전에 회원들의 열기는 뜨거웠다. 회원들은 왜 그리스·로마 신화가 바이블처럼 많이 읽히고 있는지, 왜 고대 그리스는 신들이 지배하는 세상이었는지를 궁금해했다. 그러면서 아이들은 그리스·로마의 신들에 대해 줄줄이 꿰고 있는 박사인데, 자신들은 여태 제우스밖에 몰랐다면서 기대감에 한껏 부풀어 있다.

저자 이윤기는 그리스·로마 신화에 동서양 신화까지 접목해 쉽고 유머러스하게 글을 써내는 신화의 거장이다. 막힘 없는 입담으로 회오리처럼 빠르게 독자들을 신화의 세계로 인도한다.

저자는 그리스·로마 신화를 총 5권으로 구성하여 출간했는데, 그 중 우리는 2권에 해당하는 '사랑의 테마로 읽는 신화의 12가지 열쇠'를 토론 주제로 정했다. 여기에서는 오이디푸스, 나르키소스, 파시파에, 어지자지 등의 키워드를 통해 인간의 이성애와 동성애, 나아가 동물과의 사랑까지도 포함한 다양하고 적나라한 사랑 이야기가 펼쳐진다.

내 어린 시절에는 그리스·로마 신화를 읽는다는 게 꽤 어려운 일이었다. 책이 귀한 시절이라 구경하기도 힘들었던 이유가 가장 컸지만, 도덕적인 삶과 철저한 금욕주의를 배운 우리 시대에는 자연스레 터부시되었다. 그러나 중학교에 입학하면서 오이디푸스 콤플렉스에 대해 이야기하고, 나르시즘에 대해 이야기하기 위해서는 신들의 행적을 알아야만 했다. 그래서 틈나는 대로, 보이는 대로 조금씩 신화 속의 신들과 조우했다.

그리스·로마 신화의 신들 중에서 제우스, 헤라, 아프로디테 등을 제외하고 내 지적 호기심을 채워준 첫 영웅은 오이디푸스였을 것이다. 중학교 어느 수업 시간에 들은 오이디푸스 콤플렉스는 엄마의 사랑을 소유하고자 하는 남아의 심리적 상태를 가리키는 심리학 용어였다. 도서관의 백과사전을 통해 알아보았더니 오이디푸스는 테베의 왕으로 자신의 아버지를 죽이고 어머니와 결혼을 하였는데, 그 사실을 나중에 알고 자신의 두 눈을 뽑아버린다는 극단적인 이야기였다. 지금 다시 보아도 오이디푸스가 안쓰럽기는 마찬가지다. 부모를 알아보지 못했다고 자신의 눈을 탓하는 오이디푸스의 양심에 처절함을 느꼈다.

그리고 연못에 비친 자신의 모습에 도취되어 빠져 죽는 나르키소스를 보면서는 오늘날의 '공주병'이라는 것이 신화에서부터 유래했을 수도 있겠다는 생각을 했다.

또한 황소와 관계를 맺어 괴물 미노타우로스를 낳은 무시무시한 파시파에 이야기를 처음 접할 때는 받아들이기 힘들었으나, 이제와 다시 생각해 보니 질서와 이성이 미처 정립되지 않은 신화의 시대에서는 충분히 일어날 수 있는 일이었음을 이해할 수 있었다.

원래 사람이 남성과 여성의 생식기를 한 몸에 가진 '어지자지'였다는 이야기를 읽으면서는 '잃어버린 반쪽이'라는 말이 꽤 흥미롭게 느껴졌다. 신들에 의해 원하지 않는 생이별을 한 지금의 인류는 잃어버린 반쪽이를 찾아 끊임없이 여성은 남성을, 남성은 여성을 찾아 헤매고 있다고 한다. 그 반쪽이를 동성에서 찾는 성 소수자 이야기도 신화 때부터 있었던 것 같다.

이 책을 보며 나는 크게 두 가지 궁금증이 생겼다. 첫째는 동서양을 막론하고 신들의 사랑은 대부분 근친상간이었다는 것. 왜 그랬을까? 신화는 인간 역사의 시발점이다. 현생 인류인 사피엔스 이전 시대의 인간은 사실 동물과 큰 차이가 없었기 때문에, 지금과는 도덕적 관념이 달랐을 것이다. 그래서 근친상간, 심지어는 다른 동물과의 관계도 이루어질 수 있는 시대였을 거라고 이해할 수 있다.

"신화에는 어떠한 금기도 없고, 어떠한 윤리적 잣대로도 재단되지 않으며, 꼬장꼬장한 도덕군자들을 자리에서 떨쳐 일어나게 할 만큼 비윤리적일 때 꽃을 피운다."라는 저자의 말대로 도덕과 윤리가 자리 잡기 이전의 모습이기 때문이라고 할 수 있겠지만, 그 시대의 신들에게도 양심이라는 것은 있었을 것이다. 그렇기 때문에 제우스는 바람을 피우며 헤라의 눈치를 보았고, 오이디푸스는 자신과 결혼한 여자가 어머니임을 알고 몸부림 치며 자신의 눈을 뽑아 버린다.

이들이 각성을 하고, 이성이 대두되어 도덕이라는 잣대가 세워지고, 사회의 규범이 자리를 잡기 시작하면서 인류의 역사는 차근차근 발전해 왔을 것이다. 내 학창 시절의 선생님들은 그리스·로마 신화를 이야기할 때 교육적이라고 판단되는 부분만 찾아서 말해주었고, 부도덕한 부분은 애써 외면했던 것 같다. 그런데 요즘 도서관에 가면 남녀노소 구분 없이 그리스·로마 신화를 많이들 읽고 있다. 고무적인 현상이다. 학교에서 특별히 교육하지 않아도 그리스·로마 신화를 읽는다면 인류 역사의 발자취를, 인간이 살아온 숨결을 저절로 알 수 있을 테니까.

두 번째 궁금증은 그리스·로마 신화가 왜 오늘날까지 세계적으로 널리 읽히고 있느냐는 점이다. 그 이유는 위에서 말한 대로 인류의 기원을 알 수 있으며, 인간의 역사를 들여다볼 수 있는 이야기이기 때문일 것이다. 또한 그리스·로마 신화는 오늘날의 작가들에게 새로운 작품을 창작할 수 있는 견본의 역할을 한다. 신화에 나오는 무궁무진한 사건과 군상들은 작가들에게 아이디어의 보고가 되기 때문이다.

그리고 그리스·로마 신화는 현재에도 계속되기 때문에 많이 읽힐 수밖에 없다. 스타벅스의 로고는 오디세우스를 유혹하던 사이렌에서, 나이키의 로고는 니케 여신상에서 모방했다고 한다. 무궁무진한 서사가 있는 그리스·로마 신화는 우리의 삶 곳곳에 녹아들어 여전히 살아 숨 쉬고 있다.

### 생각 나누기

**1** 이 책은 '신화의 거장'이라 불리는 저자 이윤기가 그리스·로마 신화를 새로운 관점에서 바라보고 쓴 것이다. 책을 읽으며 인상 깊었던 부분에 대해 이야기해 보자.

**2** 이 책에는 오이디푸스, 나르키소스, 파시파에, 어지자지 등 문화적 충격을 받을 만한 이야기들이 많이 실려 있다. 자신은 어떤 이야기에서 이러한 충격을 받았는지 떠올려 보고, 그 이유를 생각해 보자.

**3** 동서양을 막론하고 신들의 사랑의 대상은 대부분 근친상간이었다. 그 이유를 생각해 보자.

**4** 그리스·로마 신화가 오늘날까지도 널리 읽히는 이유를 생각해 보자.

# 좁은 문

앙드레 지드

네가 있어야 참된 나일 수 있고,
그 이상일 수 있다.

독서 모임에서 다음 책을 정할 때는 운이 좋아야 내가 원하는 책을 읽을 수 있다. 앙드레 지드의《좁은 문》은 예전에 읽었지만, 내용이 너무 어려워 충분히 이해하지 못했었다. 꼭 한번 다시 읽고 싶었던 작품인데, 한 회원의 적극적인 추천으로 이번에 토론 도서로 선정되었다. 너무도 감사하다.

이 책의 저자 앙드레 지드는 노벨문학상을 수상한 프랑스의 소설가로, 우리에게는《배덕자》라는 작품으로 알려졌고《좁은 문》으로 문학의 경지를 넓혔다는 평가를 받고 있다.

《배덕자》에서는 주인공이 아내의 죽음 이후에 도덕적 속박에서 벗어나 자유를 찾지만 결국 허탈함과 쓸쓸함을 깨닫는 아픔을 그려냈다면,《좁은 문》은 사람을 사랑한다는 아름다운 인간의 본능을 억누르고 자신을 희생하는 아픔을 그려냈다. 잔잔히 흐르는 파리의 아름다운 서정과 등장인물에 대한 세밀한 묘사는 이 작품을 한층 더 시리게 한다.

《좁은 문》은 주인공인 제롬의 과거 이야기부터 시작된다. 제롬과 알리사는 사랑의 순간을 누리기보다 하나님을 향한 끝없고 끊임없는 다가감을 선택하다 결국 사랑을 잃게 된다. 두 사람의 사랑이 이루어지지 못한 데는 알리사의 동생이 제롬을 좋아한다는 사실과 아버지를 버리고 연인을 따라간 어머니에 대한 알리사의 반항심도 분명 작용했다. 그러나 그보다 더 큰 이유는 두 주인공이 오직 하나님을 위해, 하나님의 품 안으로 가는 좁은 문을 선택했기 때문이었다.

제롬은 '좁은 문으로 들어가기를 힘쓰라'는 목사님의 설교를 듣고, 알리사에게 어울리는 사람이 되기 위한 지독한 겸양과 정신적 수련으로 자신의 사랑을 고귀하게 격상시키고자 했다. 오직 알리사를 위해 행한 일조차도 그녀가 모르도록 하는 것이 값진 덕을 쌓는 일이라 생각하며, 스스로를 힘들게 하는 일이 아니면 만족하지 못하는 데 길들여져 있었다. 제롬의 이런 행동은 알리사에게 영향을 미치고, 그녀 역시 그를 사랑하지만 자신들의 사랑은 상대를 더 높은 곳으로 나아가게 하기 위한 희생이어야 한다고 생각한다. 알리사가 "제롬, 나는 네 곁에서 사람이 행복할 수 있다고 믿었던 것 이상으로 행복을 느껴. 하지만 우리는 행복을 위해 태어난 것이 아니야."라고 말하자, 제롬은 영혼이 행복한 것 이상으로 무얼 더 바라느냐고 묻는다. 이에 알리사는 '성스러움'이라고 답한다.

피가 끓는 청춘 남녀인 제롬과 알리사에게는 서로에 대한 사랑이 그 무엇보다 큰 가치였을 텐데, 무엇이 그들의 본성을 억눌렀을까? 바로 '종교'였다. 종교의 힘이 그들의 본성을 눌러 하나님 앞으로 나아가는 삶을 살게 했다. 알리사가 제롬을 사랑하면서도 그를 거부한 이유는 그녀가 죽은 후에 그녀의 일기장을 통해 밝혀진다.

"가엾은 제롬! 때로는 자그마한 몸짓만으로도 충분하다는 것을, 내가 그 몸짓을 기다리고 있다는 것을 그가 알았다면……. 나는 제롬이 아름다워지기를 바랐고, 완덕을 구했다. 그런데 이 완덕은 그가 없어야만 이룰 수 있는 것이다. 주여! 당신의 가르침 가운데서 저를 가장 당황케 하는 것이옵니다."

둘은 너무도 사랑했기에 서로가 아름다워지기를 바랐다. 여기서 말하는 아름다움이란 속세의 사랑이 아닌 절대적 신앙심을 유지하며 신에게로 나아가는 것이다. 두 사람은 서로를 위해 자신을 채찍질하며 하나님께 나아가는 '좁은 문'을 선택한다.

앙드레 지드가 설정한 두 주인공의 삶이 지독히도 아파 그의 삶을 살펴보지 않을 수 없었다. 앙드레 지드는 일찍이 아버지를 여의고 홀어머니 아래서 혹독한 청교도 교육을 받으며 자란다. 그는 1893년의 아프리카 여행을 통해 기독교 세계관에 갇혀 있던 과거에서 벗어나 인간의 본성과 자유를 인지하게 되었으며, 그때부터 객관적인 시야를 견지할 수 있게 되었다고 한다. 앙드레 지드는 인간에게 있어 그 무엇보다 소중한 '사랑'의 의미를 박탈한 청교도 정신을 고발함과 동시에 이 소설을 통해 '사랑과 자유'를 인간에게 되돌려주고 싶었을 것이다. 그가 이 소설을 썼을 때가 20세기 초반이었으니, 그때까지도 유럽의 가정에는 청교도 정신이 뿌리를 박고 있었다는 의미다.

여기서 청교도 정신에 대해 잠깐 살펴보자. 로마 교황의 사치스러운 생활로 가톨릭이 타락하고 면죄부를 판매하자, 16세기에 루터에 의해 크리스트교의 참된 정신으로 돌아가자는 종교개혁이 일어났다. 이를 이어받아 칼뱅은 검소와 근면을 생활신조로 삼아 인간의 본능을 억누르고 하나님의 일에 최선을 다해야 한다는 청교도 정신으로 크리스트교를 새롭게 태어나게 한다. 소설 속의 알리사와 제롬의 소중하고 아름다운 감정은 바로 이 '금욕주의'라는 이름으로 차단되어 버린 것이다. 청교도 혁명은 르네상스를 통해 겨우 누리게 된 인간 중심의 시대를 신(神) 중심의 시대로 다시 바꾸어 버렸다.

16세기 이후 유럽을 이끌었던 청교도 정신은 20세기를 살고 있던 앙드레 지드에게 여전히 살아 있었고, 이를 비판하기 위해 그는 제롬과 알리사를 창조하였다. 이들을 통해 그는 묻고 있다. 하나님은 진정 인간이 본성조차 포기하고 오롯이 당신께 모든 것을 바치기를 원했던 걸까?

## 생각 나누기

1 앙드레 지드를 유명하게 한 《배덕자》와 《좁은 문》은 청교도적 정신이 기반을 이루는 작품이다. 그런데 이 작품들이 발표된 때는 중세 시대가 아닌, 1900년대 초반이다. 이 시기의 앙드레 지드의 작품에 청교도적 정신이 녹아 있는 이유를 생각해 보자.

2 1번 질문의 답변과 연계하여, 앙드레 지드가 노벨문학상을 수상하고 그의 작품이 많은 사람들에게 읽힌 이유를 생각해 보자.

3 하나님이 원하는 '좁은 문'과 제롬과 알리사가 추구한 '좁은 문'에 대해 각각 이야기해 보자.

# 우아한 거짓말

김려령

영악한 거짓말은

사람을 아프게 한다.

"잘 지내니?"

마지막까지 끈질기게 저자 김려령을 붙잡았다는 이모의 인사말이 '작가의 말'에 등장한다. 이 한마디로 나는 이 책을 모두 이해해 버렸다. 내용 안에 분명히 저자의 아픔이 녹아 있을 거라 생각하니, 감동의 깊이가 다르게 다가왔다.

김려령은 《완득이》로 창비청소년문학상을 수상한 작가이며, 《우아한 거짓말》은 그의 또 다른 성장소설이다. 《우아한 거짓말》은 아이들뿐만 아니라 어른들의 성장소설이기도 하다. 입 밖에 낸 '말'이라는 것이 타인에게 어떤 영향을 미치는지, 그게 얼마나 무섭고도 후회스러운 것인지 생각해 보게 한다.

거짓말을 우아하게 한다는 것은 무슨 뜻일까? 거짓말을 영악하게 한다는 역설적인 의미가 아닐까? 자신을 돋보이기 위해, 책임을 피하기 위해, 또 누군가를 공격하기 위해 하는 거짓말들.

엄마와 언니 만지, 살가운 막내 천지는 행복한 가족이었다. 그러던 어느 날 천지가 mp3를 사 달라고 엄마를 조른다. 엄마는 그런 천지의 말을 대수롭지 않게 넘긴다. 그런데 이날, 천지는 스스로 목숨을 끊는다. 만지는 동생이 죽음을 택한 이유를 알기 위해 동생의 친구들을 만나지만, 아이들은 모두 '우아한 거짓말'을 한다.

동생의 비밀을 찾던 만지는 빨간 털실 속에 천지가 남기고 간 메시지가 있음을 알게 된다. 천지는 학교에서 은근한 따돌림과 괴롭힘을 당하는 '은따'였다. 올곧은 성격으로 번번이 왕따에서 살아남은 천지가 화연에게는 거슬리는 대상이었다. 질투의 감정이 남달라 항상 중심에 서서 주위를 휘어잡아야만 직성이 풀리는 화연은 자신을 돋보이게 하려고 형편이 좋지 않은 천지와 친하게 지내는 척하며 반 친구들을 회유하여 천지를 힘들게 한다. 어느 날 화연은 자신의 생일 선물로 천지에게 mp3를 요구한다. 이후 천지는 학교에서의 어려움을 간접적으로 엄마와 언니에게 말하지만, 가족들은 천지의 말에 크게 의미를 두지 않는다. 이에 기댈 곳이 없다고 생각한 천지는 결국 자살이라는 방법을 택하고 만다.

천지는 빨간 털실 뭉치 안에 쪽지를 넣어 가족과 화연에게 유서를 남긴다. 천지는 죽어가면서도 "너 참 밉다. 그래도 용서할게. 다시는 그러지 말기를. 너도 힘들어하지 말기를."이라는 편지를 남겨 화연을 용서한다. 그리고 네 번째 쪽지에서는 화연을 도와 자신을 괴롭힌 미라에게 "가슴에 담아둘 수는 없었을까? 가끔은 네 입에서 나온 소리가 내 가슴에 깊이 꽂혔어. 그래도 용서하고 갈게."라고 한다.

사건의 원인을 찾기 위해 동분서주하던 만지의 노력으로 천지의 죽음은 화연 때문이었음이 밝혀진다. 자신의 잘못을 깨달은 화연이 죄책감으로 죽으려 하자, 만지는 화연이 죽지 못하게 막아선다. 죄책감에 화연이 죽는다면 또 다른 아픔이 있을 것이기에, 용서로 끝을 마무리한 것이다.

천지의 유언을 담은 쪽지 중 발견되지 않은 마지막 한 장은 도서관의 우울증 관련 책이 있는 책장에 숨겨져 있었다. '잘 지내고 있지? 지나고 보니 아무것도 아니지? 고마워. 잘 견뎌줘서.' 이 마지막 한 장에는 자신과 같은 처지인 아이가 위로를 받고 힘을 얻기를 바라는 천지의 마음이 담겨 있었다.

세상에는 화연이처럼 우아한 거짓말을 하는 사람들이 많다. 상대방의 안위는 안중에도 없이 자신만을 위해 타인을 철저히 이용하는 사람들. 그런데, 이야기 속 화연은 겨우 중학생이다. 너무 어린 나이에 한 친구를 죽음으로 몰아버렸다.

학교폭력이 난무하고 학생들의 자살이 늘어나는 즈음에 이 책은 '왕따'라는 소재로 세상에 알려졌다. 아이는 죽음에 이르기까지 끊임없이 신호를 보내지만, 주변에서는 그것을 제때 알아차리지 못하는 경우들이 많아 안타깝다. 서로에게 아픔을 줄 수 있는 말은 삼가야 하는 것이 우리 모두의 몫인 것 같다. 그런 의미에서 이 책은 아이들뿐만 아니라 우리 어른들도 꼭 읽어봐야 한다는 생각이 든다.

### 생각 나누기

**1** 이 이야기는 곧 내 가족, 내 주변의 이야기다. 천지처럼 따돌림을 당하는 아이를 친구들과 어울릴 수 있게 할 수 있는 방법은 무엇이 있을지 이야기해 보자.

**2** 천지가 마지막 유언의 쪽지를 도서관에 남긴 이유는 무엇일지 생각해 보자.

**3** 저자가 말하고자 하는 것은 '영악한 거짓말은 사람을 아프게 한다.'이다. 누군가가 우아한 거짓말을 할 때, 친구로서 해줄 수 있는 말은 무엇이 있을지 생각해 보자.

# 칼의 노래

김훈

'칼의 울음'이 '칼의 노래'가 되길 기원하는
이순신의 마음

"한국문학에 벼락처럼 쏟아진 축복!"

이 말은 《칼의 노래》를 2001년 동인문학상으로 선정하며 심사위원들이 평한 찬사의 말이다. 이 책은 노무현 대통령이 선정한 책으로도 유명하고 심사위원으로부터도 극찬을 받은 작품이어서 언젠가 꼭 읽어야겠다고 다짐했지만, 전쟁소설이라는 선입견 때문에 미루었었다. 그러다 이번 독서 모임에서 선정되면서 책장을 펼쳐볼 수 있는 계기가 마련되었다. 이 작품을 추천한 회원이 고맙기 그지없다.

버려진 섬마다 꽃이 피었다. 꽃 피는 숲에 저녁노을이 비치어, 구름처럼 부풀어 오른 섬들은 바다에 결박된 사슬을 풀고 어두워지는 수평선 너

> 머로 흘러가는 듯싶었다. …… 저녁이면 먼 섬들이 박모(薄暮) 속으로 불려가고, 아침에 떠오르는 해가 먼 섬부터 다시 세상에 돌려보내는 것이어서, 바다에서는 늘 먼 섬이 먼저 소멸하고 먼 섬이 먼저 떠올랐다.

아! 눈을 크게 뜨고 글자 하나하나를 곱씹어 읽었다. 첫 시작부터 펼쳐지는 시적 표현은 과연 전쟁터를 묘사한 것이 맞는지 의심이 들 정도로, 숨이 막히도록 아름답게 묘사되고 있었다. 얼마 전 김훈의 《자전거 여행》을 보면서도 사물을 글로 표현해 내는 그의 아름다운 시선에 감탄한 적이 있었는데, 전쟁터를 그린 소설도 이렇게 참신하게 시작할 줄은 몰랐다. 저자는 이 소설을 집필할 때 첫 문장부터 심혈을 기울였다고 한다. '꽃은 피었다'로 하면 좀 더 감정이 이입될 것 같고, '꽃이 피었다'로 하면 좀 더 객관적인 표현인 것 같아 '꽃이 피었다'로 결정했다는 저자의 대담을 본 기억이 있다. 전장의 참혹함이 나열되며 읽기에 힘이 들 때면, 아름다운 시적 표현이 어김없이 등장하여 책을 손에서 놓을 수 없게 만들었다.

책을 읽기 전에는 이 작품이 '학익진'으로 유명한 한산대첩을 중심으로 쓰였으리라 생각했다. 그런데 이 소설의 배경은 노량해전이다. 이 기간의 이순신은 국민들로부터 영웅으로 추앙받고 있었으니, 선조에게는 이성계의 위화도회군과 같은 불안이 엄습했으리라 보인다. 이순신이 죽기 2년여 전이라는 시간의 설정은 우리가 기억하는 영웅으로서의 면모보다는 의심과 암투가 만연한 사회에서 한 인간으로 사는 것이 얼마나 어려운 일인가를 보여주고자 하는 저자의 의도로 볼 수 있다.

저자는 400여 년 전의 이순신이 되어 1인칭 시점으로 독백하듯이 글을 썼다. 내용은 1597년 이순신이 서울 의금부에서 풀려나 백의종군을 한 시점부터 1598년 노량해전에서 물러나는 적을 치다 죽음을 맞이하는, 약 20개월에 걸친 이야기다. 선조에 의해 다시 수군통제사의 지위를 부여받은 이순신에게는 120명의 군사와 12척의 배가 주어진다. 이순신은 자신의 칼에 '일휘소탕 혈염산하(一揮掃蕩 血染山河, 한 번 휘둘러 쓸어버리니, 피가 강산을 물들이도다)'를 새긴다. 그는 '도(塗, 칠하다)' 자를 쓸까 고민하다가 '염(染, 물들이다)' 자로 바꾸어 칼을 만드는데, 그 이유는 '도(塗)' 자는 표면만 덮는 것이지만 '염(染)' 자는 속까지 스미는 것이기 때문이다. 왜적을 소탕하겠다는 그의 강한 의지가 눈앞에 보이는 듯했다.

저자는 긴장감을 시적 표현으로 잠시 늦추다가도 곧바로 전장의 참혹함을 드러낸다. 일본과 조선은 서로에게 승리의 징표를 보여야 했다. 조선의 수군은 적의 머리를 베었고 일본 수군은 적의 코를 베었다. 잘라낸 머리와 코로는 적과 아군을 식별할 수 없으니, 죽어간 사람들은 모두 머리와 코가 베어져 있었다. 포구로 밀려든 일본군은 산속에 숨은 피난민의 아녀자들까지 죽여 코를 베어 갔다. 일본군이 공적을 증명할 수 있는 징표가 바로 그것이었기 때문이다.

전장의 참혹함 속에서도 또다시 저자는 이순신의 인간적인 고뇌를 찾아 묘사한다. 이순신은 전장에서 20대 초반의 적군을 마주하게 되는데, 너무나 앳된 그 모습에 순간 자신의 아들과 조선의 군인들이 떠올라 괴로워한다. 그러나 이순신은 포로로 잡혀 있던 왜군 청년을 죽이고 개개인의 속사정(저자는 개별성이라 표현하였다)에

연연하지 않겠다고 말한다. 개별성 앞에 무너진다면 자신은 전쟁을 수행할 수 없다며, 개별성이야말로 자신의 적이라고 단정하는 강인함을 보인다.

명량에서 이순신은 둥글게 들어오는 왜선 앞에 배를 일자진으로 배치하고 바닷물의 방향이 바뀔 때까지 적을 좁은 길로 유인하여 통쾌한 승리를 거둔다. 그러나 도요토미 히데요시의 죽음으로 명량에서의 싸움이 전쟁의 끝이라 생각한 그의 판단과 달리 명나라의 장수가 남해안으로 들어온다. 이순신은 노량으로 전쟁터를 옮겨 물러나는 왜군을 쫓다 적탄에 맞아 죽게 된다.

이순신은 왜 '가는 적을 보내는 것은 어긋나지 않는다.'라는 병법의 이치를 어기면서까지 물러나는 적을 쳐야 했을까? 이순신을 사지(死地)로 몰아넣은 것은 의심 많은 선조, 그를 모함하는 간신들, 일본과 거래를 하여 자신의 공적을 올리려는 흑심을 품은 명나라 장수 등이다. 이순신의 주변에는 이렇듯 수많은 칼들이 울어대고 있었다. 결국 그는 자신이 적의 칼에든 임금의 칼에든 죽임을 당할 운명임을 알고 있었다.

그렇다면 소설의 제목으로 '칼의 울음'이 더 적합했을 텐데, 왜 '칼의 노래'라고 했을까? 저자는 부록으로 '인물지'를 첨부하면서 "당대의 현실에 맞서 싸우다 절망하고 또 죽어간 그들의 이름은 고귀하다. 이름만 전하고 이야기는 전하지 않는 그 많은 넋들이 이제 편안하기를 바란다."라며 마음을 다하여 그들의 넋을 위로하고 있다. 그들이 찼던 칼에서 울리던 울음소리……. 이순신은 나라를 위해 칼을 써야 했고, 그 칼에 자신은 죽어가야 했다. 매 순간 불안함

속에 죽어가는 이들의 울음소리와 죽어가야 할 이들의 울음소리는 이순신에게는 '칼의 울음' 소리로 들렸을 것이다. 그들의 고귀한 희생으로 오늘을 편안히 살고 있는 후손들에게는 '칼의 울음'이 '칼의 노래'가 되길 이순신에 빙의한 저자는 소원하고 있는 것 같다.

그러나 400년을 훌쩍 넘은 지금도 여전히 저자에게는 임진왜란에서 죽어간 고귀한 희생이 '칼의 노래'가 되지 못한 것 같다. 저자는 머리말에서 "2000년 가을에 나는 다시 초야로 돌아왔다. 나는 정의로운 자들의 세상과 작별하였다. 나는 내 당대의 어떠한 가치도 긍정할 수 없었다. 제군들은 희망의 힘으로 살아 있는가. 그대들과 나누어 가질 희망이나 믿음이 나에게는 없다."라고 말하고 있다. 정의로운 척 입으로만 떠드는 이들에게 저자는 연민을 버리기로 한 것 같다. 그가 충남 아산 현충사에서 본 이순신 장군의 칼은 그에게 '사랑은 불가능에 대한 사랑일 뿐이라고' 말해주었다고 한다. 그러나 나는, 저자 김훈이 '사랑은 가능에 대한 사랑'이 되고 '칼의 울음'은 마침내 '칼의 노래'가 될 수 있기를 여전히 기원하고 있다고 생각한다.

## 생각 나누기

1 《칼의 노래》를 읽기 전 추측했던 내용과 읽은 후의 내용에 어떤 차이점이 있었는지 이야기해 보자.

2 저자는 머리말에서 “2000년 가을에 나는 다시 초야로 돌아왔다. 나는 정의로운 자들의 세상과 작별하였다. 나는 내 당대의 어떠한 가치도 긍정할 수 없었다. 제군들은 희망의 힘으로 살아 있는가. 그대들과 나누어 가질 희망이나 믿음이 나에게는 없다.”라고 말했다. 저자가 이러한 말을 남길 즈음에 어떠한 사회적 변화가 있었는지 이야기해 보자.

3 소설의 제목인 ‘칼의 노래’의 의미에 대해 이야기해 보자.

4 작품에서 특별히 마음에 들었던 내용이나 장면, 시적 표현을 찾아보고 그 이유를 말해보자.

# 그리스인 조르바

니코스 카잔차키스

희망을 버리자.
육체를 건강하게 할 때, 비움의 영혼을 가질 수 있다.

카잔차키스의 묘지에는 다음과 같은 문구가 써 있다.

나는 아무것도 바라지 않는다.
나는 아무것도 두렵지 않다.
나는 자유다.

경제적으로 부유하고 학벌도 좋았으며 책도 많이 읽었던 카잔차키스는 많은 사람들에게 선망의 대상이었다. 그런 책벌레가 '희망을 극복한 자유인'이 되었다. 그가 만약 그리스인이 아니었다면 노벨문학상쯤은 당연히 받았을 거라며 많은 이들이 안타까워한다. 그런 카잔차키스를 일약 세계 문호의 반열에 오르게 한 작품이 바로

《그리스인 조르바》다.

지금은 크레타섬에 카찬차키스의 이름을 딴 국제공항이 있을 정도로 그가 영웅 대접을 받고 있지만, 이 책이 나온 1946년 즈음에 그리스는 크레타섬을 지독히도 사랑하던 그를 추방했다. 왜냐하면 그가 《그리스인 조르바》를 통해 그리스의 국교인 그리스정교의 흑역사를 적나라하게 드러냈기 때문이다. 저자는 소설 속에서라도 그리스정교의 어두운 면을 폭로해야 한다는 사명감이 있었겠지만, 그리스 당국은 국교의 치부를 온 세상에 떠벌린 그가 눈엣가시였을 것이다.

이 소설은 곧 전 세계적인 베스트셀러가 되었는데, 정작 그리스에서는 금서로 정해졌었다. 그러나 세월이 흘러 카잔차키스로 인해 그리스정교도 새롭게 탈바꿈할 수 있었고, 《그리스인 조르바》가 그리스의 국가적 위상을 높이고 있으니 그리스 당국은 카잔치키스를 영웅으로 모시지 않을 수 없었을 것이다.

이 작품은 자전적 소설이지만, 저자의 철학 세계를 소설 속에서 드러내기 때문에 쉽게 빠르게 읽어나갈 수는 없다. 우리는 '어떻게 사는 것이 바른 삶일까? 진리란 무엇일까?'를 생각하며 살아간다. 카잔차키스도 마찬가지로 진리를 끝없이 갈구하고 또 탐구했다. 그는 자신이 지향하는 궁극적인 가치를 '메토이소노'라고 정의했다. 이는 육체와 영혼 너머에 존재하는 변화라는 것인데, 카잔차키스는 이 '메토이소노'를 '조르바'라는 실존 인물을 통해 발견한다.

이 소설은 올바른 삶의 방향과 진리에 대한 해결책을 알려준 작품이다. 고대부터 많은 철학자들은 인간의 올바른 삶에 대해 고민했다. 로마의 황제 마르쿠스 아우렐리우스도 야망을 버려야 자신의 주인공이 된다고 했고, 고대 그리스 에피쿠로스학파도 욕망이 없는 상태를 쾌락이라 했다.

카잔차키스가 교육을 받은 20세기 초에는 인간의 주체적 존재를 강조하는 실존주의 철학이 대세를 이루었다. 카잔차키스는 독실한 크리스트교도였지만 시대를 풍미한 실존주의에 관심을 가졌고, 니체와 베르그송의 제자가 되어 실존의 의미를 찾기 위해 책을 파고들었다. 그러나 아무리 공부를 해도 진리에 다가가기란 쉽지 않았고, 이에 그는 좌절한다.

그때 카잔차키스는 부처의 공(空) 사상을 알게 되었고, '희망의 부질없음'을 말하는 부처를 사람이 다다를 수 있는 최고의 경지로 생각한다. 그렇게 부처로부터 '비움'을 배우고 진리에 접근하는 듯했지만, '비움'만으로는 해결되지 않는 근심이 있음을 그는 또다시 깨닫는다. 즉 근심의 근원은 관념의 세계인 언어라는 것이다. 그리고 자신도 관념의 세계인 언어라는 틀 속에서 진리를 논하고 있었음을 알아차린다.

그러다 카잔차키스는 눈앞에서 '삶의 진리'를 발견한다. 자신 앞에 서 있는 조르바를 보면서 '희망을 버리고 자신이 삶의 주인공이 되어 현재를 온전히 사는 것이 진리'임을 깨달으며, 이 순간부터 인간과 직접적이고도 확실한 접촉을 가지겠다고 다짐한다.

소설 속 서술자인 '나'에게는 행동하는 지식인 친구가 있다. 그 친구는 크레타의 독립(1820년대, 크레타가 터키의 지배하에 있던 시기)을 위해 코카서스로 떠나며 나라를 위해 행동하지 않는 책벌레인

'나'를 타박한다. 친구의 말에 충격을 받은 '나'는 책 나부랭이와 잉크로 더럽혀진 종이에 자신을 내팽개쳐 둘 수 없다는 생각을 하게 되고, 삶의 양식을 바꾸기로 한다. 이제껏 그림자만 보고 만족한 자신을 깨닫고 본질 앞으로 자신을 데리고 가겠다고 다짐한다. 즉 '나'는 친구를 통해 이 소설의 주제인 '욕심을 비우고 자신이 주인공이 되는 세계'에 발을 디디게 된다.

> 창백하고 푸르스름한 빛줄기가 카페의 지저분한 창문을 뚫고 손이며 콧잔등이며 이마를 비추었다. 빛줄기는 내친걸음에 카운터까지 뛰어올라 술병을 휘감았다.

> 별이 빛났고 바다는 한숨을 쉬며 조개를 핥았고 반딧불은 아랫배에다 에로틱한 꼬마 등불을 켜고 있었다. 밤의 머리카락은 이슬로 축축했다.

서술자인 '내'가 크레타섬에 가기 위해 배를 기다리며 있던 선창가 카페와 바닷가를 묘사한 부분이다. 저자의 철학으로 인해 소설이 어려워질 무렵이면 저자는 어김없이 멋들어진 표현으로 배경을 묘사한다. 저자의 아름다운 시적 표현에 독자는 책을 손에서 놓기 어려워진다.

그러나 세계적인 베스트셀러가 된 이 책에 대한 평가는 엇갈리는 편이다. 일반적으로 남자들은 최고의 작품으로 여기는 반면, 여자들에게는 '여성 비하를 일삼는 늙은 마초 이야기'로 폄하되기도 한다. 조르바가 여자에 대해 생각하는 부분은 보기에 따라 여성 비하로 비춰질 수도 있을 것 같다.

여행 초입에 만난 예순다섯 살의 늙은 젊은이 조르바는 자신을 조수로 써달라고 한다. '나'는 여자와는 거리가 멀고, 조르바는 여자만 보면 사족을 못 쓰고 잘해준다. 조르바는 65년을 살면서 수많은 여자들을 거쳐왔는데, 미안한 마음보다는 그녀들의 외로움에 그 순간 최선을 다해줬다는 자신감을 가지고 있다. 그는 젊은 시절에 동네 할머니에게 수치심을 주었기 때문에 자신의 잘못을 반성하며 여성의 나이나 미모를 따지지 않고 여성 자체를 존중한다고 한다.

조르바는 크레타섬에서 만난 여관집 노파 부블리나에게도 제 나름의 최선을 다하는데, 저자는 조르바를 기다리는 여인의 간절함을 간과한 것 같다. 성별을 떠나서 모든 인간은 순간의 쾌락보다는 마음을 얻기를 원한다. 조르바는 그 여자에게 마음을 준 것이 아니라 순간에 최선을 다했을 뿐이다. 이러한 부분 때문에 읽는 내내 불편한 마음이 든 것도 사실이지만, 소설을 읽어나가며 조르바의 가치관을 이해하려 노력했다.

> "산투르를 치려면 온갖 정성을 쏟아야 해요. 돋보기로 태양광선을 집중시키면 불이 붙잖아요. 정신을 집중하면 기적이 일어나요."

산투르(북서부 인도 지역과 서아시아 지역에서 사용하는 현악기)를 다루듯이 여인에게나 모든 일에 온 정성을 다해야 한다는 의미다. 그렇게 해야 기적이 일어난다고 했다. 조르바에 비해 '나'는 젊은 과부의 실룩거리는 엉덩이, 눈웃음을 잊지 못하면서도 아무런 행동도 하지 않는 자신이 죽을죄라도 지은 듯 괴로워한다. 그러면서 자연법칙을 거스르는 행위를 무서운 죄악이라고 생각한다.

조르바는 젊은 시절에 수많은 전투에 참가하여 살인과 강간을 행했다고 한다. 낮에는 신부로 위장하고 밤에는 신부를 살해한다. 많은 전쟁과 죽음이 자유를 위한다는 명목으로 포장되고, 전쟁에서의 살인은 정당화된다. "꽃 한 송이를 피우기 위해서는 씨앗이 필요한데, 그 씨앗이 남에게 내려와 정직으로 피우지 못하고 왜 피와 더러운 것들을 필요로 하죠?"라고 조르바는 말하며 자유라는 이름 아래 그 많은 살인과 끔찍한 짓거리를 했다는 것에 몸서리친다. 비록 조르바는 배우지 못했지만, 문자가 아닌 실생활에서 이러한 것을 터득한다. '자유'를 '꽃 한 송이'로, '씨앗'을 '살인과 끔찍한 짓거리'로 표현하는 조르바는 이미 '나'의 스승으로 충분한 것 같다.

'나'는 크레타섬에 들어가 조르바와 함께 갈탄 광산 사업을 시작하지만 탄광이 무너져 내리는 등 순탄하지 않다. 어느 날 조르바는 산속의 사원을 찾아갔다가 수도사들의 살인 장면을 보게 되는데, 저자는 바로 여기서 그리스정교의 적나라한 실태를 그린다. 수도사들에 의해 어린 수사 한 명이 죽임을 당하는 것을 본 조르바는 그를 수도원의 성상 밑에 두어 신의 심판을 당한 것처럼 꾸민다. 당황하는 수도사들을 보며 조르바는 심술궂게 쾌재를 부른다.

광산 케이블카를 설치하기로 한 기공식 날에, 운반하던 목재들이 몽땅 불에 타버리며 결국 사업은 망하게 된다. 그러나 '나'는 조르바와 바닷가에서 춤을 추며 세상에 다시 없을 행복을 느낀다. '내'가 이 섬에서 벌였던 사업은 실상 돈을 벌기 위함이 아니라 삶의 진리를 찾고자 고행하는 하나의 과정이었을 뿐이었다. '나'는 이미 조르바를 통해 그 진리를 찾았으니, 어찌 기쁘지 아니했겠는가.

'나'는 생각한다. '뱀은 온몸을 땅에 붙이고 살기 때문에 대지의 비밀을 잘 안다. 조르바도 이와 같다. 그는 살과 피로 싸우고 죽이고 입을 맞추면서 내가 그동안 펜과 잉크로 배우려던 것들을 고스란히 살아온 것이었다. 내가 보고 들은 것을 깡그리 지우고 조르바라는 학교에 들어가 저 위대한 진짜 알파벳을 배울 수 있다면. 진리를 발견한 사람은 조르바다. 그는 제대로 살아가고 있다. 내가 찾던 광맥은 바로 이들의 모습이구나.'

조르바는 자신이 주인공이 되어 매사에 최선을 다하는 모습을 보여주었을 뿐만 아니라 육체를 건강하게 할 때 비움의 영혼을 가질 수 있다는 것도 보여주었다. 결국 카잔차키스는 실존주의에서 찾고자 했던 인간의 주체적 존재와 부처의 공(空) 사상을 조르바를 통해 찾았으며, 이 두 가지를 모두 갖춘 조르바를 인간 최고의 경지로 본 것이다. '아직 그렇게 늦은 건 아닐 거야.' '나'는 그렇게 희망을 극복한 자유인의 길로 접어들었다.

나는 아무것도 바라지 않는다.

나는 아무것도 두렵지 않다.

나는 자유다.

**생각 나누기**

1 서술자인 '나'에게는 많은 스승이 있었다. 특히 책 속에만 묻혀 살던 그를 움직이게 했던 친구의 역할은 매우 컸다고 볼 수 있다. 당시 '나'와 친구의 사상을 비교하여 말해보자.

2 조르바에게 '산투르'란 어떤 의미일지 생각해 보자.

3 영원한 자유인 조르바가 바라보는 여성, 특히 과부에 대한 생각은 어떠했는지 생각해 보고, 이를 카잔차카스가 전하고자 하는 전체적인 내용과 연결하여 살펴보자.

4 "육신을 비워라. 정신을 비워라. 가슴을 비워라."라고 말한 부처와 "육체를 먹이고, 욕심을 버려라."라고 말한 조르바에 대한 저자의 생각은 무엇인지 정리해 보자.

# 이 환장할 봄날에

박규리

세상에서 제일 소중한 건 사람.
사람만이 희망이다.

제목이 독특하고 직설적이라 호기심이 들었던 《이 환장할 봄날에》라는 시집이 이번 달의 토론 도서로 선정되었다. 회원들은 시집을 읽은 후, 특히 〈고죽골 할매〉라는 시에서 큰 충격을 받은 것 같다. 외롭다는 것이 얼마나 지독한 형벌인지를 너무도 솔직하게 표현한 시인의 용기에 놀랐고, 그런 시인의 정서에 모두 깊게 공감했다고 말했다.

이 시집은 사람을 잊는다는 것이 얼마나 큰 고통인가를 보여준다. 그리고 사람 사이의 관계, 정을 정리한다는 것은 그 무엇으로도 풀기 어려운 숙제라는 것을 섬세하게 전달하고 있다.

시집을 읽은 후 왠지 마음이 시려 박규리 시인이 머물렀다는 미소사에 가보려 했지만, 시간 관계상 가까이에 있는 위봉사에 대신

다녀왔다. ‘고요한 여승들의 안식처’라는 이름에 걸맞게 위봉사는 수목원을 들여다 놓은 것처럼 아름답기 그지없었다. 가만가만 걸어 다니는 여승들의 모습도 나비처럼 편안하다. 그럼에도 절이라는 배경은 왜 이리도 아리게 다가올까? 내 앞으로 지나간 스님 중에 혹시 박규리 시인은 없었을까?

저자 박규리는 1996년부터 전북 고창에 있는 미소사에서 공양주로 절 살림을 맡은 적이 있으며, 등단 직후부터는 8년여 동안 속세를 등진 채 외롭게 시를 써왔다고 한다. 이 시집은 시인의 첫 번째 작품들로, 총 4부로 이루어져 있다.

시집의 제목만 보았을 때는 사춘기 아이, 나뭇잎만 떨어져도 까르르 웃는 여자아이의 감성이 녹아 있을 줄 알았다. 그런데 알고 보니 나를 비롯한 중장년층이 공감할 만한 이야기들이었다.

작품들은 한마디로, 대담했다. 사람의 속마음을 적나라하게 보여주고 있었다. 시인은 공양주로 절에 살고 있으면서도 세속적 욕망을 털어내지 못하고 갈등한다. 보통 사람들은 갈등의 양상을 가면을 써 감추며 살아가는데, 시인은 부처님께 귀의하고자 노력해도 되지 않는다는 민낯을 그대로 드러낸다. 용기 있는 시를 통해 순수한 감정의 아름다움의 끝은 어디인지 천천히 따라가 보았다.

〈새벽별〉은 거미줄 같은 길에 달빛이 하얗게 내려앉는 밤이면 ‘죽어서도 용서할 수 없을 것 같던 사람’이 ‘어느 결엔가 다가와 꿈결인 듯 나를 감싸 안기도’ 한다며 겨우내 다스렸던 마음이 봄이 되니 또다시 흐트러지고 만다는 내용이다. 그 안타까운 돌아봄에 나도 모르게 긴 한숨이 나왔다.

〈입추〉에서 승복 한 벌을 가을비에 적시고 있는 주인공은 두 계절 동안 묵언 중인 젊은 승려다. 그리움이 없어질 때까지는 시간이 필요한가 보다. 그리운 이름을 한 사발쯤 가슴으로 적시려면, 얼만큼의 시간이 필요한 것일까?

〈치자꽃 설화〉에서 시인은 사랑하는 사람을 보내며 돌아서는 스님의 눈가에 눈물방울이 피는 것을 본다. 이어 산길을 휘청이며 떠내려가는 여자의 젖은 어깨를 보며 사랑하는 일이야말로 가장 어려운 일이라는 것을 느낀다. 그러면서 시인은 '버릴수록 더 깊어지는 산길'에 하염없이 앉아 버림받은 여자와 동일시된다.

〈가시방죽〉은 이미 제목에서부터 견딜 수 없는 아픔을 이야기하고 있다. '그리움과 분노와 견딜 수 없는 욕정'으로 내가 고통스러울 때 '너는 강물이 되어 도도히' 흘렀고, '나는 뼛속까지 깊이' 썩었다. 그러면서 "너는 맑게 흘러라. 게으름 피우지 말고, 빨리 흘러라. 내 영혼의 썩은 물이 서서히 흘러, 닿기 전에. 한줄기 내 더러운 눈물이 너의 푸른 살에 섬뜩, 닿기 전에"라고 말한다. 참 아픈 시다. '너'는 도도히 흐르는데, 시인은 아직 내려놓지를 못하고 있다. 내가 먼저 버리면 될 텐데, 그게 마음대로 되지 않는 것이 또한 사람이다.

〈치자꽃 편지〉에서 시인은 이렇게 말하고 있다. "왜 저에게도 늘 가슴 먹먹한 슬픔이 깊이 또아리 틀고만 있는지요. 이 쓸쓸한 것들이 무엇인지 어디서 오는 건지 알 수 없지만, 저는 그냥 꾹 참고 견딥니다. 견디다 보면, 견디다 보면, 그래요 스님은 그러셨지요. 무엇이든 다 견딜 수 있다고." 새봄이 오면 드디어 스님이 될 시인은 상명등 스님처럼 슬픔이 마음에 또아리를 틀고 있는 것 같다. 치자 꽃

향기 같은 그리움의 원천은 다시 '사람'이다.

많은 아픔이 느껴지는 시집이지만, 〈내 안의 물꼬〉는 세상에 대해 끊임없이 사랑을 갈구하는 시다. 시인은 '내 안의 물꼬를 가만히' 들여다보면서 물이 얕아 배 댈 곳이 못 된다는 옛일을 생각하며 일행이 떠나는 모습을 망연히 바라보는데, '서럽지만 환한 속살 같은 새벽 운무 피어오르는 것'을 느낀다. 아마도 희망이라 보여진다. 그 물꼬에 물이 고일 수 있다는 희망이다. 그러면 누군가는 돌아오리라.

〈천리향 사태〉는 향이 천 리를 간다는 천리향을 제재로 사용해 어린 스님(사미승)의 마음을 재미있게 표현했다. 산행을 하던 젊은 여자 둘이 어젯밤 절에 방문했다. 왠지 모르게 마음이 싱숭생숭한데, 웬 아리동동한 냄새가 절집에 진동하여 잠 못 들고 뒤척이다 문을 여니 법당 뒤로 언뜻 검은 머리가 숨는 게 보였다. '이 환.장.할 봄날 밤 홀로 돌고 돌다가', 그녀를 만나러 토굴까지 돌고 돌다가……. 그 냄새의 주인공이 천리향이었음을 결국 알아채고 '눈물이 핑 돌아' 현실을 인지하는 사미승이 왠지 귀엽고도 안쓰럽다.

〈보름, 그 뜨거운 달〉에서도 재미있는 발상을 엿볼 수 있다. 내 안에 분명 누군가가 살고 있단다. 그대의 집 앞까지 이끌고 돌풍보다 사납고 새털보다 보드랍게 내 사지를 비틀고 조이는 이, 임을 잊겠다는 자신의 의지와는 상관없이 저 뻐꾸기 뒤에 숨어 속것을 뜨겁게 하는 이가 내 안에 살고 있단다. 사람 때문에 아프고 힘들었지만, 그럼에도 사람만이 희망임을 새삼 느끼게 하는 시다.

이 시집에서 가장 내 마음을 뒤흔들었던 시는 앞서 언급했듯 〈고죽골 할매〉였다. 이 시는 아무리 힘들어도, 죽음의 골짜기를 경험했더라도 여전히 살아갈 만한 세상임을 다시금 일깨워준다. 고죽골 할매의 삶을 시인은 서사시로 엮었다.

할매는 열일곱에 시집을 와서 아이 둘을 데리고 '시장으로 술청으로 쩍쩍 갈라진 손금처럼' 살았는데 아이들이 저수지에 빠져 죽고 나서는 미친 듯이 저수지를 휘돌며 삼 년을 살았다. 그러다 '구멍이란 구멍에서 멀겋기도 하고 물컹물컹하기도 한, 무슨 뜨건 덩어리가 쑤욱 빠져나가는데, 눈을 들어 천지사방을 둘러보니 이내 목숨 서 있는 곳이 꿈길인지 저승길인지도 알 수 없으나 이상하게도 마음만은 서러울 것도 무서울 것도 없이 그렇게 편안'하더란다. 그렇게 세월이 또 흘러 술청에 몸을 부리고 오만 잡놈을 겪다가 육곳간집 사내놈이 칼 들고 기어든 날 밤에는 너 죽고 나 죽자고 악은 쓰면서도 '그 등짝이 얼마나 뜨끈하고 너른지, 걸레 같은 인생 서캐 뿌린 돌쩌구 같은 세상에서도 젤로 소중한 건 사람'이라고 말한다. '세상 제아무리 겁나 뵈는 일도 막상 겪고 나면 벨 것도 아이라'고 하는 할매의 이야기를 쓰면서 시인은 그 끝을 또 너무나도 멋지고 아름답게 마무리한다. "하얀 도라지꽃 위에 애기별 조는 사이 개복숭아 가지 사이 잘못 걸린 달님도 막걸리 같이, 노릇노릇 코를 골며 익어가는데……"

이 시집에서 이런 리얼리티를 마주할 수 있을 거라고는 상상하지 못했다. 이 참신한 발상은 어디에서 왔을까? 장르의 특성상 소설에서는 인간의 본성을 적나라하게 드러내는 일이 많은 데 비해, 시에서는 그런 경우가 드물었던 것 같다. 특히 그동안 터부시하던 성

(性)에 대한 인간의 감정을 시 안에 끌어들인 것은 획기적이라 할 만하다. 시인은 공양주로 살며 부처님의 성(聖) 안에서 마음의 안정을 취하려 하지만, 속세의 인연 때문에 갈등하는 마음을 가감 없이 고스란히 보이며 결국 사람 속에 희망이 있다는 것을 말하고자 하는 것 같다.

그래, 결국 사람만이 희망이다.

**생각 나누기**

**1** 시집에서 가장 마음에 드는 작품과 구절을 찾아보고, 그 이유를 말해보자.

**2** 박규리 시인의 시는 다른 시보다 더 정답게, 더 아프게, 더 가깝게 느껴지는 경향이 있다. 그 이유에 대해 이야기해 보자.

**3** 시인이 된다는 것은 '용기'가 필요한 일이다. 자신의 글을 세상에 내놓을 수 있는 용기를 가지고 마음을 솔직하게 드러낸 시를 창작해 보자.

# 아프니까 청춘이다

김난도

인생을 시계로 표현한다면
우리는 아직 너무 젊다.

온라인 매체에서 '아무리 독한 슬럼프가 와도 여전히 너는 너야'라는 글로 수많은 청춘들에게 희망과 용기를 준 저자 김난도는 서울대학교 교수다. 《아프니까 청춘이다》는 그가 여러 매체에 기고했던 42편의 격려 메시지를 하나로 묶어 펴낸 것이다. 이후 그는 당시 서울대학교 학생들이 뽑은 최고의 멘토가 되었으며, 이 책은 최고의 강의이자 베스트셀러로 손꼽혔다.

우리나라의 청춘들은 누구나 취업이라는 커다란 장애물을 맞닥뜨린다. 대학을 나와도 취업이 쉽지 않은 현실에 청춘들은 좌절하고 또 아파한다. 불확실성 속에서 미래를 준비하는 일은 누구에게나 버겁고 암담하다. 저자는 자신도 대학교수가 되기 위해 많은 시간을 허비했으며 고통의 나날을 겪었다고 말한다. 그러면서 혼자

아파하지 말라고 다독거린다. 시대의 청춘들이 이 책으로 위로를 받는 이유는 무엇일까? 나 혼자만 헤매고 있는 게 아니라는 안도감을 얻었기 때문일까? 어떤 모습이든 있는 그대로 어루만져 주고 이해해 주는 저자의 마음을 이해했기 때문일까?

저자는 따스하게 불안한 독자를 감싸준다. 특히 인상 깊었던 것은 저자가 인생을 시계로 표현하여 이 책을 읽고 있는 독자들이 여전히 젊으며 새로운 도전을 할 수 있는 날이 무궁무진하게 남았다고 말한 것이다. 참신하고, 또 희망차다. 그는 태어나서 죽을 때까지를 하루 24시간으로 비유한다. 한국인의 평균 수명을 80세라고 가정한다면 24시간은 1440분이고, 이것을 80으로 나누면 한 살은 18분에 해당한다. 10세면 새벽 3시다. 50세여도 아직 오후 3시다. 충분히 젊은 나이다.

또한 저자는 인생에 관해 우리는 지독한 근시(近視)라고 했다. 매화가 일찍 핀다고 세상에서 가장 아름다운 꽃이 아니듯이, 꽃들은 저마다 피는 계절이 다르다고 말한다. 그러면서 아직 때가 되지 않았을 뿐이며 다소 늦더라도 때가 되면 화려한 기개를 뽐낼 것이니 자신의 계절을 준비하라고 한다. 혹시라도 너무 늦었다고 포기나 좌절의 빌미를 스스로에게 만들어서는 안 된다는 말이다. 취직이 늦어 좌절하는 청춘들에게 희망을 실어줄 수 있을 것 같다.

이어 그는 스탠퍼드대학교에서 마시멜로로 실험을 한 결과를 소개하는데, 이 또한 흥미롭다. 아이들에게 마시멜로를 주며 "지금 먹어도 괜찮지만, 15분을 참으면 하나를 더 줄게."라고 했다. 여기서 이 15분을 참고 기다린 아이가 후에 성적이 압도적으로 높았다고 한다. 이 부분에서 나는 개인적으로 교사로서 많은 반성을 했다. 오늘의 고통을 감수하는 마시멜로 교육을 나는 얼마나 성실하게 아이들에게 적용하고 있는가? 내 게으름을 아이들 탓으로 돌리고 있지는 않은가?

청춘들의 마음을 공감하고 희망을 주는 책이라서 꽤 긍정적인 마음으로 마지막 책장을 덮었다. 그러나 한편으로는 젊은이들에 과연 얼마나 위로가 되었을까 회의감이 든 부분도 있었다. 오히려 박탈감과 답답함이 더해질 수도 있겠다고 느껴지는 것은 독자로서 너무 많은 것을 기대했기 때문일까? 이 책에는 간간히 저자의 금수저 같은 이야기들이 등장한다. 젊은이들은 당장 살 자취방도 구하지 못해 발을 동동 구르는데, 저자는 자신의 유학 시절 이야기를 한다. 대부분의 젊은이들이 경험하기 힘든 특별한 이야기가 등장하는 것은 독자로서 조금 불편한 부분이었다. 또 추상적인 위로도 좋지만 현실적인 조언도 함께 제시해 주었다면 더 좋았을 거라는 생각도 들었다.

기성세대들은 아픈 청춘들에게 무엇을 해줄 수 있을까? 저자의 말대로 청춘은 아주 이른 시간에 해당하니 때를 기다려 보자고 조언해 주고, 아픔 뒤에 달콤함이 온다는 마시멜로의 끈기에 대해서도 말해주면 좋겠다. 그러나 거기에서 멈추지 말고 그들에게 좀 더 현실적인 길을 제안하는 것이 우리 기성세대들의 몫인 것 같다. 기성세대들은 머리를 맞대고 행복해야 할 젊은이들의 삶이 한껏 아름다울 수 있도록 많은 노력을 기울여야 한다.

## 생각 나누기

**1** 인생을 시계라고 생각하고 평균 수명을 80세로 가정했을 때, 하루 24시간(1440분) 중 자신은 몇 시에 해당하는지 계산해 보자.

예) 1440분(24시간) ÷ 80년 = 18분(한 살당 18분)
만약 10세라면, 오전 3시. 51세라면, 오후 3시 18분.

**2** 자신이 상담자가 되었다고 가정하고, 이 시대를 살아가는 청춘들에게 어떤 조언을 해주고 싶은지 실질적인 방안을 포함하여 이야기해 보자.

# 로버트 펠코너

조지 맥도널드

예수님은 내 주변에 있으며
하나님의 생각을 실천하는 사람은 모두가 예수님이다.

'어느 음악가의 여정'이라는 부제가 있는 《로버트 펠코너》라는 소설이 독서 모임에서 선정되었다. 분량이 꽤 많은 편이라 선뜻 다가가기가 쉽지 않았지만, 저자의 글솜씨 덕분에 삽시간에 책 속으로 빠져들어 재미있게 읽을 수 있었다. 마침 이 소설을 번역한 교수님이 우리 지역에 근무한다는 말을 듣고 그분을 초빙하여 번역할 때의 어려움 등에 대한 이야기를 들은 후, 회원들이 각자 써온 서평을 발표하는 시간을 가졌다.

가슴 따뜻한 영화 한 편을 본 느낌이다. 어두침침한 로버트 집의 층계참이, 기도를 드리던 다락방이, 마리아네 집으로 통하는 동굴 같은 통로가, 앤더슨 박사의 저택 안 토담방이, 람미 씨네 집으로 가는 시골길이, 두블 쌔니네 구둣방이, 샤가의 오두막이, 네 필의 말이 끄는 사륜마차가 19세기 유럽의 풍경을 그리며 파노라마처럼 행복한 미소로 스쳐 지나간다. 내 마음속 스코틀랜드의 이미지는 동화 같은 화려함으로 가득한 곳인데, 대부분 성장소설이 그러하듯 이 작품은 시종일관 차분하여 정적마저 감도는 듯하다. 그러면서도 판타지적 묘사로 독자를 작품 속으로 잡아끄는 묘한 매력을 가지고 있다.

소설을 읽는 내내 로버트 펠코너의 얼굴과 십자가에 못 박힌 예수님의 얼굴, 그리고 아프리카의 빈민촌 아이들을 치료해 주고 행복해하던 이태석 신부의 얼굴이 떠올랐다. 소설의 마지막 부분에서 마을의 한 꼬마 아이는 "그 아저씨는 펠코너 씨도 아니고, 키다리 로버트도 아니에요. 그는 사실 예수 그리스도예요."라고 말한다. 예수 그리스도는 펠코너라는 이름으로, 로버트라는 이름으로 우리 주변에 와있음을 저자는 아이의 입을 통해 전달한 것이다.

《로버트 펠코너》는 1868년에 출간된 작품으로, 스코틀랜드의 작가 조지 맥도널드의 자전적 소설이다. 조지 맥도널드는 남녀노소 모두가 좋아하는 동화 작가로 유명한데, 인간이 신에게로 돌아가는 순례를 다룬 그리스도교 우화를 많이 썼다고 한다. 16세기에 유럽은 로마 가톨릭의 부도덕함에 반기를 들고 루터를 중심으로 종교개혁이 일어났고, 이를 이어받은 칼뱅주의가 19세기 초까지 유럽의 전역을 휩쓸었다. 칼뱅주의는 '인간은 신을 위해 존재하고, 모든 영광은 신에게 돌리는 것'이라고 주장하며, 율법과 형식을 중시하는 사조였다. 하나님의 생각과 실천을 소중히 여기는 조지 맥도널드는 율법과 형식만 중시하는 칼뱅주의를 따를 수 없었다.

저자는 주인공 로버트 펠코너를 통하여 자신이 생각하는 신앙의 정수를 기록하였으며, '사람은 어떻게 살아야 하는가?'에 대한 답을 제시하고 있다. 이 책은 '복음서'다. 하나님의 마음을 전파하는 이야기를 어떻게 이렇게 매혹적인 내용으로 엮을 수 있었을까? 저자의 종교관과 신앙심, 문학성이 절묘하게 잘 어우러진 작품이라는 생각이 들었다. 기독교 정신 중에 제일 중요한 것은 예수님을 닮는 것이라고 한다. 예수님을 닮으려 노력하면 하나님이 모든 것을 이루게 한다는 이야기인데, 저자는 로버트를 통해 이를 잘 드러내었다. 낮은 곳으로 향하여 가난하고 불쌍한 사람들과 친구로 지내고, 병든 자를 치료해 주는 모든 선한 행위를 로버트는 행동으로 옮겼다. 그는 옆에 있는 사람 누구든지 자석처럼 끌어당겨서 선한 일을 행하도록 하는 선행의 나침반이었다.

이 소설은 1인칭 관찰자 시점으로, 소년 로버트가 성인으로 성장해 가는 이야기를 서술자인 '내'가 기록하는 이야기다. 주인공 로버트 펠코너는 주변의 가엾은 이웃을 너그럽게 감싸 안으며 그들을 사랑으로 변화시킨다. 그리고 '나'는 로버트에게 영향을 받은 사람으로 이야기를 이끌어 가면서 마지막에는 로버트의 계보를 이어가는 사람으로 그려진다.

주인공 로버트는 집을 나간 아버지를 그리워하며 지독히도 청교도적인 할머니 밑에서 성장한다. 절제와 기도로 채워진 삶 속에서 바이올린은 로버트에게 활력소이자 샘물이며, 아버지의 과거를 기억하게 해주는 삶의 동반자다. 그러나 할머니에게 바이올린은 속세적이며 마귀 같은 존재일 뿐이었다.

아버지 앤드루는 폭음과 탐닉에 빠져 재산을 탕진하고 방랑자 신세가 되어 집을 나가지만, 로버트는 아버지의 생사조차 모르고 지낸다. 어느 날 로버트가 바이올린을 연습하러 공장에 들어설 때, 아버지 앤드루는 자신의 아들임을 알면서도 돈이라는 사악한 욕망에 빠져 아들의 머리를 가격한다. 로버트는 그가 아버지임을 알았지만 할머니에게 말하지 않고, 아버지가 살아 있다는 사실을 알았다는 것에 기쁨을 느낀다.

아무리 울부짖어도 답이 들리지 않는다고 여겼던 때에도 하나님은 변함없이 로버트의 곁에 있었다. 그런 로버트의 오랜 선행과 간구 끝에 결국 하나님은 로버트가 그토록 원하던 아버지를 보내주었다.

한편 '신의 영광을 위해 살아야' 하는 가족이 세속의 상징인 바이올린에 빠져 하나님께 벌을 받는다고 생각한 할머니는 바이올린을 부수려 하고, 두블 쌔니는 바이올린의 가치를 알아보고 바이올린을 빼앗으려 한다. 바이올린을 놓고 두블 쌔니와 로버트가 엎치락뒤치락하는 장면은 우울하고 적막하던 작품에 신선한 재미를 더해주는 부분이었다.

이후 로버트는 가난한 집시의 아들 샤가를 형제로 만들어 훌륭하게 성장하도록 하고, 술주정뱅이인 두블 쌔니를 선한 사람으로 변화시켰으며, 이웃의 의미도 모르는 이기적인 드 폴뢰리를 봉사자로 인도한다.

로버트에게 앤더슨 박사는 하나님이신 아버지의 모습이며, 할머니는 칼뱅교도가 말하는 율법과 형식에 충실한 교회였고, 아버지는 하나님의 말씀을 거역한 탕아, 샤가와 샤가의 엄마, 두블 쌔니와 마리아는 예수님을 닮으려 노력하는 사람이었다. 그리고 저자는 서술자인 '나'를 로버트의 뒤를 이을 예수님의 화신으로 설정한다.

"서면(書面)이 아닌 구두(口頭)로, 제가 한 것과 똑같은 조건으로 그분께 유증하셔야 합니다. 수백 번의 자선을 베푸는 것보다 하나님께서 하신 대로 그 일을 하게 될 오직 한 사람에게 기부금을 유증하는 것이 훨씬 낫습니다." 로버트가 자기의 전 재산을 맡기면서 '나'에게 한 말이다. 당연히 문서화해야 할 것 같은데 왜 구두로 해야 한다는 건지 의문이 들었으나 곧 '아하!' 하고 무릎을 쳤다. 바로 하나님의 말씀이기 때문이다. 하나님도 우리에게 서면으로 유증하지 않았기 때문이다. 행동으로 옮길 수 있는 마음이 중요한 것이지, 하나님은 형식적인 것을 원하지 않았다.

"성령은 광대한 바다처럼 인간의 영혼 주변에 사방으로 퍼져서 존재하기 때문에 작은 틈새에 언제라도 금방 달려올 준비 태세를 하고 있다.", "우리에게서 그다지 멀지 않은 가까운 곳의 담장에는 천국으로 가는, 항상 열려 있는 작은 출입문 하나는 있는 법이다." 천국에 가기는 낙타가 바늘구멍에 들어가기보다 어렵다고 하는데, 이렇게 하나님은 우리를 위해 준비를 하고 계신다고 한다. "하나님께서 우리에게 온 힘을 다하여 은혜를 베풀어 주셨다고 우리 인간들은 언제쯤 감히 말할 수 있을까?"라고 로버트는 말한다.

저자는 이 소설에서 우리 모두가 예수님이 될 수 있고, 예수님이 되기 위해 노력할 수 있음을 말하고 있다. 내 주변의 모두가 예수님이 되어 사랑을 펼친다면 세상은 얼마나 행복할 것인가? 저자는 자신의 종교인 크리스트교를 들어 이야기를 펼쳐나갔지만 불교, 유대교, 이슬람교 등 타 종교의 기본적인 가르침도 '사랑'을 바탕으로 하고 있다. 조지 맥도널드는 크리스트교를 떠나 온 세상에 '사랑'의 힘이 펼쳐지기를 기도했으리라.

### 생각 나누기

**1** 19세기 유럽에서는 칼뱅주의가 유행했다. 저자의 생각과 칼뱅주의는 어떤 차이가 있는지 말해보자.

**2** 소설의 중요인물들을 성경의 인물과 비교해 보자.

로버트　　앤더슨 박사　　할머니　　아버지

샤가　　샤가의 엄마　　두블 쌔니　　마리아　　'나'

**3** 로버트는 '나'에게 자신의 전 재산을 맡기면서 '서면이 아닌 구두로 유증'하라고 한다. 그 이유를 말해보자.

# 참을 수 없는 존재의 가벼움

밀란 쿤데라

모든 모순 중에서 무거운 것과 가벼운 것의 모순이
가장 신비롭고 가장 미묘하다.

이번에 선정된 밀란 쿤데라의《참을 수 없는 존재의 가벼움》을 두고 회원들의 원성이 자자했다. 소설에 철학적인 내용이 너무 많아 잘 읽히지 않는다는 것이 이유였다. 밀란 쿤데라는 작품을 통해 끊임없이 철학적 사고를 유도한다. 소설을 읽으며 밑줄을 긋고, 사전을 찾아보며 정리하기는 처음인 것 같다. 그렇게 읽어도 저자의 철학을 다 이해하지 못해 몇 번이나 읽다 멈추었다.

저자인 밀란 쿤데라는 체코슬로바키아가 소련에 점령당한 뒤 시민권을 박탈당하고 프랑스로 망명하게 된다.《참을 수 없는 존재의 가벼움》은 1984년에 프랑스에서 발간되었고, 밀란 쿤데라는 체코 민주화 이후 1989년에 본국으로 귀국했으나 현재 체코에서의 활동은 약해 보인다.

이 작품은 1968년 둡체크가 체코슬로바키아의 당 서기가 되어 민주화 운동을 추진하는 과정의 시대 상황을 들여다볼 수 있으며, 러시아의 붉은 군대가 몰려올 당시의 프라하를 배경으로 한 소설이다. 밀란 쿤데라의 이 소설을 영화화한 것이 바로 〈프라하의 봄〉이다. 1979년 10·26 사태 이후 1980년 5·17까지를 우리는 '서울의 봄'이라 부르는데, 민주주의를 염원하던 체코 국민들의 마음도 우리와 같지 않았을까 싶다.

이 작품을 한마디로 정의하자면, 삶의 가벼움과 무거움의 선택에 대한 이야기다. 소설이라는 형식을 빌려 밀란 쿤데라의 사상을 여과 없이 보여주는 철학서라고 할 수 있다. 저자는 주인공인 토마시와 테레자, 사비나와 프란츠의 관계를 통해 사람의 마음이 가벼우면 가벼운 대로 모순이 존재하고, 무거우면 무거운 대로 모순이 존재함을 철학적으로 그려내고 있다.

잘나가는 외과 의사지만 바람둥이인 토마시는 어느 날 시골에 진료를 하러 갔다가 운명을 기다리는 순박한 처녀 테레자를 만나 결혼하게 된다. 그러나 토마시는 결혼 후에도 여성 편력을 버리지 못했고, 이를 영혼과 육체는 다르다는 말로 합리화한다. 사랑은 영혼이 따르는 반면, 육체는 순간의 정사일 뿐이라는 것이다. 그는 끊임없이 다른 여자들을 만나고, '참을 수 없을 정도로' 가볍게 살아간다.

그러나 영혼과 육체를 하나로 생각하는 테레자는 토마시를 처음 보았을 때 "영혼의 승무원이 육체의 갑판 위로 뛰어오르는 것을 느꼈다."라고 표현한다. 테레자는 토마시의 생각을 이해하지 못하고, 그가 안주하기를 기다리며 늘 불안 속에서 지낸다.

한편 사비나는 토마시와 같이 자유로운 영혼이다. 토마시를 좋아했지만 그가 결혼하자 미련 없이 토마시를 떠나 프란츠를 만난다. 프란츠가 가정도, 교수라는 직업도 버리며 자신에게 매달리자 사비나는 또 그를 떠난다.

프란츠는 테레자처럼 순결을 중시하며 교과서적인 삶을 살고 있지만 자신과 정반대의 삶을 살던 사비나를 만나며 자유로운 삶을 동경하고, 공산주의가 진행 중인 캄보디아에 가서 키치의 세계에 빠져들어 또 다른 삶을 경험한다.

생각할 거리를 무궁무진하게 던져주는 소설이다. 이 작품의 화두로 정할 수 있는 내용은 너무 많지만, 크게 네 가지 정도로 간추려 정리해 보려 한다. 먼저 '동정심'에 대한 내용이다. 토마시는 자신의 아파트에 찾아온 테레자를 "송진으로 방수 처리된 바구니에 넣어져 강물에 버려졌다가 그의 침대맡에서 건져 올려진 아이"라고 표현하며 이를 동정심이라고 한다. 동정심의 사전적인 의미는 '남의 어려운 처지를 안타깝게 여기는 마음'인데, 밀란 쿤데라는 소설 속에 슬며시 들어와 전지적 작가 시점에서 자신이 생각하는 동정심에 대해 '동정심이란 불행까지도 함께할 뿐 아니라 환희, 고통, 행복까지 모든 감정을 함께 느낄 수 있는 감정'이라고 정의를 내린다.

예전에 토마시는 오이디푸스왕이 자신의 잘못으로 아버지를 죽이고 어머니와 결혼 생활을 했다는 것을 깨닫고 자기 눈을 뽑았다는 내용을 잡지에 기고한 적이 있다. 이는 곧 공산주의에 대한 저항의 글이라 볼 수 있다. 소련 공산당의 지배가 강해지자 토마시는 오이디푸스왕에 대한 기고를 철회하라는 압력을 받게 된다. 토마시는 갈등한다. 이유는 전처와의 사이에서 낳은 아들이 찾아와 부탁했기 때문이다. 그러나 토마시는 러시아군 탱크의 수백 톤짜리 쇳덩이들을 모두 합쳐도 동정심의 무게에 비하면 아무것도 아니라며 테레자를 선택한다. 토마시는 병원 일을 그만두고 테레자와 함께 시골에 내려가 창문닦이로 살아간다.

또한 토마시에게는 반복적으로 들리는 음악이 있다. 베토벤 현악 4중주 16번인데, 토마시에게 계속해서 '그래야만 한다(Es muss sein).'를 외친다. 토마시는 여성 편력이 심했고 가벼움을 추구하고 살았지만, 테레자에게는 끊임없는 동정심을 느끼며 그들의 운명 안에서 삶의 무거움을 인지하게 된다.

두 번째 화두는 '키치'다. 사비나가 그렇게도 싫어하는 키치는 무엇인가? 사전을 찾아보니 독일어로 '문화의 저속함'을 의미한다고 쓰여 있는데, 저자는 키치의 원래 의미를 '부정적이고 더러운 것이 없는 상태'를 뜻하는 형이상학적인 단어라고 설명한다.

'똥'은 키치의 중요한 키워드다. 스탈린의 아들이 똥을 너무 지저분하게 싸서 사람들이 냄새가 심하다고 말했고, 스탈린의 아들은 자신의 똥을 부정하다 전선줄에 감전되어 죽게 된다. 저자는 "스탈린 아들의 죽음은 전쟁의 바보짓 중 유일한 형이상학적 죽음이었다."라고 말한다.

다음날 언론 매체에는 스탈린 아들의 죽음은 독일 파시즘에 대한 저항의 아이콘으로 대서특필된다. 이게 바로 본래의 의미에서 변질되어 정치권에서 쓰기 시작한 '키치'다. 키치는 인간의 기억 속에 뿌리내린 핵심 이미지에 호소하여 가장 많은 사람들이 공감할 수 있어야 하므로 '배은망덕한 딸', '버림받은 아버지' 등이 키치의 이미지로 많이 쓰인다고 하며, 정치인이 카메라가 있으면 어린아이를 안아 올려 뺨에 키스하는 등의 행위로 변질되었다고 한다.

사비나는 학창 시절에도 피켓을 들고 시위하는 현장을 지독히도 싫어했다. 본질을 속이고 가식을 떤다는 이유에서다. 사비나는 토마시를 키치와는 정반대의 사람이라서 사랑했다. 또한 어느 언론에서 자신을 그림으로 싸우는 저항 작가라고 표현하자 사비나는 자신을 순교자로 포장하지 말라며 격분한다.

사비나가 싫어한 것은 공산주의라는 사상보다 아름다움이라는 가면을 쓰고 전체주의를 외치는 공산주의였던 것이다. 현재 키치는 '본질을 숨기고 남에게 보이고 싶어하는 것만 드러내고 보고 싶은 것만 보는 것'으로 쓰이고 있다. 한마디로 키치는 '가면', '포장', '페르소나'로 보면 될 것 같다.

세 번째 화두는 소설《안나 카레니나》의 설정이다. 소설의 맨 처음에 토마시가 시골 카페에서《안나 카레니나》를 보고 있었고, 테레자가 토마시의 아파트에 왔을 때도 이 책을 들고 왔다. 둘의 연결고리가 바로《안나 카레니나》였던 것이다. 토마시의 바람기로 둘의 결혼 생활은 평탄하지 않았으나, 시골로 내려가 살면서는 그런대로 평온을 찾았다. 그러나 둘은 곧 자동차 사고로 죽게 된다. 둘에게 허락된 행복의 시간은 너무 짧았다.

소설《안나 카레니나》에서 안나는 가벼움의 상징으로 토마시와 비슷하고, 안나의 남편 카레닌은 무거움의 상징으로 테레자와 상통하는 것 같다.《안나 카레니나》와 이 소설은 비슷하게 흘러간다. 행복의 순간은 짧고 죽음이 기다린다. 기차역에서의 안나의 자살은 이 소설에서의 자동차 사고와 맥락을 같이 한다.

또한 토마시는 테레자가 외로울까 봐 강아지를 사주며 강아지의 이름을 안나 남편의 이름인 '카레닌'으로 짓는다. 저자는 이 소설의 마지막을 '카레닌의 미소'로 정했다. 카레닌은 암에 걸렸지만, 테레자와 장난을 치며 으르렁거리는 모습을 미소라고 설정한다. 죽어가면서도 테레자를 위해 헌신하는 강아지의 모습에 테레자는 인간과 강아지는 상대에게 바라지도 않고 부담도 주지 않는, 애증이 없는 아름다운 관계라고 하며 사람의 관계보다 훨씬 훌륭하다고 말한다. 여기에서 밀란 쿤데라가 이 글을 쓴 의도가 드러난다.

마지막 화두는 이 소설에서 가장 중요한 '가벼움과 무거움'이다. 소설의 시작에서 저자는 니체의 '영원회귀'를 이야기하고 파르메니데스의 '무거움과 가벼움'을 이야기하며 "모든 모순 중에서 무거운 것과 가벼운 것의 모순이 가장 신비롭고 가장 미묘하다."라고 말한 바 있다. 토마시와 사비나는 가벼운 사람을 대표한다고 할 수 있고, 테레자와 프란츠는 무거운 사람을 대표한다고 할 수 있는데, 딱히 단정 지을 수는 없다. 영혼의 자유보다 육체의 자유를 소중히 생각한 토마시는 테레자에게 돌아가고, 사비나도 프란츠와의 헤어짐을 후회한다. 그리고 테레자는 토마시의 바람기에 맞서 자신도 맞바람을 피워보고, 교과서적인 삶을 산 프란츠는 자유의 상징인 사비나를 만나 신세계를 만난 것처럼 행복을 느낀다.

소설이 끝날 무렵 테레자는 자신이 토마시의 자유를 빼앗은 악인이었을지도 모른다고 말한다. 그렇다. 우리는 상대방과 자신의 성격이 다름을 이해하지 못하고 상대방을 나쁜 사람으로 취급하면서 자신까지도 괴롭히고는 한다. 그래서 저자는 한 번뿐인 삶에서 상대방의 자유를 너무 억압하지 말고, 스스로도 너무 무겁게 살지 말라고 말하고 있는지도 모르겠다.

### 생각 나누기

**1** 이 소설의 배경이 된 시대 상황을 말해보자.

**2** 등장인물들의 관계도를 그려보고, 그들의 성향이 어떻게 바뀌는지 표시해 보자.

| | |
|---|---|
| 토마시 | 테레자 |
| 사비나 | 프란츠 |

토마시: 가벼움 → 무거움
테레자:
사비나:
프란츠:

**3** '키치'의 원래 의미와 소설에서 쓰인 의미의 차이를 말해보자.

**4** 니체의 '영원회귀'와 파르메니데스의 '무거움과 가벼움'을 글의 시작으로 하는 작가의 의도를 파악해 보자.

# 젊은 날의 초상

이문열

아름다움의 가치는
철저한 절망 위에 기초한다.

나의 대학 시절, 거의 모든 대학생들은 마치 이 책을 성경처럼 읽었다. 《젊은 날의 초상》. "위대함이란 누군가가 아름다움을 창조하였기 때문이 아니라, 그것이 불가능한 줄 알면서도 도전하고 피 흘린 정신 때문이다."라고 말한 이문열은 그 시절 젊은이들에게는 영웅 그 이상의 존재였다. 30년 전 대학생이 된 기분으로 다시 한번 《젊은 날의 초상》을 펼쳤다. 내용을 모두 잊었다고 생각했는데 읽고 있는 책의 이야기보다 기억이 앞서 나가고 있을 때 깜짝깜짝 놀라기도 했다. 그만큼 이 소설이 뇌리에 깊게 박혀 있었다는 뜻이리라.

한국문학의 거두(巨頭) 이문열. 대학 시절부터 내 삶의 궤적과 함께해 온 그의 소설은 한국문학계에 미치는 영향력이 대단하다. 그의 소설은 개인적인 경험이 고스란히 담겨 있는 자전적인 작품이 많았고, 우리 민족이 해결해야 할 숙제를 작품 속에 제시하기도 했다. 그는 중고등학교를 검정고시로 마치고 서울대학교 국어교육학과에 입학했지만 중퇴한다. 이데올로기적 현실 앞에 한국전쟁 당시 월북한 아버지는 그에게 큰 장애물일 수도 있었겠지만, 현재의 그에게는 문학 창작의 원동력이 되기도 한 것 같다.

헤르만 헤세의 자전적 수필 중에 이문열의 작품과 같은 제목의 《젊은 날의 초상》이 있다. 이문열의 《젊은 날의 초상》 또한 헤세의 작품과 같이 자전적이지만, 나에게는 젊을 때도 어려웠고 지금도 여전히 어렵다. 20대 초반의 나는 나와는 너무 다른 작품 속 주인공의 생활양식과 감히 근접할 수 없는 학식 수준을 두고 현학적이라며 폄훼했었다. 또한 당시 민주화 운동으로 대학생들이 운명을 달리하고 있는데, 주인공은 문학 토론이라는 명목하에 술이나 마시며 세월을 낭비하고 현실도피나 하고 있다고 치부해 버리기도 했었다. 내 치기 어린 젊은 날의 기억이다.

이 작품은 자아를 찾아가는 지독한 고행의 기록이다. 이 소설의 화두는 '자아 찾기', '진정한 생의 의미 찾기'로 보인다. 정신적인 방황과 고통을 통해서 성인 사회에 참여하는 통과제의의 하나로 보기에는 지독히도 아프다. 주인공인 '나'는 아름다움의 실체를 보았고, 아름다움의 창조는 철저한 절망 위에 기초한다는 것을 깨달은 것 같다. 절망을 통해 얻는 아름다움의 가치를 깨닫는 것이 이 소설의 화두이자 자아 찾기의 결과라 생각된다.

이 작품은 연작 형태로 되어 있다. 저자는 첫 번째로 〈그해 겨울〉을 썼고, 그다음에 고등학교 중퇴 시절의 경험에 해당하는 〈하구〉

를, 마지막으로 대학 시절의 이야기인 〈우리 기쁜 젊은 날〉을 썼는데 시간상으로는 '〈하구〉 → 〈우리 기쁜 젊은 날〉 → 〈그해 겨울〉'이 순서다.

첫 시작인 〈하구〉의 배경은 부산의 강진이다. 하구(河口)는 강물이 바다로 흘러 들어가는 어귀다. 바닷가가 배경인 이유로 제목을 '하구'로 정한 것일 수도 있겠지만, 바다라는 거대한 사회에 발을 디디기 전이라는 의미로 그런 제목을 설정했을 수도 있겠다. 자욱한 안개와 무성한 갈대, 밤새워 우는 구성진 멧새 소리로 이야기가 시작된다. 고등학교를 중퇴한 '나'는 목적 없이 떠도는 자신의 초조와 불안을 떨쳐내고 새로운 삶을 시작하려 한다. 별장집 남매와 서 노인, 박용칠 등을 만나 미천한 삶의 바닥에서도 착실하게 삶의 방식을 터득하는 사람들을 바라보며 '나'는 대학 입시라는 목표를 설정하게 된다.

검정고시로 대학을 준비하면서 유랑의 시간을 갖는 영훈의 일기장에는 '니힐리즘, 물로 배를 채우고 흙으로 전신을 칠한 채 죽은 헤라클레이토스의 죽음, 이로 인해 죽은 데모크리토스' 등이 기록되어 있다. 자전적 소설이라는 점을 감안할 때, 고등학생 시절 저자의 범상치 않은 독서량과 해박함은 예나 지금이나 감탄스럽다.

6·25 때 좌익 활동을 한 서 노인의 괴로움은 젊은 시절 '이념'의 개념에 대한 미안함이었다. 서 노인의 아들은 아버지가 초라한 도덕군자이기보다 비극적인 반역자이기를 바랐지만, 서 노인은 20년 동안 불안하게 숨어 산 죄인이었을 뿐 인간을 위해 만들어진 이념을 위해 인간이 죽고 죽였다고 말한다. 이념에 대해 깊이 있게 성찰

한 저자의 고뇌가 보이는 부분이다.

두 번째 〈우리 기쁜 젊은 날〉은 대학에 합격해 서울로 올라온 '나'와 친구들의 이야기다. 그 시대의 많은 대학생들이 술을 마시며 사회를 논했지만, 여기에 등장하는 학생들은 사회 활동보다는 술자리에만 너무 익숙해 있어 읽는 동안에 불편함도 있었다. 그러나 그들의 지적 영역을 보여주는 대화에서는 내 젊은 시절의 초상과는 너무 다른 모습에 〈하구〉를 읽을 때보다 더 많은 부끄러움을 느끼기도 했다. 세 철학자라고 불리는 '나'와 하가, 김형이 등장한다.

하가는 매우 정열적이다. 현대의 정신은 물질에 대한 굴종으로, 우울한 것은 끊임없이 비대해 간다며 미국의 정치학자 라스웰의 주장을 강조한다. 즉 현대인의 정치적 무관심은 자신의 욕구를 충족시키지 못해 환멸을 느끼기 때문이며, 정치적 무관심의 층이 두터울수록 지식인에게는 죄악이라고 보고 지식인은 하층부를 일깨우고 끌어올려야 하는 의무를 져야 한다고 말한다. 그리고 가치를 추구한다는 것은 껍데기를 찾는 것에 불과하다며 모든 지식은 도식적이라고 냉소하면서도 구원은 여성에게서 얻고자 하는 엉뚱함을 보인다.

김형은 하가보다 더 이성적이고 논리적이다. 우리가 일반적으로 성인(聖人)으로 알고 있는 아우구스티누스와 토마스 아퀴나스를 헤브라이 정신에 헬라적 사고를 끌어들여 신을 살해한 사람으로 보고, 윌리엄 오브 오컴과 니체는 신을 살해한 중죄인으로 오히려 자신들의 임종을 앞당겼다고 한다. 또한 기펜의 역설(한 재화의 가격 하락이 도리어 그 재화의 수요를 감소시키거나 가격의 상승이 그 재화의 수요를 증가시키는 현상)로 창녀의 화대는 올라도 그 수요는 늘어나므로 창녀가 기펜재이며, 사랑의 중대함을 강조한 것 같지만 창녀를 거리에 내다 판 프로이드는 바리새인 두목이라고 말한다. 그리고 지성인으로서 불의와 부패를 규탄하는 것도 중요하지만 학문적 연구나 예술적 연마에 힘쓰는 것도 중요하다고 하며, 문학에 있어서《신곡》의 '베아트리체'와《파우스트》의 '그레트헨'은 구원을 상징하는 여성인데 모파상 등 자연주의 작가들이 어머니라는 거룩한 이름을 욕망에 충실한 암컷으로 전락시켰다고 역설한다. 그는 이렇듯 진정한 가치를 문학에서 추구하지만, 술에 취해 뇌진탕으로 죽는다.

김형은 죽고, 하가는 입대를 한다. '나'는 문학 동아리에서 진정한 가치를 찾으려 노력하지만, 회원들에게 환멸을 느끼게 된다. 지식인인 회원들에게 민중 자체에 대한 애정이나 신뢰가 없다고 생각했기 때문이다. 허무를 느낀 '나'는 '해따기'라는 순례자의 이야기를 생각한다. 오랜 세월이 지나도 썩지 않고 남아 있는 순례자의 심장. 바로 태양이다. 하늘에 반짝이는 별들은 바로 그만한 수의 겸손한 태양으로, 순례자의 심장도 그중의 하나라고. '나'는 순례자의 심장이 되고 싶었나 보다. 그는 김형과 하가가 없는 도시를 떠난다. '보다 확실하게 알기 위해, 더욱 큰 가치를 붙잡기 위해, 미래의 더 큰 사랑을 위해 현재를 버리고' '나'는 스스로를 죽일 수 있는 화공 약품을 가방에 넣는다.

저자는 세 명의 등장인물을 통해 자신의 배경지식과 철학을 유감없이 펼치고 있다. '나'의 대학 생활은 60년대 말, 지식인으로서의 책임을 통렬히 느껴야 했던 유신 시절이었다. 다른 친구들이 행동하는 지식인으로 움직이길 독려하지만, '나'는 순례자의 심장이라는 가치를 붙잡는다는 명목하에 길을 떠난다. 내 젊은 날에는 그런 주인공의 행동을 현실도피라며 비난했지만, 이제 와 다시 생각해 보면 그렇게 단순하게 단정할 문제가 아닌 것 같다. 좀 더 멀리, 좀 더 넓은 위치에서 보는 지식인의 가치는 어떤 행동이어야 했는지 고민은 더 깊어진다.

마지막 〈그해 겨울〉은 시작부터 이미 희망을 드러낸다. 현재 '나'는 단란한 가정을 이루고 회사에 다니는 평범한 가장이다. 따라서 앞으로 이어질 내용은 현재를 만들기 위한 탐색의 과정일 것이라는 짐작을 유도했다. 대학을 중퇴한 '나'는 광부가 되겠다는 생각으로 강원도로 갔다가 또 어부가 되겠다 하고, 이어 시골 술집에서 방우(잡일꾼)로 일하며 타락한 실상을 온몸으로 체득한다. 그는 집을 뛰쳐나와 바다로 향하고, 태백산맥을 넘으며 몇몇 길동무들을 만난다.

'나'는 자신의 덜 익은 지식을 한눈에 알아본 폐병쟁이 남자를 통해 천 권의 책을 읽은 탐구는 진정한 이데아를 보기 위함이 아니라 그저 허영심에 불과했음을 깨닫는다. 죽음의 끝에 있는 사람들과의 만남을 통해 '절망이란 가장 순수하고 치열한 정열이며, 구원이며, 끝이 아니라 새로운 시작이라는 것'임을 깨닫고, 설익은 지식을 바다에 던질 수 있는 용기를 얻는다.

여기에서 파도에 휩쓸려 떠오르지 못하는 갈매기 한 마리를 보게 되는데, 그 순간 갑작스러운 불꽃처럼 생명력이 일어나며 스스로의 의식을 깨운다. '돌아가자. 이제 이 심각한 유희는 끝내도 좋다. 갈매기는 날아야 하고, 갈매기가 날기를 포기했을 때는 이미 갈

매기가 아니다.'

'나'는 창수령을 넘으며 눈 속에 숨어 있는 아름다움의 실체를 발견하고, 서울로 오는 길에 화려한 봄을 예비하고 있는 복숭아 꽃망울을 본다. 이 봄은 군부 시대의 억압 속 수많은 젊은이에게는 실낱같은 하나의 희망이 될 수도 있을 것이고, 개개인에게는 새롭게 시작할 수 있는 용기가 될 수도 있을 것이다.

"위대함이란 누군가가 아름다움을 창조했기 때문이 아니라, 그것이 불가능한 줄 알면서도 도전하고 그걸 위해 지새운 피로와 골몰의 밤 때문일 것이다."라고 술회한 주인공의 생각은 내 젊은 날의 구석구석을 가슴 뛰게 만들었고, 지금도 진행형이지만, 오늘은 그의 말 한마디가 창자 깊숙이 덧붙여 들려온다. "아름다움의 가치는 철저한 절망 위에 기초한다."라고.

### 생각 나누기

1 이 소설의 화두는 '자아 찾기', '진정한 생의 의미 찾기'로 보아야 한다. 작품 속 '나'는 이를 찾았는지, 찾았다면 무엇을 찾았는지 말해보자.

2 과거의 20대는 지적 배양을 위해 어떤 노력을 했는지, 그리고 오늘날의 20대는 어떤 노력을 하고 있는지 생각해 보자.

3 '나'의 대학 생활은 60년대 말이다. 다른 친구들은 '나'에게 행동하는 지식인으로 움직이길 독려하지만, '나'는 가치를 붙잡는다는 명목하에 서울을 떠난다. '나'의 행동을 어떻게 해석할 수 있을지 이야기해 보자.

4 대학을 중퇴한 '나'는 타락한 실상을 온몸으로 체득하고, 태백산맥을 넘으며 몇몇 길동무들을 만난다. 이들과의 만남을 통해 '내'가 무엇을 깨달았는지 말해보자.

5 '나'는 서울로 돌아오는 길에 화려한 봄을 예비하고 있는 복숭아 꽃망울을 본다. 다가올 봄은 당시 수많은 젊은이들에게 어떤 의미로 다가왔을지 생각해 보자.

# 책만 보는 바보

안소영

배우고 때로 익히면 또한 기쁘지 아니한가.
벗이 있어 먼 곳으로부터 오면 또한 즐겁지 아니한가.

이번에 선정된 안소영의《책만 보는 바보》에 독서 모임 회원들이 반색을 한다. 아이들을 위한 책인데 어른들도 쉽게 읽으며 지적 호기심을 채울 수 있다는 이유에서다. 대체로 박지원, 박제가, 이덕무, 홍대용 등 역사 속 인물들의 삶을 두루 알게 되어 흥미로웠다는 의견이었다. 특히 박제가에 대해서는 뜨거운 관심을 보였다. 박제가를 소환하여 팬미팅이라도 열어야 할 것 같다.

저자 안소영은 수학자이며 통일운동가인 안재구 교수의 딸이다. 감옥에 있던 아버지와 어린 시절부터 주고받은 편지를 묶은 서간집《우리가 함께 부르는 노래》를 출간했으며, 이덕무의 자서전인《간서치전(看書痴傳)》을 바탕으로《책만 보는 바보》라는 재미있고 실용적인 책을 엮어냈다.

《논어》의 맨 첫 구절에 "학이시습지불역열호(學而時習之不亦說乎, 배우고 때로 익히면 또한 기쁘지 아니한가.) 유붕자원방래불역낙호(有朋自遠方來不亦樂乎, 벗이 있어 먼 곳으로부터 오면 또한 즐겁지 아니한가.)"라는 글귀가 등장한다. 여기에 가장 적합한 인물이 바로 이덕무다.

그는 마흔이 넘어 규장각의 서기관이 되었고, 중국으로 연행을 하며 담헌 홍대용 선생이 말하던 지동설을 체험했다고 한다. 집안 형편이 좋지 않아 종이를 아끼느라 깨알같이 글을 써서 친구들에게 '승두문자(蠅頭文字, 파리 머리 크기만 한 문자)'라는 놀림을 받았으나 그럼에도 글을 계속 쓸 정도로 글쓰기를 좋아했다는 것, 그리고 책만 볼 줄 알았는데 밀랍으로 매화를 피워내는 취미가 있었다는 것이 흥미로웠다. 손가락 끝에 온 신경을 모으고 매달리면 가난한 살림도 잊고, 어찌 될지 모르는 앞날도 잊고, 꽃잎을 만드는 자신의 존재마저 잊었다는 이덕무의 가녀린 마음이 느껴지는 듯하다.

박제가의 '제가'라는 이름은 '수신제가(修身齊家)'에서 가져왔다고 한다. 그는 우리나라의 가장 큰 문제인 가난을 물리치기 위해서는 중국과 통상하는 길밖에 없다며 정조에게 글을 올렸고, 정조는 끊임없이 개혁의 의지를 보이는 그를 송나라 재상 왕안석에 비유했다고 한다. 그의 별명은 '당벽(唐癖, 당나라 병)', '당귀(唐魁, 당나라 귀신)'인데, 항상 당나라에 대해 관심을 보이고 외모 또한 서구적으로 생겨 붙여진 것이라고 한다. 성격이 강파르고 깎아지른 절벽처럼 위태로웠으며 분노로 가득했다고 하는데, 백탑 아래서 공부하던 친구들은 대부분 할머니가 첩이어서 서자가 된 데 비해 박제가는 어머니가 첩이었기 때문에 세상에 대한 타는 듯한 분노를 담고 있었던 듯하다.

저자는 유득공을 "초록빛 상춧잎처럼 싱그러운 얼굴을 가졌다."라고 표현한다. 유득공은 아름답고 색다른 글귀 조각들을 글 상자에 모으는 취미가 있었으며, 사람들의 마음을 어루만지고 편안하게 해주는 독특한 기운이 있었다고 한다. 이덕무는 이를 두고 "유득공의 마음속에는 우물 하나가 있는 것 같다. 걱정도 걸러져 밝은 웃음으로 만드는 우물."이라고 표현했다. 또한 유득공은 고구려와 발해의 유적을 살피고, 발해의 역사를 기록한《발해고》를 썼다. 잘 알려지지 않았던 조선의 역사가 중국 역사 못지않게 오래되었다는 것을 알 수 있는 책이다.

드라마 소재로도 다뤄졌던 백동수는 이덕무의 처형이며 무관이다. 이덕무는 그와 함께 걷노라면 바람도 한층 시원하고, 물소리도 더욱 크고 맑게 다가오며, 웅크린 어깨까지 저절로 펴지는 듯하다고 표현했다. 백동수는 무예 수련의 목적은 창검을 쓰지 않게 하는 데 있으며, 진정한 무예의 길은 진정한 평화로 가는 길과 같다고 말했다.

이서구의 이름 중 '서(書)'는 글이나 책을 뜻하고, '구(九)'는 홀자리 수 가운데 가장 클 뿐만 아니라 많다는 것을 뜻한다. 백탑 아래의 다른 친구들과는 달리 명문가의 자제였으며, 어린 나이였지만 누구 앞에서건 주저하거나 망설이는 법이 없고 자신감이 넘쳐 때로는 당돌하게 느껴질 정도였다고 한다. 이덕무가 죽었을 때 묘비명을 지어 애도하였다고 전해진다.

성미가 급하고 흥분도 잘하여 박제가와 닮은 점이 많은 박지원은 양반이면서도 서자 중심으로 이루어진 친구들을 이끌어가는 스승 역할을 했다. 그는 새로운 것을 볼 때마다 백성들의 생활에 어떻게 활용할 수 있을 것인지를 생각했다고 한다. 박지원의 호인 '연암(燕巖)'은 '제비 바위'라는 뜻으로, 황해도 골짜기의 이름을 따서 지었다. 쌍꺼풀이 있었으며, 풍채가 좋아 인상이 매우 강렬했다고 알려져 있다. 그는 《열하일기》에서 "천하를 다스리는 사람은 백성에게 이롭고 나라를 살찌울 수 있는 것이라면 무엇이든 본받아야 한다."라고 말했다. 또한 "사람으로 태어나 가장 비참한 것은 쓰일 데가 없다는 것이다."라고 했다. 그는 직접 연주를 하지는 못했지만 좋은 소리를 구분하는 능력이 탁월했고, 아무리 바빠도 속자(速字)를 쓰지 않았다고 전해진다. '남산골샌님 딸깍발이'의 전형이 박지원이 아니었을까 짐작해 본다.

홍대용은 자그마한 체구에 목소리도 낮고 병약 체질이었지만 천문과 율력에 뛰어나 혼천의(渾天儀, 수백 개의 톱니바퀴가 맞물려 돌면서 시각을 알려주는 기계)를 만들었다. 세계를 과학의 눈으로 바라보았으며 개혁의 필요성을 강하게 주장하였다. 또한 왕산악에 버금갈 정도로 거문고 연주가 뛰어났으며 그 외 많은 악기도 능숙히 다루었다고 전해진다. 2001년 정부에서는 화성과 목성 사이에서 발견된 소행성 94400을 '홍대용 별'이라고 이름 붙이기도 했다.

이들의 이야기를 하면서 정조를 언급하지 않을 수 없다. 정조는 옆으로 긴 눈을 가져 인상이 매섭고 날카로워 보였다고 한다. 꼼꼼하고 완벽한 성격으로, 모든 일을 몸소 챙겨 쉴 틈이 없었다고 전해진다. 문관과 무관은 수레의 두 바퀴에 해당하여 조화를 이루어야 한다며, 규장각을 통해 학문을 닦고 장용영을 통해 군대를 양성했다. 무엇보다 서자 출신의 인재를 적극적으로 등용한 부분은 빼놓을 수 없는 업적이다. 정조는 탕탕평평(蕩蕩平平)의 정치를 하고자 노력했지만, 49세라는 이른 나이에 세상을 떠났다. 그의 생전 업적을 생각하면 안타까운 일이 아닐 수 없다.

이 책은 이 친구들이 함께 공부하며 우정을 나누는 이야기다. 200년 전의 사회구조 때문에 이덕무와 그의 친구들은 뛰어난 실력을 가졌음에도 중요 직책에는 등용되지 못했지만, 정조라는 영특한 임금으로 인해 비록 상대적으로 낮은 자리일지라도 재능을 십분 발휘할 수 있었다. 또한 그들의 곁에는 서로의 마음을 누구보다 잘 아는 벗들이 늘 함께 있었다.

이 친구들을 한마디로 요약하여 말할 수 있는 부분이 "《한서》로 이불 삼고 《논어》로 병풍 삼다."와 "《맹자》에게 밥을 얻고 《좌씨》에게 술을 얻다."라는 구절이다. 가난했던 이덕무와 친구들은 《한서》라는 책으로 이불을 대신했고, 《논어》로 시린 겨울바람을 막았으며, 먹고살 것이 없어 《맹자》라는 책을 팔아 쌀을 샀고, 《좌씨》라는 책을 팔아 술을 마셨다는 이야기다. 목숨보다 소중했을 책을 팔 때의 이덕무와 친구들의 모습을 떠올리니 안타까움이 밀려온다.

그들에게 '백탑'이라 불리던, 탑골공원의 원각사지십층석탑을 바라본다. 노인들의 쉼터라는 이미지가 강해서 젊은 시절의 나는 방문하기가 조금은 꺼려졌던 곳이다. 그러나 이제 그곳은 나에게 학문의 원천과 즐거운 만남이 있는, 설레는 장소가 되었다. 시간을 돌려 과거에 닿을 수 있다면, 나는 백탑으로 달려가 이덕무와 그의 친구들을 만나고 그들의 도란거림에 귀 기울이고 싶다.

### 생각 나누기

1 소개된 실학자들 중 《논어》의 맨 첫 구절 "학이시습지불역열호(學而時習之不亦說乎)"에 가장 잘 어울리는 사람은 누구이며, 어느 면에서 그러한지 말해보자.

2 박제가가 가진 아픔에 대해 생각해 보고, 그의 선구자적인 활동에 대해 말해보자.

3 소개된 실학자들 중 더 알고 싶은 사람은 누구인지, 그 이유는 무엇인지 말해보자.

# 다산의 아버님께

안소영

인간에 대한 사랑을 그린
공감과 감동의 시간

저자 안소영은 아버지 안재구 교수가 정치적인 이유로 감옥에 있을 때 아버지와 편지를 주고받으며 청소년기를 보냈다. 그 시절 우연히 《유배지에서 보낸 편지》를 접했고, 여기에서 받은 영향과 어린 시절의 경험을 바탕으로 《다산의 아버님께》를 출간하게 되었다고 한다. 저자는 〈농가월령가〉로 알려진 정약용의 둘째 아들 학유를 서술자로 하여 이야기를 풀어나가는데, 아마도 그에게 동병상련의 마음을 느꼈으리라 짐작된다. 저자가 머리말에서 "훗날 학유가 조심스레 바란 것처럼, 다산뿐 아니라 그의 가족에게도 눈길을 보내 달라. 길고 가혹한 기다림의 세월은 다산의 것만이 아닌 고향에 남아 있는 가족의 세월이다. 그 다른 결 하나하나에 깊은 눈길을 보내 달라. 그 눈길이 저마다의 삶과 감성을 존중해 주는 것으로 이어지기 바란다."라고 밝힌 부분에서는 숙연해지기까지 한다.

이 책은 역사를 공부의 대상만이 아니라 감동과 공감의 대상으로도 읽을 수 있는 좋은 책이다. 다산 정약용은 18세기 한국 최대의 사상가이며 정치가, 의사, 지리학자, 과학자다. 18년의 유배 생활을 헛되이 보내지 않고 500여 권의 책을 집대성한 조선 말의 대표적인 실학자였다. 매형 이승훈의 영향으로 실학과 천주학에 관한 책을 많이 접했다고 한다. 40세의 나이에 신유박해(辛酉迫害)에 휘말려 귀양을 떠난다. 그는 자신이 방대한 책을 저술하는 이유를 '인간에 대한 사랑'이라고 말했다. 즉 유학의 본연으로 돌아가자는 의미다.

다산은 말년에 자신의 호를 '사암(俟菴)'이라 했다. 이는 '자신의 삶과 사상에 대해 후손의 평가를 기다린다.'라는 뜻이다. 그는 "이 책에 마음을 쏟아 그 뜻을 깨닫는 사람이 있다면, 그를 핏줄보다 더한 정으로 하고 극진히 대하라."라고 남길 만큼 자신의 저서에 애착이 있었다. 이에 학유는 "먼 훗날, 아버지의 책을 뒤적이는 사람에게 다가가 따스하게 감싸주고, 아버님의 이야기를 해주겠다."라고 한다. 아버지의 저서에 대한 독자들의 관심을 기다린다는 아들로서의 간절함이다.

다산은 누구보다 엄하지만 다정한 아버지였고, 속 깊은 동생이었으며, 참된 스승이었다. "사람만이 스스로의 행동을 결정할 수 있다. 자신의 행동뿐 아니라 자기 앞에 놓인 시간에 대해서도 그러할 것이다. 내려진 형벌에 체념하고 절망하여 흘러가는 시간 속에 그저 스스로를 맡겨버릴 것인가, 아니면 자신의 것으로 만들어 자취를 깊이 새겨놓을 것인가."라며 긴 유배 생활을 헛되게 하지 않고 오히려 뛰어난 학문적 성과와 수많은 저서를 남겼으며, 가족들을 다독이고 위로하며 18년의 세월을 보냈다. 이로 보아 그의 세월은 결코 유배지에만 머무르지 않았으며, 그 마음만은 무한히 자유로웠다는 것을 알 수 있다.

천주교를 받아들임으로써 풍비박산된 한 가계의 살얼음 같은 절망의 시간을 희망의 시간으로 만들어가는 학연과 학유의 피눈물 나는 아픔, 그리고 오랜 기다림이 가슴 저리다. 아버지의 귀양살이가 풀리기를 기다리고 다시 포기하기를 수십 번, 타오르는 분노를 갈무리하며 18년의 세월을 보낸 아들들의 노력 끝에 마침내 해배(解配)를 맞이하는 다산의 모습 또한 눈물겹다.

그들의 세월을 마주하며, 오늘을 무의미하게 보낸 나는 또 마음 깊이 반성하게 된다.

## 생각 나누기

1 저자 안소영은 머리말에 "길고 가혹한 기다림의 세월은 다산의 것만이 아닌 고향에 남아 있는 가족의 세월이다. 그 다른 결 하나하나에 깊은 눈길을 보내 달라."라고 썼다. 이 글에서 '다른 결'이란 무엇으로 해석할 수 있을지 생각해 보자.

2 저자 안소영의 마음과 학유의 마음의 공통점과 차이점에 대해 말해보자.

3 "먼 훗날, 아버지의 책을 뒤적이는 사람에게 다가가 따스하게 감싸주고, 아버님의 이야기를 해주겠다."라고 표현한 학유는 어떤 마음일지 그의 입장에서 말해보자.

4 천주교가 정약용의 집안에 어떤 영향을 미쳤는지 가족 관계를 중심으로 살펴보자.

# 광장

최인훈

우리가 만들어야 한다.
자유와 평등이 있는 광장.

소설의 처음은 다음과 같이 아름다운 시적 표현으로 시작된다.

> 바다는, 크레파스보다 진한, 푸르고 육중한 비늘을 무겁게 뒤채면서, 숨을 쉰다.

명준이 중립국으로 가는 배 안에서 바라본 바다의 모습이다. 전에 읽었던 김훈의《칼의 노래》도 전쟁소설이라는 선입견이 있어 읽기를 주저했었는데, "버려진 섬마다 꽃이 피었다."라는 표현으로 이야기가 시작되어 책을 손에서 놓을 수가 없었던 기억이 있다. 내가 존경하는 두 작가는 어두운 터널 같은 서사를 시적으로 묘사하며 독자를 사로잡는다.

이번 독서 모임에서는 《화두》라는 책으로 지성인들을 토론장으로 이끌어냈던 최인훈에 대해 공부하기로 했다. 《화두》에서도 최인훈의 진가가 나타났지만, 가장 그다운 책은 《광장》이 아니겠느냐는 어느 회원의 의견에 따라 이 작품이 선정되었다.

저자 최인훈은 회령에서 태어나 1945년부터 5년간 북의 인민공화국 건설을 직접 목격하였고, 열네 살 때 6·25가 일어나자 가족과 함께 월남하였다. 《광장》에서 명준은 남북을 오가며 남북의 정치체제를 비판하는데, 이것은 최인훈이 열네 살까지 북한에 있으면서 목격한 상황을 토대로 글을 쓴 것으로 짐작된다.

《광장》은 1960년 〈새벽〉이라는 잡지에 발표되었으며, 해방 이후부터 6·25까지를 배경으로 한다. 혼란한 시기에 공산주의와 자유주의를 표면에 내세워 비교하고 비판하는 저자의 담력과 당당함이 놀랍다. 아마도 많은 내면적 갈등이 있었을 것으로 짐작된다. 저자는 이후 4·19를 기점으로 자신의 의사를 표현하고 대화가 통하는 세상이 올 거라는 희망을 가졌을 것이다. 그러나 바로 1년 뒤에 이데올로기가 극에 달하는 군사정권이 세워지리라고는 그도 예상하지 못했으리라.

이 소설은 그 시대의 전후 소설과는 많은 차이점이 있다. 일반적인 전후 소설은 전쟁이 남긴 상처와 그로 인한 절망, 그리고 무기력과 허무를 주로 그리고 있는데, 이 작품은 남북한의 체제와 이데올로기를 동시에 비판하고 있는 한국 문학사상 최초의 소설이라고 평가받는다. 이청준의 《병신과 머저리》, 윤흥길의 《장마》, 조정래의 《태백산맥》이 《광장》과 맥을 같이 한다고 볼 수 있다. 수준 높은 지적 사유를 담은 한 편의 소설이 이토록 오랜 세월 동안 스테디셀러가 될 줄은 저자도 몰랐을 것이다. 저자는《광장》을 쓴 것은 자신에게 운명 같은 일이었다고 말했다.

이 소설은 갈래상 사회 소설, 분단 소설에 속하지만 지독히도 아픈 사랑에 대해 이야기하고 있다. 해방 후 아버지가 북쪽으로 가자 명준은 친구 집에서 지내게 된다. 거기에서 윤애라는 여자를 만나 사랑에 빠진다. 그러나 윤애는 명준과 사랑을 나눌 때는 무척이나 적극적이지만, 절대 마음을 주지는 않는다. 이에 상처를 받은 명준은 북쪽으로 넘어가게 되고, 그곳에서 발레리나 은혜를 만나 그녀를 진정한 사랑이라 여긴다. 6·25가 발발하고 은혜가 남한에 간호병으로 파견되자, 명준은 인민군 장교가 되어 남한으로 온다. 명준은 은혜와 사랑을 나눠 아이를 가지지만 은혜가 죽자 제3국을 선택하고, 중립국으로 향하는 배 위에서 몸을 던져 자살한다. 명준과 은혜가 거제도 포로수용소에서 나누는 대화는 가슴이 쓰리다. 미군의 폭격이 거세지자 은혜가 말한다. "우리 죽기 전에 부지런히 만나요, 네?" 그날 밤 명준은 은혜를 두 시간 가까이 기다렸으나, 끝내 그녀는 나타나지 않았다.

명준은 중립국으로 향하는 배 위에서 큰 새와 작은 새가 바다를 향해 미끄러지듯 내려오며 자신을 내내 쫓아오고 있다고 생각한다. 그제야 명준은 마음껏 날 수 있는 광장을 향해 갈매기를 따라 내려간다. 명준에게 그 새는 아내와 딸이었다. 그들이 있는 광장인 바다를 보며 명준은 비로소 마음을 놓는다. 결과적으로는 자살이지만, 아내와 딸이 있고 희망이 있는 광장으로 갔다. 그는 그 순간만큼은 행복했을 것이다.

또한 이 소설은 이데올로기에 대한 저자의 고뇌를 유감없이 드러낸 철학서다. 명준은 철학과 학생으로, 비리와 모순으로 인해 심각하게 부패한 남한에 대해 울분을 토한다. "저 브로커의 무리들, 정치 시장에서 밀수입과 암거래에 갱들과 결탁한 어두운 보스들. 인간은 그 자신의 밀실에서만은 살 수 없어요. 그는 광장과 이어져 있어요. 정치는 인간의 광장 가운데서두 제일 거친 곳이 아닌가요?", "한국 정치의 광장에는 똥오줌에 쓰레기만 더미로 쌓였어요. 모두의 것이어야 할 꽃을 꺾어다 저희 집 꽃병에 꽂구, 분수 꼭지를 뽑아다 저희 집 변소에 차려놓구, 페이브먼트를 파 날라다가는 저희 집 부엌을 깔구. 한국의 정치가들이 정치의 광장에 나올 땐 자루와 도끼와 삽을 들고, 눈에는 마스크를 가리고 도둑질하러 나오는 것이지요."라며 남한의 정치가들을 신랄하게 비판하며 남한의 어설픈 민주주의를 무섭도록 몰아붙인다.

명준은 광장을 찾기 위해 북쪽으로 향하지만, 그곳도 마찬가지다. 명준이 북한에서 만난 것은 잿빛 공화국이었다. 명준이 놀란 것은 코뮤니스트들이 들뜨지 않고 맥 빠진 얼굴로, 아무 울림 없는 얼굴로 앉아 있는 것이었다. 명준은 아버지에게 화를 내며 열변을 토한다. "이게 무슨 인민의 공화국입니까? 이게 무슨 인민의 나랍니까? 남조선을 탈출한 건, 이런 사회로 오려던 게 아닙니다."

명준이 추구한 삶은 광장과 밀실이 적절히 조화된 사회였다. 광장은 사회적 존재로서의 공간을 의미했고, 밀실은 개인의 자유를 인정하는 주체적인 공간을 의미했다. 그러나 명준이 볼 때, 남한에는 똥오줌과 쓰레기로 가득 찬 정치인들이 만든 부조리한 밀실만 이 있고 광장은 없었다. 또한 북한에는 개인의 밀실이 완전히 폐쇄되고 공산주의라는 허위에 갇혀 진정한 혁명은 존재하지 않고 끝없이 퇴색된 구호만 외치는 광장만이 있을 뿐이었다. 저자는 글의 서문에서 '광장은 대중의 밀실이며, 밀실은 개인의 광장'이라고 말한다. 광장과 밀실은 결국 분리되어 있지 않다는 의미다. 광장이 정상적으로 기능을 발휘할 때 밀실도 개인의 자유와 행복 속에 온전해진다. 이것이 저자가 진정으로 바라는 사회의 모습일 것이다.

명준은 광장과 밀실이 적절히 조화된 사회를 한반도에서 찾지 못했다. 그렇다고 제3국에서 찾을 수 있을 거라는 생각도 들지 않았다. 명준은 중립국으로 가는 배를 따라오는 갈매기 떼가 신경 쓰인다. "뱃사람들은 저런 새를 죽은 뱃사람의 넋이라고 하지. 뱃사람을 잊지 못하는 여자의 마음이라고도 하고." 주변 사람들이 이야기한다. 그때 명준은 은혜와 태어나지 못한 딸의 환영을 갈매기에게서 보게 된다. 갈매기는 어서 오라고 손짓을 한다.

"제정신이 든 눈에 비친 푸른 광장이 거기 있다. 무덤을 이기고 온, 못 잊을 고운 각시들이 손짓해 부른다. 내 딸아. 비로소 마음이 놓인다." 소설은 이렇게 마무리된다.

결국 명준은 남과 북의 이데올로기를 모두 초월할 수 있는 광장을 바다에서 발견한다. 그 바다에는 광장과 밀실이 함께 존재하고 있었다. 거기는 바로 모두의 광장이며, 명준만의 밀실이 된다. 저자는 한 지식인의 비극을 통해 개인의 자유와 행복을 가로막는 이념의 폭력성과 분단의 한반도를 사무치게 고발하고 있다.

내 학창 시절의 '광장'은 최인훈의 '광장'에서 그다지 벗어나지 못했다. 그러나 이제는 생각과 사상을 마음껏 표현할 수 있으며 행복이 있는 광장이 대한민국 안에 퍼져 나가고 있다.

저자는 1960년에 이 작품을 발표한 후에도 여러 번 다시 고쳤다고 한다. 명준은 광장을 바다에서 찾을 수밖에 없었지만, 지금 이 작품을 다시 고친다면 명준이 그렇게도 원하던 광장과 조금은 유사하게 수정되지 않을까 기대해 본다. 광장을 찾은 기쁨으로 이 나라의 수많은 명준이들이 활짝 웃을 수 있다면 좋겠다.

### 생각 나누기

**1** 자신에게 '광장'이란 어떤 의미인지 생각해 보고, 이 작품에서의 '광장'과 어떤 차이가 있는지 말해보자.

**2** 이 소설은 1960년 4·19 이후에 발표되었다. 작품 내용상의 시대적 배경과 발표 시점의 시대적 배경에 어떤 차이가 있는지 말해보고, 발표를 하던 시점에 저자의 마음은 어떠했을지 생각해 보자.

**3** 이 소설이 일반적인 전후 소설과 어떤 차이가 있는지 알아보고, 문학 평론가들은 이 작품에 대해 어떤 평가를 하고 있는지 살펴보자.

**4** 명준은 중립국으로 가는 배 위에서 갈매기 두 마리를 보게 된다. 명준에게 갈매기와 바다는 어떤 의미인지 생각해 보자.

# 눈길

이청준

눈길은 모자 간의 사랑과 그리움의 흔적
방 한 칸은 손님에 대한 배려이며 어머니의 부끄러운 부탁

우리나라의 현대문학을 이끈 거장(巨匠) 중 한 명인 이청준은《병신과 머저리》로 대학 시절의 나를 세기말적인 감상에 젖게 했다. 작품의 주인공처럼 '아픔은 있는데 아픔이 오는 곳은 없는 나의 환부는 어디일까'를 고뇌하던 시절이 나에게도 있었다. 그의 다른 작품인《당신들이 천국》을 보면서는 내가 모르는 역사의 그림자를 마주하며 나름의 지성인으로서 내가 할 일은 무엇인지 반문하곤 했었다. 이번 독서 모임에서는 참으로 오랜만에, 마치 그 시절처럼 이청준의 지적 사유에 동참해 보고 싶어 그의 소설《눈길》을 폈다.

이청준의 경험이 바탕이 되었다는 이 이야기는 아프다. 주인공인 '나'는 어머니에게 무엇도 받은 일이 없으니 갚을 빚도 없다고 생각한다. 어머니 역시 아들에게 빚만 물려주었을 뿐 제대로 된 사랑을

베푼 일이 없다는 생각에 아들의 얼굴을 제대로 보지도 못하고 매사 조심스럽게 대한다.

'나'는 어머니를 '노인'이라 칭한다. 어머니를 노인이라고 말하는 것도 묘하고 낳아주신 어머니에게 빚이 없다고 말하는 것도 이상하다. 그런데 어머니의 요구 또한 당황스럽다. 그렇게나 데면데면한 아들에게 뜬금없이 방 한 칸을 지어 달라는 것이다. 어머니의 이런 부탁은 이야기를 비밀스럽게 만들며 긴장감을 고조시킨다. 노모는 새마을운동으로 온 마을이 지붕 개량 사업을 하니 자신의 집도 지붕 개량을 해야 한다는 이야기를 조심스럽게 꺼낸다. 당신이 죽으면 하나밖에 없는 방에 시체가 누워 있으니 손님들이 머물 곳이 없다는 게 이유였다.

고향에 대해 그리움보다 증오감이 더 크게 자리 잡고 있는 '나'는 아내와 함께 시골에 있는 노모를 찾아 하룻밤을 보내며 이런 부탁을 듣게 된다. 그동안 '나'는 주벽과 노름으로 집을 거덜 낸 형이 죽자 형수와 조카까지 맡아 돌봐야 하는 고된 삶을 살았고, 이 때문에 노모와도 거의 남남처럼 지내왔다.

형이 재산을 탕진하자 어머니는 집을 팔았다. 도시에서 고등학교를 다니고 있던 '나'는 집이 이미 팔려버린 것을 알고 있었지만, 어머니는 아들이 집에 온다고 하자 집주인에게 간청하여 자신의 옛집에서 하룻밤을 잘 수 있게 한다. 그리고 가지고 있는 물건 중 가장 값나가는 옷궤까지 갖다 놓았다. 이미 망한 집안을 아들에게 보이고 싶지 않았던 어머니의 행동이 오히려 더 '나'를 화나게 했을지도 모른다.

아들의 가슴에 남아 있는 어머니의 사랑과 관심은 단 하루였다. 어머니는 늘 형의 뒷바라지를 하느라 '나'에게는 눈길을 돌릴 여유가 없었다. '나'도 어머니가 자신에게 눈길을 주었다는 기억이 없었다. 그런데 단 하루, 그날. 그때 보았던 어머니의 모습이 여태 청산하지 못한 빚이 되어 '나'를 붙잡고 있다. 어머니의 눈길 한번 받지 못하고 살아왔다는 서글픔과 형의 집안까지 돌봐야 한다는 억울함으로 내내 살았는데, 그 하루 어머니의 눈길이 '나'를 붙잡는다.

사실 '내'가 외면하고 싶었던 것은 지붕 개량이 아닌, 그날의 이야기였다. 고향 집에서 하룻밤을 자고 다음 날 새벽에 어머니와 함께 길을 떠났던 기억만 없었다면 '나'는 정말 어머니를 노인에 불과하다 여겼을 것이고, 정말 아무런 빚도 없다고 생각했을 것이다.

그런데 자꾸 아내가 어머니에게 아들을 도시로 떠나보낼 때의 심경을 묻는다. 아내의 집요함에 어머니는 결국 그날 새벽 장터 차부(터미널)까지 아들을 데려다주고 한없이 눈물을 흘리며 눈길을 걸어 돌아왔다는 이야기를 털어놓는다. 사실 '나'는 모든 것을 이미 알고 있었다. 그래서 더더욱 그날의 일은 망각의 저편에 버리고 싶은 유산이었다. 지금까지 어머니를 노인으로 치부하며 자신은 노인에게 빚이 없다고 여겼던 것에 정당성을 부여하고 싶었는지도 모른다. 자는 척하고 있었지만 결국 그날의 모든 이야기를 자세히 들은 '나'는 노모의 사랑과 부끄러움을 느끼며 뜨거운 눈물을 흘린다.

온 재산을 형에게 쏟느라 어머니는 '나'에게 눈길을 줄 여유도, 사랑을 줄 기회도 없었다. 그것이 어머니에게는 사무치는 미안함이었고, 당신 스스로를 죄인으로 만드는 일이기도 했다. 방 한 칸을 키우고 싶은 것은 손님과 며느리에 대한 배려였으며, 부끄러운 어머니의 소망이었다. 눈길에 찍힌 아들의 발자국마저 사랑스러워서, 아들을 간직하고 싶어서, 그 발자국을 따라나선 길을 노모는 돌아왔으리라. 어머니에게 눈길은 자식을 향한 무조건적인 사랑이고, 또한 한없는 부끄러움이었다.

"여보, 이젠 좀 일어나 보세요. 일어나서 당신도 말을 좀 해보세요." 그녀가 느닷없이 나를 세차게 흔들어 깨웠다. 그녀의 음성은 이제 거의 울부짖음에 가까웠다. 그래도 나는 일어날 수가 없었다. 뜨거운 것을 숨기기 위해 눈꺼풀을 꾹꾹 눌러 참으면서 내처 잠이 든 척 버틸 수밖에 없었다.

아내는 모자 사이에서 화해의 매개 역할을 한다. 아내는 아들에 대한 어머니의 마음을 알고 있었을 것이다. 그래서 어머니의 마음을 끌어내 남편에게 직접 들려주고 싶었을 것이다. 그동안 어머니에게 받은 것 하나 없으니 빚도 없다고 자신을 정당화하던 이기적인 '나'는 그날 밤 아내와 어머니의 대화로 긴 세월 동안의 오해를 바로잡으며 어머니의 사랑을 느끼게 된다.

"동네에선 아침 짓는 연기가 한참인디 그렇게 시린 눈을 해갖고는 그 햇살이 부끄러워 차마 어떻게 동네 골목을 들어설 수가 있더냐. 그놈의 말간 햇살이 부끄러워서 그럴 엄두가 안 생겨나더구나. 시린 눈이라도 좀 가라앉히고자 그래 그러고 앉아 있었더니라……."

눈 덮인 길에서 아들에게 사랑을 보이지 못한 자신을 부끄럽게 생각하는 어머니의 아픔이 절절히 다가오고, 눈길에 앉아 시린 눈을 가라앉히려 노력하는 어머니의 모습이 훤히 보인다. 눈물이 쏟아지는데 눈까지 내리니 눈이 시릴 수밖에 없었을 것이다. 그 모습을 누가 볼까 봐 마냥 앉아 있는데, 말간 햇살이 보고 있다. 그 햇살에게도 부끄러웠다는 어머니.

마지막 책장을 넘기며 새삼 작가들의 힘이 대단하다고 느꼈다. 인간 내면에 숨겨진 그림자를 어찌 이렇게 찾아내어 읽는 이의 가슴을 이토록 깊게 파고들까. 소설 속 어머니는 곧 우리 모두의 어머니 모습일 것이다. 참 슬프고도 아린 사랑을 확인할 수 있었던 좋은 작품이었다.

### 생각 나누기

1 저자 이청준에 대해 더 알아보자.

2 '나'는 어머니를 '노인'이라 칭하며, '노인에게는 빚이 없다.'라고 생각한다. 그렇게 생각한 이유를 정리해 보고, 그에 대한 자신의 생각을 말해 보자.

3 작품 중 아내는 어떤 역할을 하고 있는지 말해보고, 그에 대한 자신의 생각을 이야기해 보자.

4 이 작품에서 '옷궤'는 무엇을 의미하는지 생각해 보자.

# 투명인간

성석제

우리는 모두 투명인간이 아닌
존중받는 인간이고 싶다.

누구나 투명인간이 되고 싶었던 기억이 있을 것이다. 타인의 눈치를 보지 않고 마음껏 돌아다니며 자유로운 기분을 만끽할 수 있을 테니까 말이다. 때로는 투명인간이 되어 마음에 들지 않는 사람에게 짓궂은 장난을 치고 싶다거나, 시험을 볼 때 공부 잘하는 아이의 답안지를 몰래 훔쳐보고 싶다는 얼토당토않은 상상을 하기도 한다. 그러나 성석제의 《투명인간》은 이렇게 동화같이 귀여운 상상과는 거리가 멀다.

책의 표지부터 흥미롭다. 빼빼 마른 알몸의 남자가 앞으로 쏟아지는 커다란 자기 머리를 감싸고 있는 모습이다. 이렇게 표지부터 관심을 끄는 소설을 볼 때는 밥 먹는 시간도 아깝다. 처음부터 끝까지 단숨에 읽는 데 방해가 되기 때문이다.

저자 성석제는 '탁월한 이야기꾼', '해학과 풍자의 장인'이라는 수식어를 가지고 있다. 어느 평론가는 그를 두고 '현실의 온갖 고통과 참을 수 없는 존재의 무거움을 올바로 성찰하면서도 그것을 웃으며 즐길 줄 아는 작가'라며 극찬했다고 한다. 그중《투명인간》은 동인문학상, 현대문학상 등을 수상한 성석제의 작품 중에서도 가장 돋보이는 결정판이라 평가되고 있다.

이 소설은 가족과 공동체를 위해 희생한 선하고 배려심 깊은 김만수라는 한 남자의 슬픈 이야기다. 일제강점기 이후부터 산업화 시기인 1970~1980년대까지를 배경으로 하며, 3대에 걸친 한 가정의 이야기를 통해 만수의 삶을 조명한다. 서술자가 자주 바뀌어 읽기가 어려운 점도 있었지만, 주변 인물들이 제3자가 아닌 서술자로서 소설을 이끌어나간다는 것은 매우 흥미로웠다. 실제 주인공은 만수지만 '나'로 지칭되는 주변 인물들이 저마다 자신이 보는 시각에서 만수를 묘사하고 있다. 다른 소설들과는 획기적으로 다른 전개 방식이다.

이야기는 할아버지부터 시작된다. 할아버지는 만석꾼의 아들로 성실하고 똑똑했지만, 일제에 재산을 빼앗기고 시골로 야반도주하여 아들 하나를 낳는다. 그 아들이 주인공 여섯 남매의 아버지다. 여섯 남매는 기구한 인생을 살아간다. 큰형 백수는 머리가 좋아 서울대에 입학하지만 월남전 고엽제 후유증으로 사망하고, 큰딸 금희는 구로공단에 취직하기 위해 가출한다. 막내 석수는 운동권 여자를 만났다는 이유로 안기부에 끌려간 후 그들의 수하가 되고, 명희는 가스중독으로 지능 박약아가 된다. 여섯 남매 중 가장 머리가 좋지 않았던 만수만이 서울로 올라와 자동차 부품 회사에 다니며 바보가 된 누나 명희와 종적을 감춘 석수의 아들을 키우고, 여동생의 결혼 자금을 마련하며 착하게 살아간다. 그러다 만수가 다니던 공장이 부도를 맞게 되는데, 만수는 회사를 살리기 위해 많은 빚을 진다. 그 사실을 안 가족들은 만수를 투명인간인 양 대하기 시작한다.

이 책은 연대기이며, 역사서이자 당시 시대상을 한눈에 볼 수 있는 소시민의 자화상이다. 많은 소설들이 우리나라의 산업화 시기를 소재로 사용하지만, 이 작품만큼 하나의 실록처럼, 역사 교과서처럼 소소한 일상을 그려낸 작품은 없었던 것 같다.

저자는 할아버지의 피난을 통해 일제강점기 억압의 역사를 드러냈고, 만수네가 서울로 가서 살아가는 일상에서는 당시의 생활상을 세세하게 그려내었다. 정부가 지급했던 빵 이야기를 보면서는 내가 초등학교 저학년일 때 그 빵을 약간의 돈을 내고 사 먹었던 기억이 났다. 또 구정물을 얻으러 가는 만수네를 통해 설거지 후의 구정물까지 유용하게 쓰이던 어려웠던 그 시절을 떠올렸다. 머리 좋은 큰아들의 월남 파병으로 미국의 악랄한 고엽제 피해를 기억해 냈고, 크고 맛없었던 신품종 통일벼를 떠올릴 수 있었다.

작품 중 10월 유신의 개헌 투표에 반드시 참가하라고 초등학생에게 포스터를 붙이라는 부분이 나온다. 10월 유신은 박정희 대통령이 장기 집권을 위해 1972년에 실시한 초헌법적 비상조치로, 낙후된 대한민국을 재건하겠다는 목표로 시작되었다. 1970년부터 시작한 새마을운동과 같은 맥락으로 보면 될 듯하다. 그 뒤 군사정권 시대의 최루탄 연기 속 피비린내 진동하던 대학 시절과 서울역 앞 대학생 시위대와 맞서던 전경들의 살벌함도 다시 돌아보게 되었다.

이렇게 우리의 현대사를 그리듯 보여주는 점은 좋았으나, 소설의 처음과 마지막에 등장하는 투명인간과 관련한 내용은 이해가 쉽지 않았다. 소설의 첫 부분에는 한강변에서 라이딩하는 투명인간의 모습이 서술되고, 소설의 마지막에는 그 투명인간이 한강 다리에 서 있는 만수를 발견한다. 그 투명인간은 한강변에서 만수와 이야기를 나누는데, 끝이 모호하다. 만수가 교통사고를 당한 건지, 한강에 투신했는지, 애초에 그 시간에 만수는 거기 있지 않았는지. 다만 마지막에 '형'이라고 부르는 투명인간의 말을 통해 그가 행방불명된 석수임을 짐작하게 한다. 맨 처음에 등장하는 서술자의 존재에 대해 매우 궁금했는데, 저자는 이러한 궁금증을 끝까지 끌고 가서 마지막에야 석수임을 밝힌다. 이러한 기법 또한 저자의 천재적인 능력인 것 같다.

그렇다면 두 명의 투명인간은 한 가족이면서 같은 류의 투명인간인 것일까? 만수는 볼품없는 외모에 허약하게 태어나 다소 모자란 구석이 있지만 선한 마음을 가지고 있었고, 부단히 노력하며 살았다. 그러나 경제적으로 어려워지자 가족조차도 그를 투명인간 취급한다. 그리고 석수는 안기부의 끄나풀이 되면서 비밀이 많고 평생 숨어야만 하는 삶이 되었던 것 같다.

3대에 걸친 이야기를 통해 우리의 현대사를 보여주면서, 동시에 동화를 벗어난 '투명인간'이란 과연 어떤 의미인지 고민하게 했던 《투명인간》. 이 작품에 대한 감상을 한마디로 정리하기 힘들어 마지막 작가의 말로 갈음한다.

"현실의 쓰나미는 소설이 세상을 향해 세워둔 둑을 너무도 쉽게 넘어 들어왔다. 아니, 그 둑이 원래 그렇게 낮고 허술하다는 것을 절감하게 만들었다.
소설은 위안을 줄 수 없다. 함께 있다고 말할 수 있을 뿐. 함께 느끼고 있다고, 우리는 함께 존재하고 있다고 써서 보여줄 뿐.
이 소설의 첫 문장을 쓰기 시작한 이후 깨달은 것은 이것이다."

### 생각 나누기

**1** 이 소설은 서술자가 자주 바뀐다. 이러한 기법을 사용한 저자의 의도가 무엇인지 생각해 보자.

**2** 작품에서 묘사한 내용을 바탕으로 산업화 시기의 생활상에 대해 더 알아보자.

**3** 우리가 일반적으로 사용하는 투명인간의 의미와 작품에서 쓰인 투명인간의 의미는 어떤 차이가 있는지 생각해 보자.

# 리스본행 야간열차

파스칼 메르시어

새로운 세계에 대해 도전하라.
지금의 자기가 아닌 그 무엇이 될 수 있다.

누구나 가지 않은 길에 대한 갈망이 있다. 어느 날 갑자기 모든 것을 뒤로하고 훌쩍 떠나고 싶은 날도 있다. 그러나 각자의 사정으로 우리는 현실에 안주한다. 그런데, 이 갈망을 실천에 옮긴 사람이 있다. 바로 철학자이자 이 소설의 저자인 파스칼 메르시어, 고전 문헌학자인 소설의 주인공 그레고리우스, 그리고 의사이며 20여 편의 책을 쓴 액자 속 주인공 아마데우다.

저자 파스칼 메르시어는 1944년생으로 버클리, 하버드, 베를린대학교에서 언어철학을 가르쳤으며 인간의 정신세계, 철학적 인식 문제, 언어철학 등 폭넓은 인문학 분야의 저술 활동을 하고 있다. 그 중《리스본행 야간열차》는 23개국 언어로 번역되어 파스칼 메르시어를 세계적인 작가 반열에 오르게 한 작품이다.

《리스본행 야간열차》는 액자식으로 구성되어 있어 정신을 바짝 차리지 않으면 내용이 헷갈릴 수 있다. 액자 밖의 주인공은 그레고리우스이며, 액자 안의 주인공은 아마데우라는《언어의 연금술사》의 작가이자 시인이다. 그레고리우스는 아마데우의 자취를 쫓아 그가 살던 집과 무덤을 찾아가고, 그의 지인까지 만나게 된다. 그러다 아마데우의 모든 것을 알고 있으며 오빠인 그를 그리워하는 여동생 마리아나를 만나 아마데우가 얼마나 현실에서 도망치고 싶어했는지 듣게 된다.

아마데우는 부잣집 아들로 태어나 남부러울 것 없이 살지만, 환경이 다른 친구를 만나며 새로운 세계에 환희를 느낀다. 1974년 '리스본의 봄'이라 불리는 카네이션 혁명 때 사망하는 아마데우는 자신의 묘비명에 "독재가 현실이라면 혁명은 의무다."라고 쓸 정도로 신념이 강한 레지스탕스였다. 아마데우의 작품인《언어의 연금술사》는 40년 이상 계속된 살라자르 정권에 맞서 싸우던 때를 배경으로 기록되었다고 액자 속 소설은 묘사한다. 어느 날 그는 독재자 살라자르 편에 선 악질 형사가 환자로서 자신 앞에 있는 상황에 맞닥뜨리게 되는데, 여기서 커다란 딜레마에 빠지게 된다. 결국 그는 이념보다 인간으로서의 양심을 선택한다.

그리고 소설은 다시 액자 밖 현실로 돌아온다. 스위스로 돌아가려 하는 그레고리우스에게 아마데우의 여동생 마리아나는 손을 내밀며 그가 포르투갈에 머물기를 원한다고 말한다. 그레고리우스가 어떤 선택을 하는지는 나오지 않고 소설은 끝을 맺는다.

액자 밖 주인공 그레고리우스는 왜 아마데우에게 매료되었을까?

그레고리우스와 아마데우에게는 두 가지 공통점이 있었다. 그것은 가지 않은 길에 대한 열망을 실천으로 옮겼다는 것과 인간의 문제는 언어에 있다고 생각한 것이다.

이 소설의 두 주인공은 자신의 삶에서 벗어나 전혀 다른 삶을 좇는다. 그들은 저자가 던진 "우리가 우리 안에 있는 것들 가운데 아주 작은 부분만을 경험할 수 있다면, 나머지는 어떻게 되는 걸까."라는 화두에 적극적으로 나섰는데, 그 결과가 행복인지 불행인지는 확답할 수 없는 것 같다.

그레고리우스는 독학으로 포르투갈어를 공부하면서 라틴어에서 느끼지 못한 해방감을 느끼고, 새로운 삶의 가능성을 본다. 그는 리스본으로 갈 계획을 세운 후 사직서를 겸한 편지로 마르크스 아루렐리우스의 〈명상록〉 한 구절을 써 총장에서 보내고 길을 떠난다.

액자 속 주인공 아마데우는 판사인 아버지의 위상에 걸맞는 모범생이었지만, 조르지라는 거친 친구를 만나며 그 세계를 동경하고 살라자르 독재 정권에 맞서 싸운 카네이션 혁명에서 레지스탕스로 활동하게 된다. 자신의 가장 친한 친구 조르지의 연인 에스테파니아에게 한눈에 반해 고통스러워하다 용기를 내어 그녀에게 아마존에 가서 살자고 하지만, 영리한 그녀는 아마데우가 자신을 사랑한 것이 아니라 가지 않은 길을 가고 싶을 뿐이라는 것을 눈치채고 거절한다.

"여행을 하지 못하는 사람들은 외적으로 움직이지 못하니까 내적으로도 뻗어나가지 못한다. 이 사람들은 자기를 계발할 수 없고, 지금의 자기가 아닌 누구 또는 무엇이 될 수 있었는지 박탈당한 채 살아간다."

아마데우의 말을 빌려 저자는 현재에 안주하지 말고 새로운 일에 도전하자고 끊임없이 재촉한다.

그레고리우스와 아마데우의 또 다른 공통점은 언어에 천착한 것이다. 두 사람은 언어를 연구하는 교수이며 시인이고, 인간이 언어를 제대로 다루지 못해서 불행해진다고 생각한다.

스위스 베른대학에서 실력 있는 교수로 정평이 난 그레고리우스는 어느 날 자살을 시도하는 여자를 살리게 된다. 그녀는 그레고리우스의 이마에 무언가를 적는다. 그레고리우스는 그녀에게 모국어가 무엇이냐고 묻고, 그녀는 '포르투게스'라고 대답한 후 떠난다. 이 단어의 발음에 묘한 이끌림을 느낀 그레고리우스는 서점에 들러 《언어의 연금술사》라는 포르투갈 책을 구입하고, 그 책의 저자를 찾아 무작정 리스본행 야간열차를 탄다. 낯선 여자가 말한 '포르투게스'라는 단어 하나에 이끌려 포르투갈의 리스본까지 가는 한 교수의 행동은 현실적으로 기이하다. 그레고리우스는 "세상에는 책을 읽은 사람과 읽지 않은 사람이 있다. 사람 사이에 이보다 더 큰 구별은 없다."라고 말한다.

《언어의 연금술사》를 쓴 아마데우도 인간이 사용하는 언어에 대해 극렬하게 사유한다. 아마데우는 내가 인식하는 나와 타인이 보는 나의 차이, 현재의 삶을 경험하는 나와 감추어진 나의 차이 등에 대해 집요하게 언어를 통해 파고든다. 그는 "글을 쓰지 않으면 결코 깨어날 수 없고, 자기가 누구인지 알지 못해. 말은 시가 되고 나서야 진정으로 사물에 빛을 비출 수가 있어."라는 말로 글쓰기와 시의 가치에 대해 강조한다.

그리고 아마데우는 사랑하는 연인 에스테파니아와 국경을 넘어 도망가면서 그녀에게 "새롭게 시작하자, 에스테파니아. 너와 나만 이해할 수 있는 새로운 언어를 창조할 거야."라고 말한다. 이 언어에 대한 창조 문제도 크게 보면 '가지 않은 길에 대한 갈망'이라고 볼 수 있겠다.

> 우리가 우리 안에 있는 것들 가운데 아주 작은 부분만을 경험할 수 있다면, 나머지는 어떻게 되는 걸까.

이 문장은 아마데우와 그레고리우스를 통한 저자의 외침이었다. 지적 능력의 꼭대기에 서 있던 세 명은 가지 않은 길에 대한 갈망으로 몸부림치며, 가보지 못한 세계를 경험하라고 한다. 그 세계를 경험한다면 지금의 자기가 아닌 그 무엇이 될 수 있다는 것이다.

《그리스인 조르바》의 '조르바'가 떠올랐다. 카잔차키스는 왜 일자무식인 조르바를 존경했을까? 조르바의 세계는 카잔차키스가 가지 않은 길이었다. 그리고 조르바에게는 카잔차키스에게 부족했던 실존의 문제, 즉 '본능'도 있었다.

시간을 내어 포르투갈에 다녀올 생각이다. 리스본역에도 가볼 것이다. 그곳에 도착하는 순간, 사방에서 들려올 것만 같다. '포르투게스', '포르투게스', '포르투게스'.

### 생각 나누기

**1** 우리는 모두 '가지 않은 길'에 대한 갈망이 있다. 어느 날 문득 모든 걸 뒤로 하고 훌쩍 떠나고 싶은 날이 있을 때 자신은 어떤 행동을 하는지 말해보자.

**2** "우리가 우리 안에 있는 것들 가운데 아주 작은 부분만을 경험할 수 있다면, 나머지는 어떻게 되는 걸까."라는 질문에 답해보자.

**3** 주인공들을 지성의 꼭대기에 있는 인물로 정한 저자의 의도가 무엇인지 말해보자.

**4** 저자 파스칼 메르시어가 독자들에게 궁극적으로 전하고 싶은 메시지는 무엇인지 생각해 보자.

# 영란

공선옥

상실과 치유에 대한 이야기
창자 깊숙한 곳을 지나는 그리움과 슬픔에 대한 이야기

새 책을 받으면 으레 표지를 감상하는 습관이 있다. 슬픈 이야기라고 들었는데, 파란 비닐우산을 쓴 여자의 뒷모습이 마냥 쓸쓸해 보이지는 않는다. 파란색을 많이 썼기 때문일지도 모르겠다.

저자 공선옥은 1963년에 전남 곡성에서 태어났다. 그녀는 대중적 평가보다는 문학적 평가가 더 높은 작가로 알려져 있으며, 가난한 여성들의 굴곡진 삶과 그 속에서 용솟음치는 생명력을 생동하는 문체로 묘사했다는 평가를 받는다.

나는 《내가 가장 예뻤을 때》라는 작품으로 저자를 처음 만났다. 이 소설은 아팠던 그 시절, 1980년대의 광주를 살아내야 했던 젊은이들을 이야기하고 있다. 또 저자의 자전적 소설인 《멋진 한세상》은 다방 아르바이트, 가정부 등등 전전하는 시골 소녀의 가난과 고통을 알리는 작품이었다.

이렇듯 그녀의 이전 작품들이 부조리한 현실을 치열하게 고발하고 있다면, 《영란》은 상실 후의 아픔을 따뜻하게 보듬는 치유가 있는 이야기다. 슬픔이 극에 달하면 절망하고, 절망 후에는 체념하고, 그 후에는 환희가 온다고 한다. 이 소설은 상실 후의 슬픔을 이야기하고, 슬픔을 치유하는 과정에서 생기는 희망을 그리고 있다.

'나'는 결혼하여 아들, 남편과 행복하게 살고 있다. 그런데 어느 날 아들은 물놀이 사고로, 남편은 차량 사고로 세상을 떠난다. 절망에 빠져 빵과 막걸리로 삶을 이어나가던 '나'를 남편 선배의 친구인 정섭이 목포로 데려간다. '나'는 목포의 영란여관에 머물게 되는데, 주인 할머니를 비롯한 영란여관 사람들은 '나'에 대한 이야기를 꼬치꼬치 캐묻지 않는다. '나'는 사람들의 애틋한 정감 속에서 가족이 남기고 간 슬픔을 보듬는다. 여관 주인이 '나'를 영란이라 부르면서 '나'는 조금씩 영란으로 거듭나고, 유달산의 생기 넘치는 풍경은 이에 따스함을 더한다.

소설의 배경인 목포는 영란이 남편과 아이를 잃은 상처를 치유하는 장소이자, 외도로 이혼한 정섭에게는 아내와 아이에게 준 상처를 깨닫고 반성하는 장소이기도 하다. 사람의 빈자리가 가져오는 슬픔이란 무엇일까? '산 사람은 어떻게든 계속 살아야 한다.'라는 말이 있다. 모질지만 '나'에게 가장 필요한 말이고, 그 말을 '나'는 숙명이라 여겼다.

사람이기 때문에 슬픔에서 헤어나올 수 있고, 절망에서 어울림을 찾을 수 있다. 어찌할 바 모를 슬픔을 치유해야 할 극한의 상황을 맞닥뜨린 '나'와 정섭을 따스하게 맞아주었다는 것만으로도 목포는 아름다운 곳이었다. 목포에는 화려한 인생사도, 질척거리는 슬픔도 없다. 생생한 삶이 있다. 등장인물들은 저마다 크고 작은 상처를 하나쯤 안고 산다.

상처밖에 남지 않은 '나'가 목포의 여인 '영란'으로 새롭게 태어나는 과정을 그린 이 소설. 꽤 무거운 이야기임에도 불구하고 담백하게 써 내려간 저자 덕분에 독자는 관조적 입장을 견지하고 읽어나갈 수 있다. 또한 저자의 감정 묘사 능력이 너무도 탁월하여 독자로 하여금 이야기에 한층 더 몰입할 수 있도록 만든다.

"'그리움과 슬픔'이라는 서늘한 것들이 한 움큼씩 회오리를 일으키다 가슴을 지나 창자 깊숙한 곳을 지나는 …… 출구를 찾지 못한 외로움의 회오리."

이 부분을 읽을 때, 나는 정말로 내 창자 깊숙이 서늘한 무언가가 지나는 듯한 느낌을 받았다. 외로움을 지독히도 구체적으로 묘사한 저자의 시적 표현에 이를 읽는 독자의 몸이 저절로 반응하고 있다는 증거다.

"명치 끝에 달라붙어 있던 울음의 기운이 사멸하고 있다. 그 자리에서 어떤 설렘의 기운이 싹튼다. …… 적응하는 법을 스스로 깨우쳐 오랜 세월 그 바닷가의 풍경이 되어 살아간다."

슬픔이 극복되어 가는 과정 또한 그림처럼 그려진다. 울음의 기운이 죽고 설렘의 기운이 싹튼다고 묘사한 서정성은 서사의 한복판에서 소설을 한층 더 격조 있게 만든다.

저자는 작품을 통해 삶에 베여 상처를 입고 괴로워하더라도 우리는 결국 살아내야 함을 말하고 싶었으며, 상처받은 모든 이들에게 면죄부를 주고 싶었다고 말했다.

절망에서 시작해 희망으로 마무리한 소설《영란》. 상처를 치유하기 위해서는 순간의 두려움을 견뎌야 한다는 것, 슬픔에 매몰되지 않는 방법은 이를 거부하거나 회피하지 말아야 한다는 것, 이별을 위해서는 겁먹지 말고 만나야 한다는 것을 말하고 있다. 아픔의 기나긴 터널을 거쳐 영란은 희망을 얻는다. 그녀처럼, 아픔을 가진 많은 사람들이 이 작품을 통해 한 가닥 희망의 끈을 잡았으면 좋겠다.

### 생각 나누기

**1** 저자는 감정 묘사 능력이 탁월하다. 작품에서 특히 마음에 와닿는 부분을 찾아 말해보자.

**2** 영란이 끝내 행복을 얻을 수 있었던 동력은 무엇이었는지 말해보자.

**3** 자신의 상실과 치유에 대한 이야기를 나누어보자.

# 풍금이 있던 자리

신경숙

고향은 풍금이 있던 자리.
우리는 누구나 풍금이 될 수 있다.

주인공인 '나'에게 고향은 '풍금이 있던 자리'였다. 풍금은 바람을 이용한 악기다. 때문에 풍금은 바람이 있을 때 그 가치를 발휘한다. 새엄마는 아버지가 있어 꽃처럼 예뻤고, '나' 또한 '당신'을 만나 행복했다. 그렇다. '나'에게 새엄마는 '풍금'이었다. 그리고 '나' 또한 풍금이 되어갔다.

저자는 박시룡의 《동물의 행동》을 소설 맨 앞에 인용한다. 어느 동물원의 수컷 공작새가 어려서부터 코끼리거북과 철망을 사이에 두고 살았다. 시간이 흘러 이 공작새가 다 자랐는데, 암컷 공작새에게는 아무런 반응도 없더니 엉뚱하게도 코끼리거북 앞에서 우아한 날갯짓을 했다는 내용이다.

저자가 인용한 부분은 작품의 주제와 아주 밀접하다. 일곱 살은

맑은 호수와 같다. 무엇이든 받아들인다. 도시락을 싸도 화려하게, 전을 부쳐도 반듯하고 예쁘게. 친엄마에게서는 볼 수 없었던 새엄마의 모습은 아름답고 매력적이었다. '나'에게 새엄마는 수컷 공작새가 바라보는 코끼리거북과 같았을 것이다. 그렇게 새엄마의 존재는 '나'의 인생에 스며들었다. 새엄마의 모든 행위가 부도덕하다는 것을 알고 있음에도.

이 소설은 '내'가 '당신'에게 편지를 쓰는 형식으로 시작한다. '나'는 '당신'과의 그릇된 사랑을 끝내기로 결심하며, 먼저 아버지의 여자 이야기를 꺼낸다. 아버지의 그 여자는 뽀얗고 화사했으며, 지금까지 맡아보지 못한 향내를 풍기면서 '나'의 집에 들어와 열흘쯤 살았다. 그 여자는 떠나며 '나'에게 말한다. "나처럼은 되지 마." 그런데 '나'는 바로 그 여자처럼 되어가고 있다. '나'는 유부남인 '당신'과 불륜의 관계다. '당신'은 '나'에게 단둘이 외국으로 떠나자는 제안을 하지만, '나'는 선택을 미루고 고향으로 내려간다. 그곳에서 아버지의 그 여자를 떠올리며 엄마의 심정을 헤아려 보고, 남편이 바람나자 뚱뚱한 자신의 외모 때문이라며 아픈 다리를 절면서 살을 빼겠다는 점촌댁을 생각한다. 그러다 '나'는 아픔의 근원을 인지한다.

'나'는 자신을 데리러 온 '당신'을 따라가지 않는다. '당신'이 떠난 뒤 아버지는 아무 말 없이 "눈먼 송아지를 낳았어야."라고 말한다. 아버지는 이미 '당신'을 보았고, '나'의 정상적이지 않은 삶을 감지한 것이다. 아버지의 말은 딸이 집에 남아 눈먼 송아지를 보살피며 또 하나의 풍금을 잊길 바라는 것이었다.

인디언들이 사냥터를 잃고도 하는 일 없이 사냥에 나서듯, 아버지는 뚜렷한 목적 없이 '나'를 데리고 사냥에 나선다. 딸의 상황을 모두 인지한 아버지는 딸의 관심을 다른 곳으로 돌리고 싶었던 것이다. 아버지의 사냥은 소중한 것을 놓아야만 하는 딸의 홀로서기를 돕는 말 없는 가르침이었다.

> 당신이 정말 떠났는가 하는 절박함이 당신에게 수화기를 들게 했습니다. 당신 아내가 받더군요. 당신을 바꿔 달라고 하자, 당신 아내가 아이에게 아빠 전화 받으라고 속삭이는 소리가 들렸습니다.

수화기를 놓으며 '나'는 눈물을 쏟는다. '나'는 '당신'에게 하나의 풍금에 지나지 않았고, '당신'은 순간의 바람이었을 뿐이었다. 수화기 너머에서는 너무나 평온한 가정의 일상이 전달된다. '나'는 여전히 그를 놓지 못해 절박한 심정으로 수화기를 들어야 하는데도……. 그냥, '나'는 당신에게는 풍금이었다. '나'의 삶의 모토가 된 새엄마는 아버지에게는 풍금이었고, 그리고 우리는 모두 풍금이 될 수 있다.

손에 쥘 수 없는 소중함을 결국 놓아야만 할 때가 있다. 너무나 그립더라도, 사무치게 사랑하더라도, 미련에 잠식되어 숨이 당장 멎을 것만 같아도 그러하다. 당신의 마음에도 바람으로 노래하는 풍금이 자리하고 있을까. 생각이 많아지는 밤이다.

### 생각 나누기

1 저자가 소설의 제목을 '풍금이 있던 자리'로 정한 이유가 무엇인지 생각해 보자.

2 박시룡의 《동물의 행동》을 소설의 맨 앞에 인용한 것이 소설의 주제와 어떤 연관성이 있는지 말해보자.

3 '나'는 왜 새엄마를 동경했는지 말해보자.

4 '내'가 결국 '당신'을 따라가지 않은 이유는 무엇인지 생각해 보자.

# 북쪽 녀자

이병천

이데올로기도 뛰어넘을
절절하고 시린 사랑 이야기

독서 모임에서 《북쪽 녀자》를 선정했다. 책을 읽고 모인 회원들은 한목소리로 이렇게나 지독하게 아픈 사랑 이야기를 쓴 저자를 꼭 만나보고 싶다고 말했다. 아린 가슴을 부여잡으며 마지막 책장을 덮은 나도 그들과 같은 마음이어서, 어렵게 저자를 초청했다.

저자 이병천은 1956년생으로, 전라북도 완주에서 출생했다. 1981년 시인으로 등단했고, 이듬해에 소설가로 등단했으며, 1993년에는 아동 문학가로 등단했다. 2014년에 진안의 산골로 들어가 일 년 동안 쓰고 고치기를 반복하여 《북쪽 녀자》를 완성했다고 한다.

제목이 왜 '북쪽 녀자'인지, 어떻게 견우와 직녀라는 모티브를 생각해 냈는지, 글을 쓰기 위해 얼마나 많은 발품을 팔았는지, 어떻게 전주 남자와 청진 여자를 만나도록 설정했는지……. 우리의 질문은 끝을 모르고 이어졌고, 저자는 시종일관 소리 없는 웃음을 띠며 답변해 주었다. 의외로 견우와 직녀에서 모티브를 얻었다는 것 외에는 모든 것이 우리의 상상과 반대였다. 북한에 직접 가본 적도 없고, 통일에 대한 염원 같은 거창한 것도 아닌, 그냥 연애소설을 썼다는 것이다. 갑자기 학교에서는 소설과 시를 낱낱이 분석하며 배우지만 정작 작가는 그런 의도가 없었다는, 웃지 못할 이야기가 떠올랐다.

참신한 소재다. 견우와 직녀를 모티브로 하여 남남북녀를 등장시켰다. 제목부터 생경하다. 《북쪽 녀자》는 저자의 〈에덴동산을 떠나며〉라는 시를 각색한 소설로 보인다. 제목을 '견우와 직녀'라고 했다면 진부한 소설로 치부했을 텐데, '북쪽 녀자'라는 제목이 어찌 보면 과감하여 궁금증이 더해졌었다. 견우와 직녀는 은하수라는 장애물 때문에 1년에 한 번만 만났지만, 남한의 백산서와 북한의 림채하는 휴전선이라는 검은 은하수 때문에 평생을 만나지 못한다.

금강산 관광사업이 활발히 이루어지던 때, 남한의 백산서와 북한의 림채하는 각국의 안내원으로 만나 40일 동안 견우와 직녀가 된 듯 서로 마음을 주고받으며 정을 통하지만, 총격으로 남한의 관광객이 사망하는 사건이 벌어져 금강산 관광사업이 중단되면서 만나지 못하게 된다. 그리움을 견디지 못한 산서는 자신의 온몸에 채하를 새긴다.

내 온몸에 …… 아프도록 당신을 새긴다.

이게 당신 이마라고

이게 당신 가슴이라고…….

이병천, 〈에덴동산을 떠나며〉 중에서

기약 없는 이별은 이들의 사랑을 더욱 불타게 만들고, 결국 두 사람은 목숨을 담보로 두만강을 건너게 된다. 둘은 연인을 찾아 단 하루 차이로 두만강을 건너는데, 불과 50m를 사이에 두고 엇갈려 서로를 알아보지 못한다. 산서는 북한에 들어가 채하의 부모님을 찾아가고, 채하는 산서의 집인 전주 한옥마을에서 지내게 된다. 산서는 북한에서 수용소에 갇히게 되고 이후 어렵게 탈출하지만, 바로 앞에 있는 두만강 건넛마을을 보며 허망하게 죽어간다.

저는 오라바이가 계시는 견우별로 갑니다. …… 당신 몸에서 나온 구슬도 입에 물었습니다. …… 여기서 몸을 날리면 …… 은하수, 그 검은 강을 건너는 방법은 이뿐.

소설의 마지막에 채하는 휴전선에 간다. 한때는 거대한 뱀으로 보였던 휴전선은 지금 채하에게 뱀보다 더 혹독한 죽음의 강, 검은 은하수로 보인다. 은하수를 건너 견우와 직녀가 만나야 하는데 지금은 검은 은하수다. 채하는 죽음만이 두 사람이 만나는 길이라는 걸 알고 있다. 사랑하는 산서의 유골을 자신의 알몸 구석구석에 바르고 마시며 어서 스며들라고 애원하고 절규한다. 이토록 지독하게 절절한 사랑 이야기가 또 있을까.

저자는 글을 쓸 때 통일에 대한 염원 같은 거창한 것을 생각지 않았다고 말했지만, 이 소설을 읽은 독자라면 나와 같은 것을 느꼈으리라는 생각이 든다. 산서와 채하는 곧 지금 우리의 모습과 같다는 것을. 언젠가 갈라진 형제자매들과 하나가 되는 날, 그날이 오면 검은 은하수는 마침내 걷히고 맑고 반짝이는 은하수가 눈부시게 흐르리라는 것을. 그리고 그 은하수를 건너 에덴동산으로 향하는 길을 손 잡고 함께 걸어갈 수 있으리라는 것을 말이다.

### 생각 나누기

1 저자가 소설의 제목을 '북쪽 녀자'로 설정한 이유가 무엇인지 생각해 보자.

2 이 소설은 금강산 관광사업이 실시된 2008년부터 7년 동안의 이야기다. 검은 은하수가 맑고 반짝이는 은하수가 되려면 어떻게 해야 될지 구체적인 방안을 생각해 보자.

3 이데올로기도 뛰어넘을 '사랑의 힘'에 대한 이야기를 나누어보자.

# 채식주의자

한강

자유를 얻고 싶었다.
그에게 자유는 나무였다.

한강의 《채식주의자》는 한국인 최초로 맨부커상 인터내셔널 부문에 선정된 작품이다. 맨부커상은 노벨문학상에 버금가는, 영국 최고의 권위를 자랑하는 문학상이다. 모임 전부터 이미 작품을 읽은 회원들이 단체 메시지창에서 벌이는 논쟁이 뜨겁다. 반인륜적인 소설이라는 의견도 있고, 심리학적으로 접근해야 한다는 의견도 있다.

저자인 한강은 전남 광주 출신으로 이상문학상, 오늘의 젊은 예술가상, 한국소설문학상 등을 수상하였다. 끊임없이 인간의 내면을 파고들며 인간 본연에 대해 질문하기 때문에 그녀의 작품은 마치 철학서처럼 어렵다는 평가를 받는다. 서울예술대학교 문예창작과 교수로 재직하였고, 소설가 한승원의 딸이다. 아버지 한승원은 딸이 자신을 진즉 뛰어넘었다 말했다고 한다.

신선했다. 그동안 소설 속에서 보지 못했던 창조적인 이야깃거리는 싸하면서도 머리를 한 대 강하게 내리치는 느낌이 있었다. 저자가 우리에게 전하고자 하는 이야기는 과연 무엇일까? 생명을 함부로 다루는 인간의 잔인함에 대한 비판일까? 가장 사랑하는 가족이 가장 잔인할 수도 있다는 것을 말하려는 것일까? 어린 시절의 트라우마가 한 인간의 삶을 송두리째 바꿀 수도 있다는 것을 보여준 것일까?

이 작품은 1부는 〈채식주의자〉, 3부는 〈나무 불꽃〉으로 구성되어 있으며, 2005년에 이상문학상을 수상한 〈몽고반점〉이라는 단편이 2부로 들어가 있다. 세 단편은 각각 다른 이야기 같지만, 연결되어 하나의 장편소설이 된다. 등장인물은 같지만, 주변 인물들이 번갈아 가며 주인공이 되는 구성이다.

1부 〈채식주의자〉는 아내(영혜)의 행동을 이해할 수 없는 남편이 서술자가 된다. 결혼 5년 차에 영혜는 아버지가 개를 죽이는 꿈을 꾸고, 냉장고에 있던 모든 육류를 쓰레기통에 버린다. 영혜의 남편은 평범하게 살고 싶어 평범한 영혜와 결혼했는데, 갑자기 육식을 멀리하는 영혜로 인해 심한 스트레스를 받는다. 언니의 집들이에서 아버지가 강제로 영혜의 입에 고기를 넣으려 하자, 영혜는 그 자리에서 손목을 긋는 자해를 한다.

2부 〈몽고반점〉은 처제(영혜)의 엉덩이에 남아 있는 몽고반점을 보고 예술혼을 불태우는 영혜의 형부가 서술자가 된다. 비디오 아티스트인 형부는 영혜에게 바디페인팅을 하고 비디오를 찍지만, 성적 욕망이 생기자 남녀의 교합 장면을 찍고 싶어 자신의 몸에는 꽃을 그려 영혜와 교합하여 비디오를 찍는다.

3부 〈나무 불꽃〉은 남편과 여동생의 불륜을 알았지만, 가족들 모두 영혜에게서 등을 돌려 영혜의 병 수발을 들어야 하는 인혜가 서술자가 된다. 정신병원에 입원한 영혜는 식음을 전폐하고, 자신은 이제 곧 나무가 될 거라고 말한다. 인혜는 언니로서 영혜를 큰 병원으로 데려가기로 결심한다.

가족의 의미에 대해 다시 생각해 보게 된다. 가장 사랑해야 할 가족이 주인공을 사회에서 매장했는지도 모르겠다. 영혜는 어린 시절 개한테 물린 적이 있다. 아버지는 영혜를 문 개를 오토바이에 묶어 끌고 다니며 잔인하게 죽인다. 영혜는 그 모습을 보고 난 뒤로 고기를 먹을 수가 없다. 사랑하는 딸을 문 개를 가장 고통스럽게 죽이고 싶은 마음은 어렵게나마 이해할 수 있겠으나, 이 모습을 눈앞에서 본 영혜에게는 너무도 큰 트라우마가 됐을 것이다. 영혜는 그 트라우마 때문에 육식을 할 수 없었고, 점점 말라간다. 영혜의 남편도 그녀를 이해하지 못해 떠나고, 형부는 영혜의 몸에 나무 그림을 그리다 예술혼을 핑계로 자신의 성적 욕구를 채운다.

형부의 행동은 도덕적으로 비난받을 만하지만, 영혜에게는 화살을 돌리기가 어렵다. 영혜는 진심으로 나무가 되고 싶었다. 영혜에게 나무는 인간 사회에서 벗어날 수 있는 자유였을 것이다. 형부가 자신의 몸에 나무를 그림으로써 자신이 나무가 되어가고 있음에 행복을 느꼈다. 형부의 몸을 받아들이는 영혜는 이미 인간 영혜가 아니라 나무가 된 영혜였다.

어느 날 아버지가 사냥해 온 산토끼의 눈망울 …… 살려주면 좋지 않겠냐고 애원했지만 그날 저녁 토끼는 탕이 되었다. …… 아버지 안의 야만이 내 몸속에 흘러들어옴을 느꼈다.

아버지는 잔인했다. 영혜는 아버지의 잔인함이 자신의 피에도 흐를지 모른다고 생각한다. 그래서 육식을 할 수가 없다. 고기를 먹지 않는다고 정신병자 취급을 하는 사회에서 영혜는 살아갈 수가 없다. 그래서 영혜는 나무가 되려고 한다. 저자는 인간 군상의 한 모습을 이 작품을 통해 아주 잔잔히, 그러면서도 흡입력 있게 보여주고 있다.

**생각 나누기**

**1** 형부의 예술적 행위와 성적 욕망의 경계는 어디인지 생각해 보자.

**2** 형부는 영혜의 몸에는 나무를 그리고 자신의 몸에는 꽃을 그려 성적 교합을 한다. 이때 영혜가 형부를 받아들였던 이유는 무엇인지 생각해 보자.

**3** 영혜는 왜 나무가 되고 싶어했는지 말해보자.

**4** 어린 시절의 트라우마는 인간의 삶을 송두리째 흔들기도 한다. 영혜의 아픔은 가장 사랑했던 아버지에게서 왔다. 가족의 의미와 가족이기 때문에 지켜야 할 것에 대해 생각해 보자.

# 눈먼 자들의 도시

주제 사라마구

인간의 추악한 본성을
믿음과 협동으로 극복하는 휴머니즘

놀랍다. 누구도 생각지 못했던 상황 설정! 마술적 리얼리즘의 살아 있는 교과서로 불릴 만하다. 저자 주제 사라마구의 상상력은 과연 어디까지일까? 한 사람으로 인해 번져나간 눈먼 자들. 《성경》의 '노아의 방주'가, 조지 오웰의 《동물농장》이, 영화 〈지옥의 묵시록〉이 떠올랐다. 사람들의 눈이 멀도록, 그중 한 사람만 눈을 뜨도록, 우유의 바다에 빠진 것처럼 주변이 하얗게 보이도록 설정한 이유는 또 무엇일까? 뒷내용이 궁금하여 내내 책을 손에서 놓지 못했다. 2008년 영화로 만들어져 우리나라에서 상영된 바 있다.

주제 사라마구는 1922년 포르투갈에서 출생하였으며, 용접공 생활과 공산당 활동을 했다. 1991년 《예수의 제2복음》으로 가톨릭으로부터 박해를 당했지만, 포르투갈 작가로는 처음으로 1998년에 노벨문학상을 수상하였다. 가브리엘 마르케스와 함께 20세기 세계문학의 거장으로 일컬어지며, 마술적 리얼리즘의 살아 있는 교과서로 불리고 있다.

운전을 하던 한 사람이 갑자기 실명을 한다. 연이어 그와 접촉한 사람들이, 그리고 곧 모두가 눈이 보이지 않게 된다. 초반에 실명한 사람들은 정신 병동에 갇혀 경찰이 던져주는 음식을 차지하기 위해 서로 싸우고 죽인다. 그 안에서도 우두머리는 음식을 강탈하고, 여자들은 성적 노예로 만든다. 영화 〈지옥의 묵시록〉에서처럼 어디까지 인간이 악랄할 수 있는지를 극렬하게 보여준다.

정신병원의 우두머리는 음식을 나눠준다는 명목하에 사람들을 세뇌시키고, 사람들은 먹기 위해 서로를 의심하며 바보가 되어간다. 흡사 조지 오웰의《동물농장》과 같다. 정신 병동에 불이 나 모두가 뛰쳐나왔을 때야 사람들은 비로소 자유로워졌지만, 정작 어디로 가야 할지 모른다. "우리는 처음부터 눈이 멀었고, 지금도 눈이 멀었다고 생각해요. 볼 수는 있지만 보지 않는 눈먼 사람들이라는 거죠."라는 의사 아내의 말처럼, 결국 인간은 볼 수 있어도 두려운 상황에서는 시선을 회피하는 데 익숙해 있지는 않은지 생각해 보게 된다. 자유를 어떻게 누려야 할지 몰랐던 독재 시대의 우리 이야기였는지도 모르겠다.

성당의 성상들은 붕대로 눈이 가려져 있다. 섬찟하다. 성상들의 눈이 가려져 있다는 것은 신의 부재를 뜻하는 바일 것이다. 하나님과 인간을 연결해 주던 성상까지도 실명한 상황은 인간이 의지할 수 있는 것은 신보다 결국 우리 스스로의 융합, 단결, 즉 인간성 회복에 중점을 둔 것이 아닐까 조심스럽게 생각해 본다.

이 작품은 인간의 악(惡)만을 보여준 것은 아니다. 서로 의지하고 회복하는 과정의 중요성 또한 보여준다. 우리는 무언가를 잃고 나서야 비로소 그것의 소중함을 알게 된다. 《구약성경》에서 노아만이 살아남아 새로운 세상을 창조하듯, 안과 의사의 아내만이 실명하지 않은 채 사람들을 인도한다. "우리에게 아직도 볼 수 있는 두 눈, 마지막 두 눈이 있는 사람이 있다는 것을 기뻐하도록 해요. 만일 그 눈마저 언젠가 소멸해 버린다면, 우리와 인류를 연결해 주는 끈이 끊어지고 말겠죠." 색안경을 쓴 여자의 말에서 알 수 있듯이 의사의 아내는 새 세상을 잇는 연결고리였다.

말과 믿음, 연대와 배려의 정신이 의사의 아내를 통해 드러난다. 연대가 형성되고 난 후 첫 번째로 눈먼 남자부터 하나둘씩 눈을 뜨기 시작한다. 세상이 우윳빛 같다고 설정한 이유는 눈을 뜨게 만드는 복선이었던 모양이다. 의사 아내는 이제야 자신이 실명할 차례라고 생각하며 아래를 내려다본다. 그리고 도시가 그대로 있음을 확인한다.

바로 휴머니즘의 부활이다.

### 생각 나누기

1 저자 주제 사라마구에 대해 더 알아보자.

2 실명한 후 우유의 바다에 빠진 것처럼 주변이 하얗게 보이도록 설정한 이유는 무엇인지 생각해 보자.

3 성상들의 눈이 붕대로 가려져 있는 것은 무엇을 의미하는지 말해보자.

4 모두가 실명했을 때 한 사람의 눈만을 뜨게 한 저자의 의도가 무엇인지 생각해 보자.

5 이 작품은 등장인물의 이름이 나오지 않는다. 저자가 이런 설정을 한 이유를 생각해 보자.

# 낭만적 연애와 그 후의 일상

알랭 드 보통

결혼은 내가 그를
모두 이해할 수 있을 때 하는 것

제목은 낭만적인데, 내용은 마치 철학서처럼 깊다며 독서 모임 회원들이 고개를 절레절레 흔든다. 회원들은 이 작품을 '결혼 생활에 대한 멘토' 같다고 표현했다.

저자 알랭 드 보통은 1969년생으로, 스위스 취리히 출신이다. '철학과 소설의 만남'이라는 독특한 장르로 '사랑'이라는 인간 보편적인 감정을 서술했다. 그의 작품들은 보통 읽기가 쉽지 않다. 연애소설이라는《우리는 사랑일까》도 끝까지 읽지 못한 기억이 있다. 그 작품은 단순한 연애소설이 아닌, 연애의 심리를 보여주는 철학서와 같았다. 이번 작품은 과연 어떨까. 불안과 기대 속에서 책장을 넘겼다.

라비와 커스틴은 여느 커플들과 같이 설레는 연애를 하고 마침내 결혼한다. 그러나 그들의 '낭만적 연애'는 여기까지다. 작품의 아주 일부분을 제외하고는 모두 '그 후의 일상'에 대해 말하고 있다. 라비와 커스틴을 통해 저자는 결혼이란 사랑을 완성하기 위함이 아니라 가끔은 서로를 죽이고 싶을 만큼 증오하는 마음을 품으면서도 인내하고 이해하는 것임을 일깨워준다. 이것이 진짜 러브스토리라고. 결혼을 해보지 않은 사람은 절대 쓸 수 없는, 인생의 황혼기에나 말할 수 있을 법한 이야기를 젊은 저자는 자신의 경험을 바탕으로 잔잔한 물결처럼 써 내려간다.

한마디로 이 작품은 결혼 생활의 지침서라고 할 수 있다. 결혼한 지 30년이 지난 지금에서야 이 이야기를 겨우 이해할 수 있을 것 같은데, 아직 젊은 저자가 침착하고 정제된 사고로 결혼 생활의 수많은 갈등을 고찰하고 있다는 것이 놀랍다.

이 책은 크게 5부로 나뉜다. 1부 '낭만주의'는 결혼 전의 설렘을 이야기한다. 2부 '그 후로 오래오래'는 별것 아닌 일들로 토라지고 모든 부정적 상황을 상대의 탓으로 돌리는 가정생활을, 3부 '아이들'은 아이들을 키우며 사는 일상을 그린다. 4부 '외도'에서는 라비와 커스틴이 외도를 하는데, 가정을 지키려는 확고한 의지만은 지니고 있다. 그리고 마지막 5부 '낭만주의를 넘어서'에서는 결혼 생활의 성숙함에 대해 이야기한다. 그렇게 갈등과 화해를 겪고 나서, 라비는 이제야 결혼할 준비가 되었다고 말한다. 그리고 결혼이란 '나를 모두 이해해 줄 사람이 아니라, 내가 그를 모두 이해할 수 있을 때 하는 것'이라는 결론을 얻는다. 마지막에 저자는 결혼을 위한 준비에 대해 나열하는데, 그 내용은 다음과 같다.

1. 완벽함을 포기할 때
2. 타인에게 이해되기를 단념할 때
3. 자신이 미쳤음을 자각할 때
4. 상대가 까다로운 사람이 아님을 받아들일 때
5. 사랑을 받기보다 베풀 준비가 될 때
6. 섹스는 사랑과 불편한 동거임을 알 때
7. 가르침을 받아들이고, 차분하게 가르침을 줄 수 있을 때
8. 서로 잘 맞지 않는다고 가슴 깊이 인식할 때
9. 영화나 소설에 묘사된 사랑은 삶의 사랑과는 일치하지 않음을 알 때

라비는 커스틴의 생일을 맞이해 떠난 여행에서 성공한 결혼의 기술은 새로운 인생을 시작하는 게 아니라 오래 함께한 사람을 새롭게 보는 데 있다는 걸 깨달으며 평범한 인생을 사는 데에는 용기가 필요하다고 말한다. 결혼 생활에서 불안에 굴복하지 않을 용기, 분노하지 않을 용기야말로 영웅적인 용기라고.

황혼을 바라보는 가을날, 나도 이제야 결혼할 준비가 조금 된 것 같다. 한…… 30% 정도?

### 생각 나누기

1 알랭 드 보통의 소설은 우리나라 젊은이들에게 인기가 많다. 그 이유가 무엇인지 생각해 보자.

2 저자가 말한 ‘결혼을 위한 아홉 가지 준비’ 중 자신은 몇 가지나 갖추었는지, 결혼할 준비는 몇 %나 되었는지 말해보자.

3 라비가 말하는 성공한 결혼의 기술과 자신이 생각하는 성공한 결혼의 기술을 비교해 보자.

# 당신이 자꾸 뒤돌아보네

최준렬

인간에 대한 애틋함.

삶은 자연의 한 조각임을 느끼며…….

최준렬 시인의 《당신이 자꾸 뒤돌아보네》는 전 국민이 코로나19로 인해 고통받던 2020년 초에 읽게 되었다. 경조사에 참여할 수 있는 인원이 제한되고, 학생들도 비대면 온라인 수업이 진행되면서 학교가 아닌 집에 머무르는 시간이 많아졌다. 이렇게 어수선하고 답답한 상황에서 읽은 이 시집은 나에게도, 독서 모임 회원들에게도 숨통을 트이게 하는 청량제가 되어주었다.

최준렬 시인은 전북 부안 출신으로, 경기도 시흥에서 산부인과 원장으로 재직 중이다. 산문집 《세상을 임신한 남자》에서는 산부인과 의사로서 겪는 다양한 일들과 어린 시절 고향 이야기, 그리고 시인의 젊은 날의 초상 등을 그렸다. 2018년에는 시집 《너의 우주를 받아든 손》을 발간하였고, 《당신이 자꾸 뒤돌아보네》는 그의 두 번째 시집이다.

내 육신을 만들어주셨고
내 영혼의 꽃밭을 가꾸어주셨던
어머니께서 얼마 전에
내 곁을 떠나가셨다
어머니의 영전에
이 시집을 바친다

시인은 돌아가신 어머니께 이 시집을 바친다는 서문으로 이야기를 시작한다. 시집은 4부로 이루어져 있으며, 총 65편의 시가 실려 있다. 1부는 봄과 시작에 대한 이야기가 주를 이루고, 2부는 고향과 어머니의 이야기, 3부는 일상생활에서의 풍경, 4부는 산티아고 순례길로 이어진다.

시인의 시에는 인간에 대한 애틋함이 있다. 또한 그의 작품은 참신한 발상과 재미있는 표현으로 독자를 깜짝 놀라게 한다. 시적 분위기를 콕 집어내어 독자가 마치 시 속의 세상으로 들어간 듯한 느낌을 받게 한다. 그의 관찰력과 표현력이 새삼 놀랍다.

"새로 시작한다는 것은 / 매듭 하나를 맺고 가는 것이다 …… 매번 죄를 짓고 또 고백하는 / 내 고해성사의 의식도 / 매듭 같은 것이다" 시집의 맨 처음을 여는 〈매듭〉이라는 시다. 일반적으로 매듭이란 마무리를 뜻하는데, 시인은 새로운 출발을 알린다고 말한다. 이 시를 맨 앞에 배치한 것도 독자에게 시작을 준비시키는 듯한 느낌을 주어 새롭다.

〈꽃 마중〉이라는 시 또한 무척 참신하다. 해찰하면서 오는 봄을 손잡아 데려올 참이라고 한다. 진달래꽃은 동백꽃과 연애하느라 손을 놓지 못하고, 산벚꽃은 사랑을 나누는 꿩들의 침실을 망보다 늦고, 목련꽃나무는 만삭이 되어 느리게 걸어온단다. 구절들이 참신하고 예뻐서 나도 모르게 읊조려진다.

〈3월〉에서 시인은 봄을 '연인'에 비유하여, 봄은 그저 찾아오는 계절인 줄 알았는데 봄도 정성을 다해 사랑을 바쳐야 온다고 말한다. "버들개지 솜털처럼 아련하게 화장을 하고 다가서면 저를 보실런지요 …… 햇살처럼 재잘거려야 …… 찰랑한 머릿결로 초록빛 언덕에 서야 저를 찾으실런지요."

〈겨울 아침〉이라는 시에서는 아침의 분주함과 대비하여 굿당을 찾아낸 것이 놀랍다. "이른 아침 폐지 줍는 노인의 손수레, 막일꾼의 담배 …… 흰 깃발 붉은 깃발 매달린 대나무 아래 징과 장구 조용히 잠자고 있는 굿당만 한밤중이네"

〈병실에서〉의 첫 번째 연 "노을이 커튼처럼 / 병실 창문에 드리운다"와 마지막 연 "저, 장엄한 선홍색 피돌기 / 펼쳐지는 저녁 하늘을 본다"의 수미상응은 현실성 있게 묘사되어 어머니와의 이별을 더 장엄하고 애틋하게 보여준다.

〈납골당〉은 어머니에 대한 사모곡의 절정이다. "스산한 웅덩이에 / 몸 누이는 낙엽들 / 그 위로 눈이 내린다"라는 구절로 시인은 감정을 담담히 되뇌이며, 공원의 자그마한 웅덩이에 떨어진 낙엽과 그 위에 내리는 눈을 보고 돌아가신 어머니의 모습과 동일시한다.

시인은 작품에서 신앙까지도 흥겹게 표현하여 독자를 자신의 시 세계로 초대한다. 시인은 산티아고 순례길에 든 것 같다. 〈피레네 산맥에서 묻다〉라는 시는 재미있는 발상이 돋보인다. 순례객들은 지팡이로 톡톡 잠자는 지신(地神)을 깨우며 묻는단다. "나는 누구이고, 인생은 무엇인가?" 똑같은 질문에 산신이 노여워 바람을 일으키면 허리를 한층 낮추어야 산의 정령들이 감싸준다고 표현했다. 어느 때든 겸허해지자는 의미인 것 같다.

"조가비 하나 달랑거리며 당신을 따라갈게요. 하지만 순교장까지는 같이 갈 수 없어요. 무서운 길 혼자 가시게 해서 미안해요."라고 쓴 〈야고보님을 만나다〉는 너무 재미있어 독자를 깔깔 웃게 만든다. 야고보님의 순교에는 존경을 표하지만, 덩달아 순교까지는 할 수 없다는 모든 이의 마음을 대변하는 듯하다.

〈야고보의 길〉의 "마음속의 원망 하나 길가에 떨어뜨리고 가면 양귀비꽃이 된다"라는 구절은 누군가를 원망하는 마음을 버리면 희망이 온다는 의미로 해석하는 것이 좋을 것 같다. 양귀비꽃의 아름다움만큼이나 귀한 희망을 기다릴 수 있을 듯하다.

시를 읽으면 마음에 변화가 온다. 어느 때는 슬픔으로, 어느 때는 기쁨으로. 바로 시의 역할이다. 그런데 최준렬 시인의 시는 시의 역할을 뛰어넘는다. 품격 있고 참신한 시어의 선택과 독자의 눈앞에 가져다주는 분위기의 묘사가 탁월해서 마치 시 속으로 빨려 들어가는 듯하다. 시인의 첫 번째 시집 《너의 우주를 받아든 손》으로 독서토론을 할 때도 시적 표현이 좋아 감동했었는데, 이번에도 기대를 넘어 마음이 충만해지는 감동을 받을 수 있어서 무척 기뻤다. 품격 있는 시어의 선택과 참신한 표현력으로 사고의 확산을 보여준 시인 덕분에 힐링이 되는 좋은 시간이었다.

**생각 나누기**

1 최준렬 시인의 시는 참신한 시어의 선택과 분위기의 묘사가 탁월하다. 수록된 작품 중에서 이러한 부분을 찾아보자.

2 시인의 시에는 인간에 대한 애틋함이 많이 드러나 있다. 수록된 작품 중에서 이러한 부분을 찾아보자.

3 자신은 삶의 어느 순간을 되돌아보는지, 그리고 왜 그러한지 말해보자.

# 2.

# 다름의 세계와 조우하다

# 지도 밖으로 행군하라

한비야

가슴을 뛰게 하고
피를 끓게 하는 일

한비야의 책을 읽는 동안 나는 마치 그녀와 함께 세계를 건너는 듯한 느낌을 받았다. 그녀가 아프가니스탄에 가면 나도 거기에 서 있고, 시에라리온에 가면 또 거기에 서 있었다. 이렇게 독자에게 흥분과 감동을 주는 저자는 자신의 책을 선물할 때 "지금 가지고 있는 그 꿈을 꼭 이루세요."라 말한다고 한다. 한비야는 걸어서 세계 일주를 하기 위해 사표를 던지고 여행길에 오른 우리나라 최초의 오지 여행가 중 한 명이며, 국제 NGO 월드비전에서 구호 팀장으로 일하기도 했다.

적지 않은 나이에 구호단체에 들어가 상처받고 굶주리는 사람들을 위해 일하는 한비야에게 사람들이 종종 왜 그렇게 어려운 일을 하느냐고 물으면, 그녀는 "이 일이 가슴을 뛰게 하고 피를 끓게 하니까요."라고 답했다고 한다. 이 책은 저자가 5년간 세계 긴급 구호 팀장으로서 활동한 보고서다. 아프가니스탄을 시작으로 말라위, 잠비아, 이라크, 시에라리온, 네팔을 거쳐 마지막은 북한의 감자밭으로 마무리된다.

저자가 가장 먼저 갔던 아프가니스탄에서는 탈레반 시절 부르카를 벗었다가 길거리에서 피투성이가 되도록 맞았다는 미리암이 등장하여 탈레반의 잔인함을 상기시킨다. 소련군은 아프가니스탄의 내전을 무마해 준다며 9년 이상을 지배했다. 이에 자신의 나라를 지키겠다는 명분 아래 탈레반이라는 단체가 결성되는데, 너무나 극악무도하여 세계인의 두려움을 한몸에 받았다. 2001년 10월에 미국은 탈레반의 약화와 테러리스트 와해라는 목표를 세우고 아프가니스탄에 주둔하지만, 아프가니스탄 국민들은 이를 자신들을 보호해 주기 위함이 아니라 미국의 욕심으로 보고 있다.

세상에서 지뢰가 가장 많은 나라라는 아프가니스탄에는 소련이 설치한 지뢰가 약 1천만 개 있는데, 이를 제거하는 데는 약 천 년이 걸린다고 한다. 아이들이 자라면 자신들의 적군이 되므로 씨를 말려야 한다는 생각으로 나비 모양, 아이스크림 모양 등으로 아이들을 유인했다. 한국도 비무장 지대에 묻혀 있는 지뢰 밀도가 세계 최고라는데, 나는 그 심각성을 미처 모르고 있었다.

아프리카 중앙에 위치하며 아이가 잠자는 모습을 한 나라는 잠비아다. 그리고 그 옆에 있는 나라가 말라위다. 말라위는 기근으로 쥐를 잡아먹는다는 이야기가 있는데, 그건 예전부터 간식거리라고 한다. 배가 고파서 독초를 먹기도 하는데, 독초인 줄 알면서 먹느냐는 저자의 질문에 그들은 당장 먹을 것이 없는데 그깟 독초가 문제냐고 되묻는다.

잠비아는 에이즈 문제가 심각하다. 문란한 성생활도 물론 문제지만 혈액, 모자 감염 등이 많아서 갓난아이라도 에이즈에 걸릴 수 있다고 한다. 유엔의 발 빠른 대처가 필요해 보인다.

이라크는 티그리스강와 유프라테스강이 지나는 고대 4대 문명지였던 곳이다. 히타이트와 바벨론과 페르시아제국의 후손으로 찬란한 문화를 향유했던 이라크는 현재 물 부족 국가다. 2003년 사담 후세인을 체포한다는 명분 아래 이라크에 왔던 미국은 이라크인을 보호한다는 이유로 주둔하였는데, 모술 현지인들이 미군을 대하는 태도는 매우 싸늘했다고 한다. 그들은 미국이 이라크의 석유와 이스라엘 보호에만 관심이 있음을 알고 있었던 것이다.

쿠르드 자치족은 이란, 이라크, 터키, 시리아 등에 뿔뿔이 흩어져 있는 세계 최대 유랑 민족으로, 기원전부터 이 지역의 국경 지대에 살았다. "우리에게 자유를 가져다준 미군을 환영합니다."라는 플래카드도 걸려 있었다고 한다. 주변 나라에서 핍박을 받는 와중에 미국의 도움이 그들에게는 빛이고 희망이었던 것 같다.

저자는 이야기를 하며 중간중간 더불어 사는 삶을 위한 기부에 대해 언급한다. 그중 '단돈 2만 원'으로 생명을 살리는 이야기들이 특히 인상 깊었다. 에티오피아에서는 그 돈으로 설사가 멈추지 않는 아이와 아이의 가정을 살릴 수 있었고, 방글라데시에서는 젖이 나오는 어미 염소와 릭샤를 사서 담보 노동 어린이와 가정을 구할 수 있었으며, 몽골에서는 구루병을 앓는 환자를 치료할 수 있었다고 한다. 이 이야기들을 통해 저자는 작은 기부는 세상에서 가장 아름다운 사치라고 말하고 있다. 구구절절 옳은 저자의 말에 고개를 끄덕였다.

또한 이 책을 통해 미처 알지 못했던 이야기도 알게 되었다. 6·25 전쟁의 폐허 속에서 태어난 월드비전은 밥 피얼스 목사와 한경직 목사가 전쟁고아와 미망인을 돕는 일로 시작하였다. 우리나라는 1990년까지 도움을 받다가 1991년부터는 완전히 해외 원조를 끊고 다른 나라를 도와주는 나라가 되었다고 한다. 얼마나 감사한 일인가.

시에라리온은 인구 대비 신체장애자의 수가 가장 많은 나라다. 혹시라도 다이아몬드를 찾을 수 있을까 하여 아이들은 몇 년에 걸쳐 땅을 파고, 행여 찾았다 한들 반군에게 빼앗긴다. 반군들은 현 정부에 투표했다는 이유만으로 어린아이들을 보면 손목을 자른다고 한다. 아직도 지구상에 이렇게 사는 곳이 있다는 것에 섬찟함을 느낀다.

시에라리온 바로 아래에는 라이베리아라는 나라가 있다. 시에라리온은 영국의 식민지였고, 라이베리아는 미국의 해방 노예들이 건설한 나라다. 라이베리아는 원주민과 해방 노예의 갈등, 그리고 다이아몬드 이권으로 내전이 계속되고 있다고 한다.

공산권인 90%가 반군으로 왕의 정부와 대립하고 있는 네팔은 인도의 영향으로 카스트제도가 있으며, 덜 익은 사과를 많이 먹는데 그 이유는 떫어서 배도 덜 고프고 입맛이 떨어져 밥을 적게 먹기 때문이라고 한다.

세계의 화약고, 이스라엘과 팔레스타인. 기원전 13세기 전부터 그리스계 팔레스타인(블레셋)들이 이미 살고 있던 곳이다. 이 가나안 땅의 여리고성을 여호수와와 이스라엘인들이 함락시키는 모습은 영화를 통해 익히 보아왔다. 그렇게 두 민족은 그 땅에서 1000년 이상을 살았지만, 이스라엘인들은 디아스포라가 되어 유랑 민족으로 살다 제2차 세계대전 후에 가나안 땅에 이스라엘이라는 국가를 세운다.

영국은 제1차 세계대전이 끝나면 팔레스타인을 정식 국가로 인정해 준다는 맥마흔 선언을 함과 동시에 미국에 있는 유대인에게는 이스라엘 국가를 세워주겠다는 밸푸어 선언을 이중으로 한다. 결국 영국은 돈 많은 유대인의 손을 들어준다. 세계사에 한 획을 그을 수 있음을 보여주는 돈의 위력이다.

저자는 마지막으로 북한에 가는데, 이때 많은 상념에 사로잡힌 듯하다. 함경도 출신이던 선친의 그리움이 떠올랐던 탓도 있었겠지만, 그보다는 감자밭에 핀 하얀 꽃들을 보며 북한의 식량 부족 해결에 대한 간절함을 느꼈기 때문일 것이다. 일주일간 북한에 머물며 저자는 북한의 감자꽃이 통일의 꽃으로 활짝 피기를 염원한다. 어서 빨리 우리의 감자 재배 기술이 보급되어 우리 동포가 감자꽃처럼 하얗게 웃을 수 있게 되길 나도 그와 함께 간절히 기원한다.

### 생각 나누기

1 네팔 사람들은 입맛을 떨어뜨리기 위해 일부러 덜 익은 사과를 먹고, 시에라리온 아이들은 학교에도 가지 못하고 다이아몬드를 찾기 위해 하루 10시간씩 웅덩이 속을 헤집는다. 그들에게 시급한 도움은 무엇이며, 이를 위해 우리가 실행에 옮길 수 있는 일은 무엇이 있을지 생각해 보자.

2 탈레반에 대한 아프가니스탄의 원리주의 입장과 일반인의 입장이 어떻게 다른지 말해보자.

3 끝이 보이지 않는 이스라엘과 팔레스타인의 대립에 우리가 할 수 있는 일은 무엇이 있을지 생각해 보자.

# 나는 빠리의 택시 운전사

홍세화

다른 사회를 만나다.

똘레랑스!

책이란 이런 거였다. 책을 읽다 보면 유쾌하게 웃기도 하고, 통렬하게 반성도 하고, 가슴 깊이 아파하기도 한다. 나에게 홍세화의 《나는 빠리의 택시 운전사》는 '아픔'이었다. 내 개인의 아픔이 아니라 그 시절 나의 젊은 날이 주마등처럼 지나가는, 우리 민족의 아픔이었다. 내가 이 책을 처음 만난 것은 1995년이었다. 당시 최고의 베스트셀러였기도 했고, 유행처럼 번진 '똘레랑스'라는 단어의 의미를 정확히 알고 싶어 펼쳤던 기억이 난다. 지금에 와 다시 읽은 이 책은 젊은 날 느낀 것과는 또 다른 생각 거리를 남겼다.

저자 홍세화는 대학에서 민주화 운동을 하다 회사에 취직하여 파리에 파견된다. 이때 대한민국에서는 유신 말기 시대로 남민전 사건에 연루된 사람들을 처형하는 최대 공안 사건이 벌어진다. 남민전이란 1976년에 유신 체제에 반대하는 사람들이 민족 해방을 목표로 결성한 단체로, '남조선민족해방전선'의 줄임말이다. 저자는 이 남민전에 연루되어 조국에 돌아가지 못하고 프랑스에 망명한다.

저자는 서문에서 세상이 달라졌다고들 하는데 불평등과 억압, 배제를 바꾸고자 하는 의지와 동력은 오히려 약해졌고, 행태와 구조만 바뀌었다고 말한다. '달라졌으면서 달라진 게 없는 세상'이라는 것이다. 그러면서 차이를 차별, 억압, 배제의 근거로 삼지 말라는 '똘레랑스'는 여전히 유효하다고 강조한다.

이 책을 읽으며 똘레랑스라는 단어의 의미를 다시 상기하는 것도 중요했지만, 나는 저자의 다음 한마디에 특히 가슴 절절한 아픔을 느꼈다. 파리에 살면서 저자가 느낀 대한민국은 '인간에 대한 사랑을 알기 전에 증오부터 배운 사회'였다는 것이다.

이번에 읽은 책은 개정판이며 초판보다 많은 부분이 추가되어 총 3부로 구성되어 있다. 1부는 '빠리의 어느 이방인'이라는 제목으로, 난민전 사건이 일어나 서울에 갈 수 없게 되자 회사를 그만두고 관광 가이드를 하다가 택시 운전사가 되는 이야기가 주를 이룬다. 2부 '갈 수 없는 나라, 꼬레'는 저자의 아버지 이야기와 어린 시절 이야기, 대학 시절 민주화 운동을 하던 기억들, 잔인한 땅이었던 고국에서 저자의 젊은 날의 초상과 사유가 그려진다. 그리고 프랑스 사회의 똘레랑스가 '보론'으로 3부 역할을 한다.

저자는 기억 저편에 있는 학창 시절과 6·25 전쟁 시기, 한 동네에서 서로를 죽였던 고향의 이야기를 통해 이미 어린 나이에 이데올로기를 온몸으로 느꼈던 과거를 말하고 있다. 1966년 서울대학교에 입학했지만 이데올로기를 받아들이지 못해 몸부림치다 1969년에 다시 외교학과에 입학하고, 또다시 이념에 부딪혀 대공분실과 서빙고에서 고문을 받았던 이야기, 그리고 이재문 선생과 남민전에서 삐라를 뿌린 이야기를 통해 우리 사회에 필요한 똘레랑스의 의미를 되새기게 한다.

저자는 '오오또의 밀감'이라는 꽤 긴 이야기를 삽화로 넣었는데, 상당히 인상 깊다. 이 이야기의 판관들은 범인을 잡을 때는 고문을 하는 것이 가장 좋은 방법이라고 입을 모아 말한다. 이때 오오또는 미리 사둔 300개의 밀감을 하인에게 가져오라 명한다. 세어보니 하나가 부족했다. 이에 오오또가 하인을 고문할 준비를 하니 가져가지 않았다고 말했던 하인 하나가 자신이 먹었다고 고백한다. 그러자 오오또는 감춰두었던 밀감을 꺼내며 판관들에게 고문을 통해 범인을 잡고자 하는 생각이 들 때마다 이 밀감을 생각하라 말했다는 민담이다. 저자는 이 삽화를 통해 남민전으로 무고한 사람들이 희생당한 것에 대해 고발한 것 같다.

앞서 언급했던 '똘레랑스'는 한 개인의 종교, 사상, 피부색 등이 다름을 인정하는 것을 뜻한다. 저자는 파리에서 이 단어를 뼈저리게 느끼게 된다. 망명 신청을 하는 저자를 의심의 눈초리로 보지 않고 있는 그대로 받아들이는 것도, 반정부 시위를 했다고 법으로 처벌하는 대한민국의 행태를 이해하지 못하겠다는 것도 저자의 입장에서는 신선하다. 이것이 바로 똘레랑스였다.

그는 택시 운전사로 일하며 뻬르 라세즈로 가는 손님이었던 아가씨에게 랩이 인종차별과 사회적 불평등을 고발하기 위해 만들어졌다는 것을 듣게 되고, 구미 유학생 간첩단 사건에 연루되어 무기징역을 선고받은 김성만 군을 위해 파리 시민들이 랩을 만들어 그의 석방을 요구하고 있는 것도 알게 된다. 우리나라 사람들이 하지 못하는 일을 프랑스인들이 해주고 있음에 감사함을 넘어 부끄러움과 더 큰 '똘레랑스'를 느꼈을 저자의 마음이 읽힌다.

택시 손님의 목적지였던 뻬르 라세즈는 꼬뮌 전사들의 벽이 있는 공동묘지다. 프랑스에 공동의 사회를 만들기 위해 시민들이 발벗고 나섰다가 황제에 의해 몰살당해 묻혀 있는 곳이다. 세계에 민주화를 심은 나라는 단연코 프랑스일 것이다. 시민들은 1789년에 왕권에 도전해 프랑스대혁명을 일으켰고, 100여 년이 흐른 후 1870년에 또다시 시민운동을 일으킨다. 바로 '파리 꼬뮌'이라는 사회주의 운동이다.

이 책을 통해 알게 된 꼬뮌들의 운동가(運動歌)였던 〈인터내셔널가〉를 찾아 들었다. 참 좋은 세상이 되었다. 예전에는 사회주의 노래라는 이유로 금지되었었는데, 이제는 언제라도 들을 수 있으니 말이다. 파리에 간다면 먼저 뻬르 라세즈에 꼭 가보고 싶다. 거기에 가면 어여쁜 아가씨와 남루한 아저씨의 이야기를 엿들을 수 있을 것 같다. 뻬르 라세즈에 묻혀 있는 꼬뮌 전사들의 과거 이야기를.

독서를 마치며 우리 사회를 다시 돌아본다. 이념과 이데올로기. 민주주의와 공산주의. 나는 초등학교에 입학하면서부터 '무찌르자 공산당'을 외치도록 교육받았고, 사회주의는 생각조차 할 수 없는 사상이라고 배웠다. 미국의 식민지에 가까웠던 우리는 미국의 매카시즘보다 더 강렬히 반공으로 세뇌되었었다.

프랑스는 토론 문화가 정착된 나라다. 남의 사생활에는 관심을 두지 않고, 아주 독특한 개성도 존중해 주는 나라이며, 민중의 소리가 큰 힘을 발휘하는 나라다. 이제는 우리도 프랑스의 토론 문화와 똘레랑스를 받아들여야 할 것 같다. 책장을 덮으며 유신 체제 지식인들의 노고에 부끄러움과 미안한 마음을 전한다.

### 생각 나누기

1 '똘레랑스'의 의미에 대해 다시 생각해 보자.

2 '남민전 사건'이란 무엇인지 더 자세히 알아보자.

3 저자는 구미 유학생 간첩단 사건으로 무기징역을 선고받은 김성만 군을 위해 파리 시민들이 랩으로 그의 석방을 요구한다는 걸 알게 된다. 이 사실을 알게 된 저자는 과연 어떤 마음이었을지 생각해 보자.

4 미국의 매카시즘과 우리나라의 반공은 어떤 점에서 같고, 어떤 점에서 다른지 생각해 보자.

# 사막의 꽃

와리스 디리

아프리카!

순풍처럼 할례(割禮)의 위험성이 사라지기를…….

이 책의 내용이 인상 깊었는지 독서 모임 회원들이 토론 날짜를 앞당기자고 서두른다. 문화적 충격이 적지 않았던 듯, 회원들은 쉴 틈 없이 서로의 의견을 듣고 말하기에 바쁘다. 부지런한 회원은 지도를 가져와 할례를 행하고 있는 나라를 표시하고, 이렇게나 많은 나라에서 할례를 실시하고 있음에 적잖이 놀란다.

저자인 와리스 디리는 아프리카 소말리아의 유목민 가정에서 태어나 사막과 초원을 떠돌고 양과 낙타를 치며 살다가 전통의 굴레가 싫어 어린 나이에 가족 곁을 떠난다. 그녀는 용기와 낙천적인 성격 하나만으로 새로운 삶을 개척한 세계적인 슈퍼모델이자 유엔의 특별 인권 대사다. '와리스 디리'는 소말리아어로 '사막의 꽃'을 의미한다. 그녀는 이름처럼 아름답고 화려하지만, 검소하고 소탈한 어린 시절의 삶이 몸에 배어 있고, 이름 없는 음악가와 결혼하여 평범한 삶을 살고 있다.

이 책은 아프리카 생활을 너무도 생생히 전달한 자전적 소설이다. 사막이지만 도시에 대한 동경도 있고, 바람을 피워 17살짜리 새엄마를 얻는 아빠도 있고, 우리의 삶과는 별반 다르지 않다. 하지만, 굶주림과 성폭력이 도사리고 있는 곳이기도 하다.

정규교육도 제대로 받지 못한 저자는 13세 때 자신을 노인에게 시집보내려는 아버지를 피해 달아난다. 가까스로 지나가는 차를 얻어 타지만, 남자들은 그녀를 성폭행하려 한다. 그녀는 우여곡절 끝에 간신히 런던까지 도망가게 되는데, 여기서 만난 친구들을 통해 자신만의 생리 현상에 대해 인지하게 된다. 친구들과 달리 자신은 생리 기간이 매우 길었던 것이다.

이때부터 그녀는 할례 문화에 대해 유럽 사회에 알리게 된다. 할례(割禮)란 '끊어버리다'라는 의미로, 여성들의 생식기 일부를 절제하거나 봉합하는 의식을 말한다. 아프리카 및 중동 지역에서 행해지고 있으며, 그중 여성 할례가 가장 많이 행해지는 소말리아는 여성의 98%가 할례를 경험한다고 한다.

> 여인이 면도날을 닦는 동안 엄마는 스카프로 내 눈을 가렸고 눈앞이 캄캄해졌다. 그리고 곧 내 살이, 내 성기가 잘려나가는 것을 느꼈다.

그녀는 이렇게 자신의 경험을 아주 생생히 묘사하고 있다. 때가 되면 여자아이들은 동네의 버려진 움막 등 비위생적인 환경에서 적절한 의학적 조치 없이 면도칼이나 길가에 버려진 사금파리로 성기를 잘리고, 일주일쯤 지나 살아난 아이는 집으로 돌아온다. 그러나 70%의 아이들은 그대로 죽어간다.

여성 할례가 시행되는 이유는 다음과 같다. 첫째는 할례를 통해 영적으로 정결케 된다는 믿음이 있어 시술을 받지 않으면 불경하거나 불결한 여자라는 관념이 지배적이라는 것이다. 둘째는 이 시술이 자신의 부족 또는 민족의 정체성을 강화한다고 믿기 때문이다. 셋째는 종교적인 이유 혹은 여성을 남성의 소유물로 여기는 의식 때문이다.

할례와 같은 인권침해를 자행하는 국가들에 대해 세계의 압박이 가해지자 지금은 법으로 규제하고 있기는 하지만, 실질적으로는 아직도 시행하는 나라가 많다.

나는 먼저 그들의 입장에서 생각해 보려 애썼다. 우리가 그 사람들의 문화나 전통, 사회의 시스템 전체를 책임질 수 있는 것도 아니면서, 괜한 간섭으로 그 사회 전체를 깨뜨리는 것은 아닐까? 일부만 보고 전체를 보지 못하는 우리가 우리와 다르다고 무조건 미개하다 매도하는 것은 아닐까? 담장도, 경찰력도 없을 뿐만 아니라 강간의 개념도 이해하지 못하는 곳에서 여성들을 보호하기 위한 그들 나름의 방식인가? 집을 비워야 하는 유목민들의 삶에서 가정을 지키기 위한 그들 나름의 지혜는 아니었을까?

아니다. 그럼에도 이해하기 어렵다. 관습이라는 이름의 폭력 아래서 와리스는 항상 울고 있었다. 그녀도 자신의 치부를 드러내는 데 수치심을 느끼는 한 명의 여성이었고, 전통과 뿌리를 부정한다는 반발에도 부딪혔다. 전통을 고수해야 한다고 믿는 어머니와 심하게 다투기도 하고, 알코올 중독과 정신이상 증세에 시달리기도 했다. 그녀의 어머니는 할례란 여성의 당연한 의무이고, 이슬람교가 명하는 것이며, 소중한 전통으로 자부심을 느껴야 한다고 말했다.

우리가 모르는 어느 곳에서, 여성의 인권은 이렇게 처참하게 짓밟히고 있었다. 와리스에 의해 그 땅에서도 여성 인권의 불씨는 피어올랐다. 그녀의 외침이 끝내 그들에게 닿기를, 세계인들은 그들을 일깨우기 위해 동참하기를 바란다. 순풍처럼 할례의 위험성이 번져 나갈 것이라 믿어본다.

### 생각 나누기

1 저자의 이름 '와리스 디리'의 뜻을 제목의 의미와 연관 지어 생각해 보자.

2 현재 여성 할례를 실시하는 나라는 어디인지 지도에 표시해 보자.

3 할례와 같은 종교적·전통적 풍습을 행하는 국가들에 대해 다른 나라의 사람들이 관여하는 것이 내정간섭인지 아니면 정당한 일인지 생각해 보자.

# 허삼관 매혈기

위화

평등이란 서로 돕고 서로에게 양보하는
인간의 기본 도리

이번 독서 모임에서는 위화의 《허삼관 매혈기》를 선정했다. 중국에 매혈(買血)이라는 풍습이 있었다는 건 알고 있었지만, 우리나라에도 예전에 매혈이 있었다는 한 회원의 말을 듣고 모두가 멍해졌다. 알게 모르게 우리는 중국이 우리나라보다 후진국이라고 여기며 살았던 것 같다.

중국 저장성 항저우에서 태어난 저자 위화는 1960년생으로, 어린 시절에는 매일같이 책을 읽는 책벌레였다고 한다. 장편소설《인생》은 장이머우 감독에 의해 영화화되어 칸 영화제 황금종려상을 수상하면서 세계적으로 '위화 현상'을 일으키는 기폭제가 되었으며, 1996년 출간한《허삼관 매혈기》로 세계 문단의 극찬을 받으며 명실상부한 중국 대표 저자로 자리를 굳히게 된다.

슬프지만 유쾌하게 중국의 풍습과 역사를 알 수 있는 소설이다. 이 작품의 배경은 중화인민공화국이 막 수립된 1950~1960년대 베이징이다. 피를 팔아 가정을 이끌어가는 주인공은 자신의 처지를 비관하지도 않고, 발버둥 치지도 않는다. 서민들의 비극적인 현실을 위트와 유머로 승화시킨다. 허삼관의 단순하고 엉뚱한 면 때문에 그의 고민조차 따뜻한 시선으로 바라보게 된다.

허삼관의 매혈은 가족애와 같다. 그는 마지막 열한 번째만 생애 처음으로 자신을 위해 피를 판다. 그러나 첫 매혈 때와 같이 자신이 아직도 건강하다고 여긴 허삼관의 생각과는 달리 '쓸모없는 피'라는 말을 듣게 된다. 매혈을 해서 돼지 볶음과 황주를 사 먹는 일상이 허물어져 버린 것이다.

남들과 불평등해졌다. 그는 처음 피를 팔아 번 돈을 함부로 쓸 수 없다면서 꽈배기 공장에 다니는 허옥란과 결혼을 한다. 둘 사이에서는 일락, 이락, 삼락 삼 형제가 태어나지만, 일락은 허옥란이 결혼 전 하소용과 관계를 가져 낳은 자식인 것을 허삼관이 알게 된다. 일락의 출생에 대해 알게 된 동네 사람들은 허삼관을 '오쟁이진 남자'라고 부른다. '오쟁이지다'라는 말은 남편이 있는 여자가 다른 사내와 간통했다는 의미다. 이후 허삼관에게는 별명 하나가 또 따라붙는데, 바로 '자라 대가리(바보, 멍청이)'다.

그러나 누가 뭐라 해도 허삼관에게 일락은 사랑하는 자식이다. 일락이 문화대혁명으로 농촌에서 일하며 몸이 약해지자 일락을 위해 또 자신의 피를 판다. 그의 부정에 가슴이 아리다.

그런데 허삼관도 사람인지라, 심술을 부릴 때가 있다. 허삼관은 굶주린 가족을 위해 피를 팔아서 승리반점에 가는데, 일락만 집에 두고 간다. 허삼관에게 일락은 사랑하면서도 사랑할 수 없는 아들이다. 그러나 바로 돌아서서 일락을 업고 다시 승리반점에 들어가는 허삼관의 모습은 우스우면서도 안쓰럽다.

중국에는 죽어가는 사람을 위해 아들이 지붕으로 올라가 '돌아오세요'라고 소리쳐서 보내는 전통 풍습이 있다. 친아버지인 하소용이 죽었을 때, 허삼관은 일락에게 지붕에 올라가 '아버지 돌아오세요'를 외치게 하며 "사람은 양심이 있어야 한다. 내가 죽을 때 가슴 좀 북받치고, 눈물 몇 방울 흘려주면 난 그걸로 만족한다."라고 말한다.

저자는 책의 서문에서 이 소설은 평등에 대한 이야기라고 밝힌다. 그러나 끝까지 읽어도 이 작품이 평등을 말하고 있는 글임을 알아채기가 쉽지 않다. 허삼관은 자신과 비슷한 사람들에게 주어진 것이 자신에게만 주어지지 않을 때 평등을 원했듯이, 일락을 키운 아버지로서 아버지라는 평등을 원했다. 또한 그는 하소용이 일락을 낳았기에 아버지로서의 자격을 가질 수 있어야 평등하다고 생각했던 것 같다.

허삼관이 더 이상 팔 피도 없고 돈도 없어 여관방에 더부살이로 끼어 잠을 잘 때 떨어지는 체온을 걱정해서 따뜻한 차를 주며 돼지새끼를 껴안고 자라고 하는 사람과, 자신의 진한 피를 한 그릇 팔아 허삼관의 두 그릇 피로 만들어주는 라희 형제를 통해 평범한 사람들이 원하는 평등에 대해 말하고 있다. 서로 돕고 양보하는 인간의 기본 도리가 바로 평등이라는 것이다.

저자는 이 작품을 통해 세상이 변하기를 바란 게 아니라 보통 사람이 원하는 평등, 즉 자신과 비슷한 사람들에게 주어진 무언가가 자신에게도 당연히 주어지는 것이 평등이라는 것을 중국 서민들의 모습을 통해 잔잔하고 사실적으로 표현한 것으로 보인다.

《허삼관 매혈기》는 평등에 관한 이야기다

가능할까

나

야곱 알만스의 일개 백성도

장미와 같이

아리스토텔레스와 같이

죽을 수 있을까?

저자가 '작가의 말'에서 한 말이다. 재미있다. 자신과 비슷한 사람들에게 주어진 무언가가 자신에게도 주어지는 것이 평등이라고 말했는데 눈썹보다 좆털이 먼저 자란다고 푸념해서 나를 웃음 짓게 하더니, 이제는 장미처럼 아리스토텔레스처럼 죽고 싶다고 허세를 부린다. 이 책은 마지막까지 슬픔을 위트로 터뜨려 독자로 하여금 웃을 수 있게 한다.

## 생각 나누기

1 저자는 이 작품이 '평등'에 대한 이야기라고 말했다. 그 이유가 무엇인지 말해보자.

2 허삼관은 일락에게 "사람은 양심이 있어야 한다. 내가 죽을 때 가슴 좀 북받치고, 눈물 몇 방울 흘려주면 난 그걸로 만족한다."라고 말한다. 저자가 말하고자 하는 '양심'이란 무엇인지 생각해 보자.

3 '자라 대가리'라는 소리를 들으며 일락을 키울 때, 굶주린 가족을 위해 피를 팔아 일락만 두고 승리반점에 갈 때, 집 나간 일락을 업고 승리반점에 들어갈 때 허삼관의 마음은 각각 어떠했을지 말해보자.

4 허삼관은 원수 같은 하소용을 위해 일락을 지붕 위로 올려보낸다. 내가 허삼관이라면 어떻게 했을지 생각해 보자.

# 연을 쫓는 아이

할레드 호세이니

우정과 배신, 속죄와 구원에 대한 슬픈 이야기.
어른의 성장소설로, 세계가 함께 성장해야 함을 이야기하다.

다음은 저자 할레드 호세이니가 서문에 남긴 글이다.

> 탈레반 정권의 아프간. 아이들을 위해 남아준 사람들이 감사 …… 마지막까지도 나를 위해 자신의 일부를 남기고 간 하산.

참 아픈 이야기다. 이 작품은 저자 개인적으로 볼 때는 회한과 속죄의 글이다. 그러나 중요한 것은 이와 같은 일들이 지금도 여전히 어딘가에서 일어나고 있다는 사실이다.

할레드 호세이니는 1965년 아프가니스탄의 수도 카불에서 태어났지만, 소련의 아프가니스탄 침공 후 외교관인 아버지를 따라 미국으로 망명한다. 현재 미국에 거주 중이며, 소설가이자 의사다.

이야기는 아프카니스탄의 수도 카불에서 시작된다. 주인공인 아미르는 책을 좋아하는 소심한 아이였고, 하인이며 친구인 하산은 아미르를 위한 일이라면 무슨 일이든지 다하는 순진무구한 소년이다. 남자답고 자존심 강한 아버지는 나약한 아미르는 미더워하지 않으면서 영리하고 착한 하산에게는 애정을 보인다. 아버지의 이 마음을 알고 있는 아미르는 아버지의 눈치를 보며 살고 있었다.

그런 아미르에게도 아버지에게 인정을 받을 수 있는 날이 찾아왔다. 아프가니스탄에는 연날리기 우승자를 높이 평가하는 대회가 있는데, 여기에서 아미르의 연이 가장 좋은 성과를 낸 것이다. 멀리 날아간 아미르의 연을 찾기 위해 하산은 "도련님이 원한다면 천 번이라도!"라고 말하며 달려나간다. 그러나 하산은 한참이 지나도 돌아오지 않는다. 이에 아미르는 하산을 찾아 나서게 되는데, 행실이 나쁜 청소년 아세프 무리에게 하산이 성폭행당하는 것을 목격하게 된다. 아세프가 자신에 대한 증오로 하산을 성폭행한 것임을 아미르는 알고 있었다. 수니파 집안이며 부족함 없이 살고 있는 아미르를 아세프는 평소에도 못마땅하게 여겼기 때문이다. 하산을 구하지 못하는 자신의 나약함에 아미르는 심한 갈등과 죄책감에 시달려야 했다. 아미르는 하산에 대한 죄책감이 커지자 결국 하산에게 도둑 누명을 씌워 집에서 내쫓아 버린다.

이후 자유를 원했던 아버지를 따라 미국으로 망명한 아미르는 결혼을 한 후에도 하산에 대한 죄의식으로 오랫동안 악몽을 꾼다. 그러던 어느 날, 아버지의 친구로부터 하산은 아미르와 배다른 형제라는 사실과 하산이 탈레반에 의해 사살되고 하산의 아들 소랍이 탈레반 아래에 있다는 것을 전해 듣게 된다.

언청이였던 하산의 입 수술까지 해주고, 하산을 자신과 항상 동등하게 대했던 아버지의 마음을 그제야 이해하게 된 아미르는 아프가니스탄에 들어가 탈레반 소굴에서 소랍을 구출해 온다. 미국에 온 소랍은 연날리기에 관심을 보이는데, 이에 대응하는 아미르의 말이 아름답다 못해 슬프기까지 하다.

"너를 위해서라면 천 번이라도."

자전적 소설인 이 작품을 쓰며 저자는 얼마나 망설였을까. 조국인 아프가니스탄과 자기 집안의 속살을 드러내며 저자는 수만 번의 고뇌를 거듭했으리라. 다만 탈레반의 무자비한 행실은 겉으로 드러나 있는 데 반해, 소련과 미국의 간섭은 소극적으로 나타나 있는 것이 조금은 아쉬운 부분이다.

이 책은 세계적인 베스트셀러가 되었고, 이를 읽은 독자들은 극악무도한 탈레반에 대해 이야기하고, 지나친 외교 간섭에 대해서도 토론한다. 이처럼 온 세상이 아프가니스탄에 관심을 기울이게 된 데는 이 소설의 파급력이 큰 몫을 했을 것이다.

소련과 미국의 싸움으로 초토화되고 탈레반 정권이 수립된 나라. 희망의 빛이 희미한 나라. 탈레반 정권이 싫어 자유를 찾아 미국으로 떠난 아버지도 돌아가실 때까지 잊지 못한 고향. 이 나라에는 아름다운 추억을 기억하며 고향이 재건되기를 바라는 아미르 같은 사람들이 여전히 수없이 많을 것이다.

갈 수 없는 나라, 아프가니스탄. 내가 아랍 여행을 한다면 가장 먼저 방문하고 싶은 나라. 언젠가 그들의 아픔을 가슴 한편으로라도 나눌 수 있는 날이 오기를 기다린다.

### 생각 나누기

**1** 저자 할레드 호세이니에 대해 더 알아보자.

**2** 아미르가 하산에게 도둑 누명을 씌워 쫓아낸 이유에 대해 말해보자.

**3** 아미르가 소랍을 찾아 아프가니스탄으로 간 이유에 대해 생각해 보자.

**4** 하산의 아들 소랍을 위해 달리며 "너를 위해서라면 천 번이라도."라고 말하는 아미르의 마음을 헤아려보자.

# 신도 버린 사람들

나렌드라 자다브

신도 버린 사람들.

그러나 절대 신이 버릴 수 없는 사람들.

인도에서 오랫동안 베스트셀러로 자리 잡았던 《신도 버린 사람들》은 세계 각국의 언어로 번역되어 좋은 반응을 얻었다. 전 세계적으로 '인도의 살아 있는 영웅'으로 추앙받는 나렌드라 자다브의 저서다. 저자 자다브는 1953년생으로 경제학 박사이며, 국제통화기금에서 활동하였고 현재는 푸네 대학에서 총장직을 수행하고 있다.

20여 년 전에 본 유시화의 《하늘 호수로 떠난 여행》은 인도에 대한 궁금증을 갖게 한 최초의 책이었다. 유시화가 다녀온 인도는 길거리 아무 곳에서나 대변을 누고, 버스를 타고 가다 운전사가 볼일을 보고 올 때까지 몇 시간이고 길가에서 아무 말 없이 기다려야 하는 곳이었다. 또한 하나님이 내 몫을 상대방에게 잠시 맡겨두었고 자신은 그것을 되찾는 것뿐이라고 여기며 누군가의 물건을 죄의식

없이 가져가는 곳이기도 했다.

《하늘 호수로 떠난 여행》이 여행자의 기록이라면, 《신도 버린 사람들》은 법적으로는 사라진 카스트제도가 엄연히 사회에 남아 영향을 미치고 있는 인도의 현주소를 고발하고 있는 책이다. 자다브는 카스트 제도권 밖에 있는 불가촉천민(달리트) 계급이었지만, 훌륭한 부모님을 만나 대학 총장의 자리까지 오르게 된다.

여기서 잠시 인도의 역사를 간략히 살펴보자. 기원전 3000년에 유럽 계통의 아리안들이 인도로 쳐들어와 카스트제도와 힌두교를 만들어 본토의 주인인 드라비다족을 노예 층에 속하는 수드라와 달리트로 굴복시켰다. 지금 인도는 피부가 하얀 사람들이 북쪽에 많이 살고 검은 사람들이 남쪽에 많이 살고 있는데, 북쪽의 사람들이 아리안이며 남쪽의 사람들이 드라비다족이다.

불가촉천민은 '핍박받는 자'라는 뜻의 '달리트'로 불리며 짐승보다 못한 취급을 받고, 이를 카르마(숙명)로 알고 카르마를 실천(다르마)하는 것이 자신들의 길이란 것을 인지하며 불평하는 자식들에게도 그렇게 살아야 함을 주지시킨다. 그들은 카스트에도 속하지 못한다.

"소나 양이 죽었다는 소식은 특별한 날! 구운 고기를 씹는 맛은 세상 어느 것에도 비할 수 없을 정도야." 한 달리트 계급 사람이 한 말이다. 나는 인도에서 소고기를 먹는다는 이 말에 깜짝 놀랐다. 힌두교인들은 물론 소고기를 먹지 않지만, 당장 끼니가 걱정인 불가촉천민에게는 교리가 중요한 게 아니다. 소나 양이 병들어 죽은 날이면 그들은 한 곳에 모여 쉬쉬하며 썩어가는 소고기를 먹는다.

인도는 소를 숭상하며 신처럼 여기는 나라라고 알고 있었고, 그래서 인도에서는 소를 모시는 줄 알았다. 그런데 소가 집안의 살림을 이끌어가며 일용할 양식인 우유까지 주니 커다란 살림 밑천으로 소중하게 모실 수밖에 없음을 이제야 이해한다. 그들은 소가 늙으면 더 이상 일을 시킬 수 없으니 길거리를 배회하게 한다. 또한 인도라 하더라도 힌두교를 믿는 지역에서만 소고기를 먹지 않으며, 이슬람교를 믿는 지역에서는 소고기를 팔기도 한다.

우리나라에도 인도의 달리트와 비슷한 신분이 있었다. 조선시대의 백정들이 그러했다. 백정들은 마을에서 멀리 떨어진 곳에 살며 짐승과 같은 취급을 받았다. 사람들이 많은 곳에서 엉덩이를 들고 짐승 흉내를 내었으며, 마을 사람들의 노리개로 피눈물을 흘리며 살아갔다. 조선 시대 형평사 운동에 대해 상세히 다룬 박경리의《토지》를 보면 신분제도가 폐지된 것은 정책자의 지시 하나로 이루어진 것이 아니라 당사자들의 피나는 노력이 있었다는 것을 알 수 있다. 신분제도의 폐지까지 그들은 오랜 시간 고통과 절망 속에서 삶을 살아냈을 것이다.

조선시대 백정의 수는 많지 않아서 두드러져 보이지는 않았지만, 인도에는 카스트제도의 가장 낮은 계급인 수드라보다 더 많은 불가촉천민이 있다. 그들은 벌레보다도 못한 취급을 받아 타인의 몸에도 닿으면 안 되고, 그림자조차 드리우면 안 된다. 당연히 일반 아이들과 어울려 공부할 수도 없었으며, 똥을 푸거나 시체를 거두는 궂은일은 모두 그들의 몫이었다.

달리트 출신으로 마하르(불가촉천민 중 한 집단) 집단을 지옥에서

해방시킨 바바사헤브라는 사람이 있는데, 나에게는 너무 생소한 이름이다. 인도 해방의 아버지 마하트마 간디와 대립한 사람으로 영국 치하에서의 인도의 독립은 물론 중요하지만, 여전히 인간으로서 대접을 받지 못한다면 그게 다 무슨 소용이냐고 주장했다. 이후 바바사헤브와 그를 중심으로 한 달리트들은 불교로 개종했다고 한다. 카스트제도를 없애기 위해 노력했지만, 한계점을 깨닫고 차별이 없는 불교로 귀의한 것으로 보인다.

그런 불평등 속에서 저자의 아버지 다무는 자식을 상급 학교에 보내기 위해 교실 바닥에 드러누워 결국 교장의 결재를 받는다. 나는 그와 같이 내 자식의 자존감을 위해 내 자존심을 버리며 맞서 싸워 본 적이 있나 생각해 보았다. 부끄럽게도 아직까지 그렇게 살지 못했고, 앞으로도 그렇게 살아갈 자신이 없다. 아이들에게 최고의 교육 기회를 마련해 주는 것을 인생의 소명으로 삼겠다고 다짐하고 이를 행동으로 보여준 아버지. 자기 안의 푸른 꿈을 찾아갈 수 있도록 사랑을 보여준 어머니. 오늘의 자다브를 만든 건 그의 부모였다.

대학 총장이 된 지금도 자다브는 어디에서든 '저 사람 불가촉천민이래.'라는 소리를 듣고 있다고 한다. 이를 참고 버텨내는 그의 용기로 인도는 조금씩 신분제도의 틀에서 벗어나고 있다. 어서 빨리 인도에 다녀와야겠다. 내 옷깃 하나로라도 그들의 아픔을 나누어야겠다.

### 생각 나누기

1 인도의 인권 운동과 우리나라의 형평사 운동은 어떤 차이가 있는지 알아보자.

2 달리트 출신으로 마하르 집단을 지옥에서 해방시킨 바바사헤브와 달리트들이 불교로 개종할 수밖에 없었던 이유는 무엇인지 말해보자.

3 자다브의 아버지는 자식을 상급 학교에 보내기 위해 교실 바닥에 드러눕는다. 나는 내 자식의 자존감을 위해 내 자존심을 버리며 맞서 싸울 수 있을지 생각해 보자.

# 신의 정원에 핀 꽃들처럼

현경

다름과 친구 되기

나는 학창 시절에 포크는 오른손, 나이프는 왼손에 들어야 한다고 배웠다. 고기를 썰어야 하니까 힘이 있는 오른손에 나이프가 있어야 한다고 생각했지만, 시험을 위해 어쩔 수 없이 책에 있는 내용을 기억해야 했다. 우리가 배운 것은 오로지 서양 문화였다. 이슬람은 희한하고 미개한 세계로 인식되었었다. 그런데 이번에 이슬람 문화에 대해 다시 생각해 볼 수 있는 기회를 갖게 되었다.

이 책《신의 정원에 핀 꽃들처럼》은 유니언 신학 대학의 종신 교수로 있는 현경 교수가 이슬람 17개국을 순례하며 이슬람 여성이 바라는 평화와 그들이 꿈꾸는 세상은 무엇인지를 기록한 글이다. 저자는 터키, 스페인, 모로코, 케냐, 이집트, 시리아, 레바논, 바레인, 이란, 우즈베키스탄, 파키스탄, 인도, 방글라데시, 인도네시아, 말레

이시아, 이스라엘, 팔레스타인을 차례로 방문한다. 나는 이 책의 화두를 '다름'으로 보고 저자의 생각을 네 가지 큰 이슈로 분류하여 정리해 보았다.

이슬람 여성해방론자들이 말하는 첫 번째 이슈는 '가족법의 개정'이다. 터키를 제외한 이슬람 국가에서는 지금도 일부다처제와 명예 살인이 실시되고 있다. 일부다처제는 전쟁이 빈번하던 시절에 수많은 과부들과 어린이들을 보호하기 위해 필요했으나, 지금은 남성들의 성적 욕구를 합법화하는 것 외에 별다른 의미가 없다. 또한 이는《코란》의 정신이 아니라 남성들에 의한 관습일 뿐이라고 한다.

무슬림이 국민의 98%인 터키는 건국의 아버지라 불리는 케말 파샤 덕분에 일부다처제를 폐지하였으며, 명예 살인은 살인으로 법제화됐다. 일부다처제에 대해 시리아의 여성학자는 의외의 반응을 보이기도 한다. 남자의 호적에 올리지 못하는 첩보다는 둘째, 셋째 부인이라도 법적인 권리를 가진 이슬람의 시스템이 낫지 않겠냐는 것이다.

레바논에는 핫팬츠와 크롭티를 입고 시내를 활보하는 여성들도 있는 반면에 매매춘을 금지하는《코란》의 가르침 때문에 '임시 결혼'이라는 풍습이 있다고 한다.

이란은 머리에 스카프를 쓰지 않거나 엉덩이를 가리는 만토를 입지 않으면 처벌을 받으며, 남녀의 데이트나 성행위를 범죄로 여긴다. 반면에 교육 수준은 높은 편이라 대학생 중 63%가 여학생이고, 만토 안에 크롭티를 입는 등 이중생활을 하는 여성도 많다고 한다.

인도는 공산당까지 허락하는 민주주의 국가이며 헌법은 남녀·인종·카스트·종교에 차별을 금하고 있으나, 현실에서는 여전히 다수의 힌두교도에 의한 차별이 있다. 폭력적인 다오리 시스템(여자 결혼지참금)·여성 태아 낙태·과부와 싱글 여성에 대한 사회적 편견이 심하다.

사우디아라비아는 얼마 전까지만 해도 여성은 운전을 할 수 없었으며, 강간을 당한 여자가 간통죄로 처벌을 받는 나라였다. 상당히 불합리한 법을 가지고 있으나, 합리적인 이슬람 문화를 실험하고 있는 나라라고 한다.

두 번째 이슈는 '무슬림의 이슬람교에 대한 자긍심'이다. 모하메드는 여성해방과 평등을 가르친 예언자이며,《코란》은 여성의 평등을 보장해 주는 책이고,《코란》의 가르침대로만 살면 인류에 평화가 찾아온다고 확신한다.

수피 춤은 주로 이슬람의 남성들이 하얀 옷을 입고 하늘을 향해 추는 춤이다. 영상을 통해 본 기억이 있는데, 마음이 경건해지고 욕심이 없어지는 듯한 묘한 매력이 있다. 저자도 수피 춤을 매우 좋아하는 듯하다. 저자는 13세기 수피 시인 루미의 자손을 만나 이슬람의 성자이자 시인인 그의 삶을 돌아보며 감격한다. 유네스코에서는 2007년을 세계 루미의 해로 선포했었다고 한다.

세 번째 이슈는 '이슬람 원리주의에 대한 그들의 시각'이다. 2007년에 샘물교회 신도 23명이 기독교를 전파하러 아프가니스탄에 갔다가 탈레반에 의해 2명이 목숨을 잃은 사건이 있었다. 이슬람의 원리주의가 확대되고 있는 것이 일반 시민의 입장에서는 두렵겠지만, 여성해방론자들은 격양되어 이야기한다.

한 모로코 여성은 형 집행이 금지된 이슬람의 명절 기간에 사담 후세인을 사형시킨 것은 미국의 테러리즘이라며, 세계 평화는 여성들이 힘의 공간을 만들어야 가능해진다고 역설한다.

이집트의 한 여성학자는 이슬람 세계가 이스라엘과의 전쟁에서 계속 패한 것은 신에게로 돌아가라는 근본주의를 알려준 것이며, 미국의 원조를 받는 정권 때문이라고 주장한다.

시리아 여성은 미국에 굴하지 않고 수백만의 난민을 품어주는 정부에 감사한다고 했다. 또 '자살 폭탄'이라는 단어는 미국에서 쓰는 부정적인 용어이며, 그들은 '혁명의 순교자'라고 말한다. 그리고 유대인과 팔레스타인인이 같이 살 수는 있지만, 유대 국가를 세우는 것은 용서할 수 없다고 한다. 헤즈볼라와 하마스를 도와주는 음흉한 나라라고 낙인찍힌 시리아에서 저자는 세상 어디에도 없는 자유와 즐거운 여성들을 본다.

파키스탄의 여성학자는 극단주의자가 생기는 이유가 의지할 곳이 없는 사람들이 탈레반에 의탁하여 안전하게 머물 곳과 먹을 것을 제공받을 수 있기 때문이라고 한다. 그래서 그들은 파키스탄의 희생자가 아닌 부패한 제도를 바꾸는 전사로 다시 태어나게 된다는 것이다.

파키스탄인들은 9·11 테러 등을 미국의 조작극으로 보며, 이슬람 국가들을 무식하고 폭력적인 나라로 몰아가는 것은 미국의 의도라고 생각한다.

레바논은 유대교, 기독교, 이슬람교와 상관없이 모두 헤즈볼라가 레바논에서 이스라엘을 몰아낸 것에 감사하고 있고, 이스라엘을 국토에서 몰아내야 한다고 강조한다.

방글라데시는 이슬람 정부가 아니라 세속 정부이기 때문에 벵골 문화에 따라 종교를 개인사로 여긴다. 그래서 이곳에서는 벵골 문화의 영향으로 이슬람 원리주의가 뿌리내리기는 어려울 것이라고 저자는 보고 있다.

인도네시아에도 원리주의의 바람이 불고 있는데, 원리주의자에게 여성의 가치는 어머니일 때만 의미가 있고 남녀 관계일 때는 철저한 주종 관계를 자연스러운 것으로 여긴다.

이슬람의 원리주의로 세계를 두려움에 떨게 한 탈레반이나 헤즈볼라에 대해서도 이슬람 여성해방론자들은 미국이 원흉이라 말한다. 미국에 대항하는 탈레반이나 헤즈볼라에 대해 긍정적인 시각을 보여주기도 한다.

마지막 이슈는 무슬림이 원하는 것이 '종교와 국가의 분리'라는 것이다. 그들은 종교란 돈과 권력에 묶이지 않아야 하고, 소수자의 자리에 있을 때 신의 모습이 드러나며 우리 안의 신도 더욱 자라날 것이라고 믿는다. 종교와 국가가 분리된 나라일수록 더 민주적이고 여성의 지위가 높은 것 같다며, 많은 이슬람 국가들이 이상으로 삼는 나라가 대한민국이라고 한다.

터키는 1922년 케말 파샤에 의해 왕권이 무너지고 공화국이 세워져 다른 이슬람 국가들이 해결하지 못하는 종교와 정치의 분리 정책을 펴고 있다.

스페인도 가톨릭 문화권으로 분리 정책을 시행하고 있지만, 안달루시아 지역인들은 진취적이고 관용적이었던 13세기의 이슬람 문화가 이슬람 신과 함께하는 문예 부흥기였다고 생각한다. 이 지역은 8~15세기까지 약 800년 동안 이슬람이 지배하여 지금도 이슬람 문화가 많이 남아 있다. 대표적인 곳이 타레가의 기타 연주로 유명한 알함브라 궁전이다.

백향목의 나라 레바논은 유대교, 기독교, 이슬람교의 평화를 매우 중시하고 있다. 이 때문에 종교적으로 힘의 균형을 맞추기 위해 각 종교별로 수장을 나누어 맡는다고 한다.

우즈베키스탄에는 일제강점기에 강제 이주된 20만 명의 한국 동포가 살고 있다. 저자는 그들을 '코리안 디아스포라'라고 말한다. 이곳의 영웅인 한국계 여성은 사회주의가 봉건주의를 척결하는 좋은 제도였고, 남녀평등은 당연한 것이었다고 역설한다. 우즈베키스탄은 헌법상으로는 정교분리지만 실질적으로는 아직 완전하지 않은 듯하다.

이란은 1980년대에 8년에 걸쳐 수니파 중심의 이라크와 전쟁을 치른 시아파가 중심이다. 부시 대통령은 이 나라를 북한과 함께 '악의 축'이라고 부르기도 했다. 저자가 만난 여성은 호메이니가 부패한 왕정을 무너뜨리고 이슬람 혁명을 일으킨 것은 훌륭했으나, 이란을 종교 독재국가로 만든 원인 제공자였다고 말하며 정부와 종교는 반드시 분리되어야 한다고 힘주어 말한다.

이 책은 한마디로 '다름'과 친구가 되어보자는 저자의 아우성이다. 틱낫한 스님의 말처럼 이해는 사랑의 다른 이름이라는 것이다. 나도 이제는 내 안에 있던 이슬람에 대한 인식의 변화를 위해 노력하고, 이슬람 문화에 대해서도 좀 더 많은 관심을 기울여야겠다.

### 생각 나누기

1 이슬람의 여성해방론자들이 말하는 가장 큰 이슈는 '가족법의 개정'과 '종교와 국가의 분리'이다. 이를 위해 노력하는 나라는 어디이며, 그렇지 못한 나라는 어디인지 찾아보자.

2 이슬람의 여성해방론자들도 이슬람교에 대한 자긍심을 가지고 있다. 어떤 부분에서 그러한지 찾아보고, 그들이 이슬람의 원리주의를 바라보는 시각의 차이에 대해서도 알아보자.

3 이슬람에는 여성해방을 위해 노력하는 운동가들과 이들의 인식에 힘을 실어주는 저자 현경 교수가 있다. 아직 우리 사회에 남아 있는 여성에 대한 차별적 시선을 해소하기 위해 우리는 어떤 노력을 해야 할지 생각해 보자.

# 개구리

모옌

생명의 상징인 개구리!
국가에 의해 통제되는 계획 생육

독서 모임에서 이 책이 선정되지 않았다면, 나는 또 중국의 역사 한 자락을 놓칠 뻔했다. 《붉은 스카프》를 읽으며 마오쩌둥 당시의 중국에 대해 두려움을 느꼈고, 《허삼관 매혈기》를 통해 중국 서민들의 처참한 가난을 들여다보았고, 이번에는 《개구리》를 통해 '계획 생육'이라는 아프고 안쓰러운 중국의 또 다른 모습을 보게 되었다.

저자 모옌은 1955년생으로 중국 최초의 노벨문학상 수상 작가이며, 우리나라에서도 만해문학상을 수상하였다. 1988년 베를린국제영화제에서 황금곰상을 수상한 장이머우 감독의 영화 〈붉은 수수밭〉의 원작자다. 이 책은 스승에게 보내는 편지 형식으로 되어 있고, 마지막은 희곡의 형태로 쓰였다.

이 소설은 정부의 정책을 수행했던 한 산부인과 의사가 늙어가며 참회하는 이야기를 담고 있다. 이 작품을 쓰기 전에 저자가 얼마나 망설였을지 생각해 보았다. '계획 생육'은 인권을 말살하는 일이기 때문에 이러한 정책을 시행한 국가의 치부를 세계에 알리면 정부와 불편한 관계가 될 것을 염두에 두지 않을 수 없었을 것이다. 그래서 모옌은 나름의 해답을 찾았다.

서문에서 모옌은 《개구리》를 쓴 이유에 대해 말한다. 고모에 대한 이야기를 쓰고 싶었는데 중국의 기본 국책인 계획 생육에 대해 언급하지 않을 수 없어서 오랫동안 고민하다, 중국의 역사가 아닌 고모라는 사람 자체에 대해 쓰기로 결정했다는 것이다.

내가 어렸던 1960~1970년대에 우리나라도 "둘만 낳아 잘 기르자." 등의 표어를 내걸고 산아제한 정책을 시행했다. 집집마다 콘돔을 나누어줬던 기억이 난다. 나와 또래 친구들은 그걸 잘 찢어지지 않는 풍선으로만 여기고 마냥 불고 다녔다. 그러나 중국의 계획 생육은 우리나라의 산아제한 정책과 그 정도가 다르다. 1980년부터 시행한 중국의 계획 생육 정책은 한 가정당 한 명만 아이를 낳을 수 있도록 제한하며, 만약 두 명 이상을 출산했다면 호적에 올리지 못하여 자녀는 이름 없이 살아가게 된다.

이 작품은 중국의 가족계획 정책의 이면에 숨겨진 가슴 아픈 현실을 그리고 있다. 계획 생육의 실무자로 농촌을 돌아다니며 강제로 임신중절수술을 해야 했던 산부인과 의사인 고모의 이야기를 통해 계획 생육이 불러온 비극을 적나라하게 보여준다.

평범한 의사였던 고모는 약혼자가 대만으로 망명하자 자신의 사상을 증명하기 위해 정부에 충성하게 되며, 정부의 가족 정책에 따라 임신중절수술을 한다. 경우에 따라서는 임산부를 납치하기도 하고, 산모가 숨어 있는 집을 허물면서 강제로 시행하기도 한다.

소설을 읽는 내내 저자가 제목을 왜 '개구리'로 지었을까 궁금했다. 저자는 제목의 의미에 대해서 직접적으로 설명하지는 않았지만, 고모의 말과 서술자 '나'의 아내의 말을 통해 개구리가 '생명'을 상징하고 있음을 이야기하고 있다.

고모는 낙태 수술을 하고 돌아가는 논둑길에서 개구리 떼를 목격하는데, '와와' 하는 개구리 울음소리가 마치 상처 입은 수많은 아기의 정령들이 울부짖는 것 같았다고 말한다. 무엇보다 공포스러웠던 것은 차갑고 끈끈한 뱃가죽이 피부에 닿아 마치 정액을 분사하는 것 같은, 귓불을 물고 늘어지는 모양이 마치 굶주린 아이가 어머니의 젖꼭지를 무는 것 같은 느낌을 받은 것이라고 한다. 고모는 나중에 점토로 인형을 만들며 자신의 손으로 죽였던 아기들에게 속죄하는 마음을 갖는다.

계획 생육과는 반대로, 아이를 가질 수 없는 돈 많은 부부는 '황소개구리 양식장'이라는 곳에서 대리모에 의해 아이를 갖는다. '나'는 예순의 나이에 이 양식장에서 천메이를 통해 아이를 얻는다. 여기서 저자는 '나'의 아내의 말을 통해 소설 제목의 의미를 드러낸다. 아내는 올챙이와 사람의 정자 생김새도 매우 흡사하고, 개구리의 울음소리와 아이가 태어나서 울음을 터뜨릴 때 '와와' 하는 소리도 비슷하며, 인류의 시조를 '여와'라고 하니 개구리가 인간의 시조였을 것이라고 말한다.

소설과 연극 극본이라는 두 가지 장르로 이루어진 이 작품의 독특한 구성도 내내 흥미로웠다. 대리모로 '나'의 아이를 낳은 천메이는 소설 속 현실에서는 침묵하지만, 가상의 공간인 연극 안에서는 자신의 아이를 찾아달라고 호소한다. 그러나 그녀의 말은 미친 여자의 헛소리로 치부되어 어떤 위로도 받지 못한다. 가상 공간에서도 구원받지 못하는 천메이의 설정은 말을 할 수도, 권리를 주장할 수도 없는 대리모의 현실을 있는 그대로 보여준 것으로 이해했다.

저자는 많은 갈등 끝에 고모의 이야기를 통해 인권과 생명의 존귀함이 국가에 의해 계획되고 있는 중국의 현실을 알리게 된다. 저자는 한 사람의 인생을 치밀하게 복원해서 끔찍하리만치 생생한 역사를 보여주었다. 2009년에 발표된 이 소설을 본 중국 정부는 과연 어떤 생각을 했을까.

**생각 나누기**

**1** 저자는 이 소설을 집필하기 전 많은 고민을 했다고 한다. 저자의 입장이 되어 그 고민의 이유를 생각해 보자.

**2** '나'의 고모는 산부인과 의사로서 정부 시책에 앞장서서 일한다. 고모의 행동에 대한 자신의 생각을 말해보자.

**3** 소설의 제목인 '개구리'의 의미가 무엇인지 자신의 생각을 말해보자.

# 정글만리

조정래

거대한 조직인 중국에 대한 우리의 인식.

여기는 정글이다.

이 작품은 소설의 형식을 빌려 중국의 현재를 그리고 있다. 저자는 전대광을 통해 타국에서 사업을 하기 전에 그 나라의 문화를 알고 이해하는 것이 얼마나 중요한지를 보여주었고, 송재형을 통해 중국 관리들의 지난 역사를 알리며 우리가 인식하고 있는 중국 공산주의에 대한 시선을 교정할 수 있는 계기를 마련해 준다.

우리나라의 기업인들은 저렴하게 인력을 공급받을 수 있는 중국으로 진출해 공장을 지어 경제를 일으켰다. 그러나 세계의 공장으로 여겨지던 중국은 이제 경제 강대국으로 변모하고 있다. 오늘날 중국의 변화를 우리는 어떻게 바라봐야 하는가.

《아리랑》, 《태백산맥》으로 유명한 저자 조정래는 1943년 전남 순천에서 태어났다. 1970년 문단에 데뷔하고 작품 활동을 시작하여 현대문학상, 대한민국문학상, 단재문학상, 노신문학상 등을 수상했다. 전남 벌교에는 그의 소설《태백산맥》을 기념하는 태백산맥문학관이 있고, 정읍에는《아리랑》을 기념하는 조정래 아리랑문학관이 있다.

내가 조정래의 작품을 처음 접한 것은 꽤 오래전이다. 1994년 영화관에서 〈태백산맥〉을 본 후에 원작 소설을 읽었고, 바로 이어서《아리랑》을 읽었다. 이 때문에 나에게 조정래는 우리의 근현대사를 책임지는 작가로 인식되어 있다.

《정글만리》는 총 3권으로 구성된 대하소설이다. 제목은 중국의 현 상황이 정글 속 같다는 의미의 '정글'과 만리장성처럼 거대하다는 의미에서 '만리'를 합성한 것으로 보인다. 즉 거대한 중국에서 벌어지는 수많은 일들이 마치 정글의 모습과 흡사하다는 의미일 것이다. 저자는 이 작품을 1990년에 처음 구상하여 8번의 현지답사를 통해 집필했다고 한다.《정글만리》는 한 인터넷 포털사이트에 약 3개월 동안 일러스트와 함께 연재되었던 작품이기도 하다.

이 책은 두 명의 주인공을 설정하여 그들로 하여금 중요한 주제 두 가지를 이끌어 가게 한다. 첫째, 전대광을 통해 '꽌시'의 중요성을 보여준다. '꽌시'란 우리말로 관계, 즉 '인맥'으로 보아야 할 듯하다. 중국으로 발령난 비즈니스맨인 주인공 전대광은 중국에 철광을 팔기 위해 일본과 각축전을 벌이지만, 이미 경제 대국인 일본과의 경쟁력 차이를 인지하게 된다. '14억 인구에 14억 가지의 일이 일어나는 나라'라는 중국에 모인 각국 비즈니스맨들의 생존 경쟁이 적나라하게 드러난다. 저자는 중국에서는 '꽌시' 없이는 꼼짝도 할 수 없다는 걸 말하면서 암투로 얼룩진 어두운 그늘도 있음을 보여준다.

이에 전대광은 학원에 등록하여 중국의 문화를 배우게 되는데, 그 과정에서 중국에서는 '꽌시'를 중요하게 생각한다는 것을 알게 된다. 그는 꽌시가 되어줄 만한 세관 주임 샹신원에게 의도적으로 접근했지만, 나중에는 진정한 꽌시의 관계로 발전한다. 전대광은 꽌시가 된 샹신원의 도움으로 한국에서 사고로 수억의 배상금을 물어야 하는 성형외과 의사 서하원을 데려와 중국에서 새롭게 일어나는 성형 시장에서 일을 시키고, 이를 통해 전대광과 샹신원이 많은 돈을 만지게 되면서 관계가 더욱 돈독해진다.

두 번째 주인공은 전대광의 조카 송재형이다. 그는 베이징 대학에서 중국 역사를 공부하면서 학생들의 양면성에 혼란을 느낀다. 지금까지 중국의 지식인들이 마오쩌둥을 신격화하고 있는 게 의아하다고 느낀 송재형은 베이징 대학 학생들의 사고를 들여다 본다.

나는 주인공 송재형보다 더 강한 허탈함을 느꼈다. 몇 년 전에 학생들과 지앙지리의《붉은 스카프》를 읽고 토론한 적이 있다. 그때 부르주아라는 이유로 무참하게 처형하는 중국의 실상을 문화대혁명을 통해 보면서, 마오쩌둥의 과오가 제대로 평가되어야 한다고 생각했었다.

송재형은 알아차린다. 중국의 지식인들은 빈부 격차가 없는 사회를 구현하기 위해 변화와 혁신을 꾀해야 한다는 생각은 하면서도 관리가 되면 국법 위에 존재할 수 있는 달콤한 맛에서 벗어나지 못하고 있었다. 중국의 지식인층인 관리들은 학창 시절에 최우수 모범생이었던 공산당원이며, 마오쩌둥을 이어받은 덩샤오핑의 개혁으로 자본주의의 권력을 쥐고 있는 사람들이다. 베이징 대학의 학생들은 졸업하면 자동으로 관리의 길이 열리기 때문에, 그들은 마오쩌둥에 대한 신격화를 계속하면서 당에 대한 맹목적인 믿음을 가지고 있었던 것이다.

송재형은 심한 갈등에 부딪힌다. 그는 광저우 거부의 딸 리옌링을 사랑하고 있는데, 베이징 대학 학생들의 양면성에 실망하면서 깔끔한 연애 관계를 유지하기 어색했기 때문이다. 그러나 송재형은 결국 리옌링과 결혼하기로 결정한다. 리옌링의 부친은 송재형을 속국놈이라며 못마땅해했지만, 결국에는 둘의 결혼을 허락한다.

독자의 희망과는 다르게 이야기를 이어갈 때는 저자의 의도가 강하게 깔려 있다. 저자는 송재형이 중국의 관리들을 깨어나는 지성인으로 유도하길 바라고 있었고, 또 중국과 우리나라의 관계가 원활해지길 바라고 있지 않을까 추측해 본다.

저자는 이 책《정글만리》를 통해 자신의 철학을 과감하게 제시하고 있다. 어느 부분에서는 사대주의인가 싶을 만큼 중국을 칭찬하다가도 또 어느 부분에서는 신랄한 비판을 가한다. 저자는 전대광을 통해 그 나라의 문화를 정확하게 알고 그 문화 속에 흡수되었을 때 사업도 성공할 수 있다는 것을 보여주었고, 송재형을 통해서는 중국 지식인의 양면성의 이유와 우리나라와의 미래 관계까지도 살펴볼 수 있게 했다. 중국의 역사, 문화, 민족 전체를 아우르는 이 작품을 읽고 나니 중국에 대해 좀 더 자세히 알고 싶은 호기심이 발동하여 오늘도 나는 도서관의 책장을 기웃거린다.

### 생각 나누기

1 중국에서 중요하게 여겨지는 '꽌시'에 대해 알아보고, 꽌시를 통해 저자가 말하고자 하는 바는 무엇인지 생각해 보자.

2 전대광의 조카 송재형은 베이징 대학에서 중국 지식인층이 당에 대한 맹목적인 믿음을 가지고 있으며, 그 이면의 모습도 있다는 것을 알게 된다. 그들의 양면성을 보이는 이유는 무엇인지 설명해 보자.

3 앞으로 우리와 중국의 관계는 어떤 방향으로 흘러가면 좋을지 자신의 생각을 말해보자.

# 한밤의 아이들

살만 루슈디

신이 될 만큼 잠재력이 많은 인도의 아이들
그들의 능력이 표출될 수 있으리라는 희망

인도에 대한 내 첫 기억은 〈신상〉이라는 영화다. 영화의 등장인물들이 부유층이었기 때문에 인도는 처음 내게 신비롭고도 화려한 이미지로 각인되었다. 그 후 류시화의 《하늘 호수로 떠난 여행》과 나렌드라 자다브의 《신도 버린 사람들》을 읽으며 〈신상〉과는 완전히 다른 인도의 삶도 마주하게 되었다. 내가 이번에 인도 여행을 가기로 마음을 먹은 이유는 머릿속에서 양립한 그들의 삶의 모습이 궁금했기 때문이다.

살만 루슈디의 《한밤의 아이들》은 이해하기 어려운 책이었다. 박웅현의 《다시, 책은 도끼다》에서 이 책을 다양한 형식을 취한 놀라운 책이라고 소개하여 읽어보았지만, 마술적인 요소와 역사와 현실이 책 속에서 춤을 추고 있어 얼른 이해가 되지 않았다. 그러나 인도를 여행하며 그곳의 현장을 눈으로 확인하고, 힌두 신화와 역사에 대해 간단하게나마 알게 된 후 다시 읽어보니 참 재미있다. 슬픈 듯, 웃긴 듯, 마술적인 듯 변화무쌍한 인도의 모습에 푹 빠져든다.

저자인 살만 루슈디는 익살스러운 재주꾼이다. 루슈디는 이 책의 주인공과 같이 1947년 인도에서 태어나 14살 때에 영국으로 떠난다. 루슈디는 이슬람교도임에도 이슬람교를 비판하여 이란으로부터 사형선고를 받지만, 호메이니 사망 후에 사면을 받는다. 루슈디는 고국에 대한 애증을 소설을 통해 안타까움과 사랑으로 그려나간다.

저자의 서술 기법은 특이하다. 서사 도중에 서술자가 갑자기 끼어들어 문단을 바꾸지도 않은 채 설명을 하기도 하고, 시나리오처럼 장면도 자주 바뀐다. 이는 저자가 극작가이기도 했던 경험 때문인지도 모르겠다. 재미있지만, 정신을 잘 차리지 않으면 책장을 앞으로 넘겨 다시 읽어야 한다.

예전에 마르케스의 《백 년의 고독》을 읽다 포기한 적이 있는데, 글의 구성이 이 작품과 흡사하다. 이런 종류의 작품을 '마술적 리얼리즘'이라고 하는데, 여기에는 마술사나 마녀는 빠지지 않는 요소 중의 하나다. 살만 루슈디는 신화와 역사, 현실을 넘나드는 환상적인 필치로 마르케스와 함께 마술적 리얼리즘 저자로 칭송받는다. 하지만 나는 그가 마술적 리얼리즘 소설을 쓰기 위해 일부러 마술사나 마녀를 개입시켰다고는 생각하지 않는다. 인도는 마술적인 신화가 삶 속에 존재한다. 현존하는 인도라는 삶의 현장을 적절하게 묘사하기 위해 저자는 신화를 끌어들였다. 일반적으로 우리는 마술적인 신화를 사라져야 할 미신으로 생각하고 있는데, 저자는 인도의 마술적인 신화를 인도의 역사와 궤를 같이하는 다양하고 멋진 미래로 설정했다는 것이다.

이야기는 죽음을 맞이하는 31살의 살림 시나이가 아내 파드마에게 신화처럼 옛날이야기를 들려주며 시작한다. 예민하고 섬세한 후각을 가진 살림 시나이는 낮에는 피클공장에서 일하고 밤에는 글을 쓴다.

첫 번째 주인공은 카슈미르에 살던 살림의 외할아버지다. 할아버지는 영국에서 의학 공부를 하고 돌아오는데, 이후 신앙에 대한 갈등이 생긴다. 어느 날 기도 중에 코를 부딪쳐 안 그래도 큰 코가 더 커졌으며, 이 큰 코는 살림이 그의 후손임을 입증하게 한다. 할아버지의 친구 뱃사공 타이는 인도의 더 오랜 역사의 증인으로, 영국 식민지 전의 세계에 대한 향수를 드러낸다.

1946년에 살림의 엄마는 가죽 장수인 아버지와 결혼하고 점쟁이를 만나러 불가촉천민의 세계에 발을 디디는데, 사방이 불구자들이다. 먹고살기 힘드니 빌어먹는 것이 그나마 낫다고 생각한 부모들이 얼굴이 예쁜 딸에게는 칼질을 하고, 손수 자식의 사지를 자르기도 했던 것이다. 가수였던 시바의 아버지도 자신이 더 이상 노래를 부르지 못하게 되었을 때, 시바의 무릎을 망치로 망가뜨려 동냥질로 살아가게 하려 했다. 코브라가 있고, 원숭이가 춤추고, 조장한 시체를 먹은 새들이 앉아 있는 곳이다. 독수리가 조장한 시체의 팔을 물고 날아가다 사람들의 얼굴에 떨어뜨리기도 한다. 그렇게 찾아간 점쟁이의 말은 또 가관이다.

"아들이외다. 머리는 두 개인데 -그대는 그중 하나만 보게 될 것이며- 무릎과 코, 코와 무릎이 있으리라. …… 신문이 그를 칭송하고 목소리가 그를 인도하리라. …… 밀림이 그를 삼키고 마녀가 그를 되찾으리라. 군인이 그를 심판하고 폭군이 그를 튀겨버리리라. …… 그는 아들을 낳지 않고도 아들을 얻으리라. 늙기 전에 이미 늙으리라. 그리고, 죽기 전에 이미 죽으리라."

현장의 느낌이 온몸으로 스미는데, 순간 오싹했다. 엄마가 점을 치러 가며 만나는 음습하고 무서운 분위기의 1947년 인도는 저자의 표현보다 더 심했을지도 모르겠다.

루슈디는 서두에서 인도의 구전문학에 빚을 졌다고 했다. 그래서 나는 구전문학이 이 이야기를 끌고 나갈 거라고 짐작했고, 힌두교의 신 중 하나의 이미지를 주인공에게 대입했을 거라는 확신이 들었다. 나는 힌두교를 믿는 네팔의 쿠마리 신에 대한 신문 기사를 떠올렸다. 네팔에서는 어린 여자아이를 선택하여 초경 전까지 신으로 모시는 풍습이 있다. 선택된 아이를 '쿠마리'라고 하며, 힌두교의 살아 있는 여신이 된다. 쿠마리는 초경을 시작하면 살던 곳으로 돌아가 인간의 삶을 영위하지만, 대부분 불행한 삶을 산다고 한다. 또 몇 년 전에는 인도에서 눈과 코 사이에 커다란 혹을 가진 아이가 태어나 사람들이 가네샤 신의 화신이라며 제물을 바쳤다는 기사를 본 기억도 났다. 인도는 특별한 날, 특별한 일에 많은 의미를 두는 풍습이 전해지고 있는 것 같다.

저자는 현존하는 이 마술적인 신화를 역사 속으로 끌어들여 1947

년 8월 15일 밤 12시를 기점으로 변신, 비행, 예언, 마법 등의 능력이 있는 1001명의 '한밤의 아이들'을 태어나게 한다. 이들 중, 정각에 가장 가까운 시간에 태어난 '코와 무릎', '무릎과 코'라는 별명이 있는 살림에게는 사람의 마음을 들여다보는 능력을, 시바에게는 전쟁의 재능을 준다.

큰 코를 가지고 태어난 살림은 풍요와 지혜와 행운을 상징하는 가네샤 신을 나타내는데, 가네샤 신은 인도인들이 가장 사랑하는 힌두교의 신 중 하나이며 인간의 몸통에 코끼리의 머리를 가진 신이다. 또 다른 주인공은 힌두 신화에 등장하는 파괴의 신 이름을 딴 시바다. 그는 말로 표현할 수 없는 분노를 담고 있으며, 전쟁광이었다. 시바는 살림의 아버지의 무릎과 같은 모양의 무릎을 가지고 태어났다. 살림과 시바의 운명은 살림을 키우고 있는 유모에 의해 바뀌게 된다.

모하메드가 40세에 하나님의 음성을 들은 것처럼 살림은 1956년 9세에 빨래통 속에 숨어 있다가 어떤 목소리를 들었고, 그 목소리를 통해 오랜 역사와 미래를 알게 되어 자신이 태어난 이유를 깨닫는다. 저자는 살림이 이 능력을 발휘하여 역사적인 사건에 개입하게 한다.

살림은 10세 때에 한밤의 아이들을 머릿속에 불러모아 각자 어떤 일을 할 것인지 말해보라고 한다. 누구는 자신의 능력을 어떻게 활용할지 정부에 문의할 것이라 하고, 누구는 여성의 인권을, 누구는 불가촉천민의 처지를 개선하겠다고 한다. 저자는 마술적인 이야기로 흥밋거리를 던지고자 1001명의 아이들을 끌어들이지는 않았을 것이다. 국가 발전을 위해 국회의원보다 더 현명한 의견을 말하는 이들이 국가의 미래를 걸머질 영웅이라는 것을 저자는 이미 드러내고 있다.

살림은 코 수술을 하여 냄새를 잘 맡게 되자 텔레파시 능력도 잃어버리고 기억도 잃은 채 동파키스탄으로 파견된다. 그는 밀림으로 끌려 들어가고, 이 작품의 마술적 리얼리즘에 걸맞는 장면들을 맞이하며 고생하다 과거를 되찾는다. 이후 기억을 되찾은 살림은 탈영하여 도시의 슬럼가에서 파르바티를 만나 그녀의 마술로 어려움을 극복한다. 그는 파르바티에게 사랑을 느끼지만, 그녀는 시바의 아이를 가진다. 힌두 신화에서 파르바티는 시바의 아내이며, 살림으로 표현되는 가네샤 신은 파르바티와 시바의 아들이다. 살림의 갈라지고 조각난 삶이 마치 인도의 운명과도 같다는 생각이 든다.

저자가 미망인이라고 표현한 인디라 간디와 1001명의 아이들은 떼려야 뗄 수 없는 관계다. 세계적으로 유명한 신문사의 설문 조사에서 위대한 여성 10인 중 하나로 뽑힌 인디라 간디가 저자에게 밉보인 이유는 무엇일까. 인디라 간디는 준사회주의 정책을 표방하며 방글라데시 독립을 지지하고 파키스탄과 갈등을 빚는다. 또한 부정선거에 개입하여 저항을 받자 비상사태를 선포한다. 근대화로 가는 길은 인구를 감소시키는 것이라 생각한 인디라 간디는 도시의 슬럼지역을 강제로 철거시키고, 산아제한을 한다는 명분으로 빈민 남성을 잡아들여 불임수술을 해버린다.

신이 되고 싶어하는 사람들은 신이 될 만한 잠재력을 가진 사람들을 가장 두려워한다고 한다. 미망인에게 신비로운 능력을 가진

1001명의 아이들은 영웅이 아닌 두려운 존재일 뿐이었다. 저자는 힌두 신화를 끌어들여 1001명의 아이들의 신비로움을 강조했지만, 그 아이들은 민주주의를 염원하며 정부의 시책에 충언할 수 있는 현명하고 출중한 젊은이들이었을 것이다.

이 책은 저자가 자신의 조국을 얼마나 사랑하고 있는지를 알 수 있는 글이다. 과거의 인도는 1001명의 아이들로 비유한 잠재력을 가진 한밤의 아이들의 싹을 잘랐지만, 미래의 인도는 그들의 능력이 충분히 표출될 수 있는 곳이 되리라는 희망을 저자는 말하고 있다. 더불어 저자는 출중한 인재들의 탄생으로 인해서 인도는 지속적으로 발전할 수 있다는 이야기를 끝까지 강조한다. 파르바티는 시바의 아이를 낳고, 그 아이는 살림 시나이가 키우게 되며, 한밤의 아이들의 후손들은 계속 태어나고 있다.

### 생각 나누기

1 저자 살만 루슈디의 많은 작품들이 인도에 대한 이야기를 다루고 있다고 한다. 그 이유가 무엇인지 알아보자.

2 이 작품에서 '마술적 리얼리즘'에 해당하는 부분을 찾아보자.

3 작품의 각 등장인물이 어떤 힌두교 신과 닮아 있는지 연결해 보자.

4 저자는 소설 속에서 변신, 비행, 예언, 마법 등의 능력이 있는 1001명의 한밤의 아이들을 태어나게 한다. 저자가 이러한 마술적 신화를 소설 속으로 끌어들인 이유가 무엇인지 말해보자.

5 미망인에게 신비로운 능력을 가진 1001명의 아이들은 왜 두려운 존재였을지 생각해 보자.

# 람세스

크리스티앙 자크

이집트의 상징, 람세스!
신화의 인물과 조우하다.

신비로운 이미지의 나라, 이집트. 오래전부터 꼭 가보고 싶었던 나라였지만 여러 가지 이유로 미루다가, 드디어 방문하기로 마음먹었다. 여행을 시작하기 전《람세스》를 다시 읽어보았다. 카르낙 신전의 람세스 2세가 흰 도포 차림으로, 아부심벨의 네페르타리가 은은한 미소를 띠며 나를 반기는 듯하다. 책장을 넘기는 내 마음은 이미 이집트에 가 있다.

저자 크리스티앙 자크는 1947년 프랑스 파리에서 태어나 열세 살 때《이집트 문명사》를 읽고 신혼여행도 이집트로 갔을 정도로 푹 빠져 40년 동안 이집트를 연구했다고 한다. 그 노력의 결과인《람세스》 시리즈는 전 세계에 천만 부 이상 판매되었다.

90년대 말 우리나라에서도《람세스》가 베스트셀러로 등극하며 여기저기서 독후감 대회가 개최되었다. 그러나 실망하는 사람도 많았다. 아마도 내용이 동화처럼 쉽게 쓰인 데다가 판타지적 요소가 많이 포함되어 있기 때문이지 않을까 짐작한다. 또한 4~5권은 앞 내용의 반복으로 사족에 불과하여, 3권에서 끝냈으면 작품의 가치가 더 높아지지 않았을까 싶다.

그러나 이 작품이 아니었다면 이집트 문명이 이 정도로 세계인들에게 깊게 자리 잡을 수는 없었을 것이다. 학창 시절에 다들 피라미드와 스핑크스, 미이라를 보며 이집트에 대한 대략적인 이미지를 그리기는 하지만 그 찬란한 역사를 알기에는 아무래도 역부족이었는데,《람세스》를 통해 그 나라에 대해 더 관심을 갖고 공부를 하게 된 것은 부정할 수 없는 사실이다.

고대 이집트 신왕국의 19왕조 제3대 파라오(기원전 13세기)인 람세스 2세는 세티의 둘째 아들이다. 67년이라는 재위 기간으로 이집트 역사상 두 번째로 오랫동안 왕위에 있었으며, 백성들에게도 평판이 좋은 왕이었다. 그는 히타이트와의 전쟁을 벌였으며, 방대한 건설 사업을 추진하여 많은 신전을 지었다.

아버지 세티는 백성들에게 사랑받는 훌륭한 왕이었고, 어머니 투야는 전형적인 현모양처였다. 경쟁자인 형 세나르는 외교 쪽에 관심을 많이 보였는데, 저자 크리스티앙은 형을 악역으로 설정하느라 '욕심 많은 뚱뚱이'로 표현하고 있다. 람세스의 매형 사리 또한 람세스의 자리를 노리는 역할이다.

그리고 람세스를 파라오다운 파라오로 만들어주는 두 여인이 있다. 람세스의 첫사랑이자 멤피스 제1의 미녀인 이제트는 욕심이 없고 밝은 성격을 가졌으며, 람세스에 대해 일편단심의 사랑을 보인다. 또한 왕비인 네페르타리에게도 정성을 다한다. 네페르타리가 죽은 후에는 람세스의 두 번째 왕비가 되며, 둘 사이에는 아들 카가 있다.

람세스의 사랑을 온몸으로 받은 왕비 네페르타리는 신전의 신녀였는데, 기품 있는 성품으로 람세스의 마음을 빼앗는다. 그녀를 위해 람세스는 아부심벨이라는 신전을 지었고, 둘 사이에는 딸만 둘 있어 왕위는 이제트의 아들 카가 계승하게 된다. 왕비의 계곡에는 네페르타리의 무덤이 있다는데, 3000년이 지난 지금도 무덤의 채색이 황홀할 정도로 아름답다고 한다.

람세스가 파라오로서 자리를 잡을 수 있도록 도와준 네 명의 캅(대학) 친구도 중요한 역할을 한다. 세타우라는 친구는 매력적인 누비아인 부인과 함께 뱀의 독을 이용해서 양약과 독약을 만들어내는 화학자이며 치료사다. 그가 약물을 만드는 과정은 당시에는 연금술사와 같은 마술 행위로 보였을 듯하다. 클레오파트라가 독사를 이용하여 자살했다고 알려져 있는데, 이 책을 읽으면서 생각해 보니 뱀독을 이용한 독약으로 죽었을 수도 있겠다는 생각이 든다. 세타우는 독약을 이용하여 히타이트와의 전쟁을 승리로 이끈다.

아메니라는 친구는 신성문자를 잘 쓰고 지혜로우며 람세스의 신발 담당이라는 책임을 맡는다. 즉 람세스의 비서라는 이야기다. 람세스가 신전의 커다란 아카시아 나무 밑에서 죽음을 맞이하자 아메니는 남은 여생을 빛의 아들 람세스의 이야기를 쓰는 데 바치겠다고 한다.

아샤라는 친구는 훌륭한 판단력으로 히타이트와의 평화협정을 맺게 하는 등 외교적으로 큰 역할을 한다. 당시 이집트와 히타이트는 시리아 남쪽에 있는 카데시라는 요충지를 차지하기 위해 16년 동안이나 싸워왔다. 이 전쟁은 두 문명 간 최초의 대규모 충돌이다. 히타이트와 전쟁에서의 전술, 전략 등이 이 작품의 많은 부분을 차지하고 있다.

특히 흥미로웠던 부분은 모세가 출현한다는 것이다. 크리스트교에서는 모세의 출애굽 시기를 아멘호텝 2세(기원전 14세기) 때로 보고 있는데, 이 책에서는 람세스 2세의 친구로 묘사하고 있다. 모세는 아크나톤의 제자 오피르에게서 히브리인들이 섬기던 아톤 신을 부활시켜야 한다는 부추김을 받고, 히브리 백성들을 데리고 탈출한다. 물이 피로 변하고, 메뚜기 떼가 습격하는 등 재앙이 일어나 이집트 사회에 분란이 일어나자 람세스는 히브리인을 추방한다.

이 책에서는 크리스트교에서 말하는 것처럼 야훼의 능력으로 모세가 재앙을 일으키는 것이 아니라, 과학 실험의 활용에 의한 것으로 묘사한다. 모세는 오피르 일당의 흑마술의 도움도 받는다.

또 재미있는 것은 이 소설 속에 트로이전쟁을 마치고 그리스로 돌아가는 스파르타의 왕 메넬라오스와 그의 부인 헬레나가 이집트에 한참을 머물다 간다는 것이다. 트로이전쟁은 기원전 13세기에 발발한 것으로 보고 있으니, 그들의 등장이 불가능한 것은 아니다. 그러나 그들과 함께 등장한 호메로스는 다르다. 〈일리아드〉와 〈오디세이아〉를 지은 호메로스는 기원전 8세기의 인물이라는 것이 학계의 정설이다. 이 부분은 소설이라는 장르의 포용성으로 받아들여야 할 듯하다.

카데시 전투의 진정한 승리는 어느 쪽이었을까? 이집트는 카르낙 신전의 벽면에 카데시 전투의 승리를 묘사했고, 이스탄불 고대동양 박물관에는 세계에서 가장 오래된 성문화(成文化)된 평화조약 원본이 돌판에 새겨져 있다고 한다. 이 책의 내용에서 람세스가 히타이트 왕의 강압에 의해 히타이트 공주를 왕비로 데려오는 것으로 보아, 히타이트의 승리로 짐작된다. 그러나 승패를 떠나 인류 최초의 평화조약을 성문화했다는 것은 매우 소중하고 값진 일이 아닐 수 없다.

《람세스》 덕분에 이번 여행은 정말 뜻깊을 것 같다. 이미 내 눈앞에는 나일강의 채석장이 펼쳐져 있다. 신전 건축에 대해 대화를 나누는 람세스와 모세의 다정한 모습이 보인다. 람세스가 자신의 각오를 다지기 위해 히에로글리프로 카르투슈를 새겼던 카르낙 신전의 열주는 TV에서 보았던 것과 어떻게 다를까?

람세스의 얼굴로 신전의 입구를 설계했다는 아부심벨에서는 그의 얼굴이 20대에서 50대까지 어떻게 변화되었는지 관찰할 것이다. 아내 네페르타리에 대한 지극한 사랑으로 그녀를 파라오의 위치로 끌어올리는 역할을 했다는 아부심벨의 소신전은 대신전과 어떤 차이가 있을까?

어느 나라와도 견줄 수 없는 찬란한 문화와 역사를 가진, 파라오의 나라 이집트! 5000년의 역사를 가진 이 나라는 세계에서 가장 오래된 상형문자인 히에로글리프를 만들었고, 기원전 4세기에 알렉산더의 침략으로 헬레니즘 문화, 비잔틴 문화를 받아들여 서양철학과 과학의 중심지가 되었다.

아는 만큼 보인다고 했다. 이집트에 관심을 기울일 수 있는 계기를 만들어준 저자에게 감사함을 표한다.

**생각 나누기**

1 《람세스》에서 역사적 사실과 다른 부분을 찾아보자.

2 이 책에서는 모세가 출애굽을 할 때 흑마술의 도움을 받고, 과학 실험을 활용하기도 했다고 표현한다. 이에 대한 자신의 생각을 말해보자.

3 기원전 8세기의 인물인 호메로스가 람세스와 동시대에 등장하게 한 저자의 의도가 무엇인지 생각해 보자.

4 과거 부강했던 이집트가 약소국이 된 이유를 알아보자.

# 천 개의 찬란한 태양

할레드 호세이니

천 개의 찬란한 태양이
빛날 수 있는 날은 언제일까?

《연을 쫓는 아이》가 남자들의 이야기라면, 이 작품은 여자들의 이야기라고 할 수 있겠다. 《천 개의 찬란한 태양》은 소련이 1979년에 철수한 후, 아프가니스탄에 내전이 일어나 탈레반 정권이 극심해지는 상황이 주 배경을 이룬다.

저자 할레드 호세이니는 1965년 아프가니스탄의 수도 카불에서 태어났지만, 소련의 아프가니스탄 침공 후 외교관인 아버지를 따라 미국으로 망명하였다. 의대 졸업 후 틈틈이 글을 써서 2003년에 첫 소설 《연을 쫓는 아이》를 발표하며 데뷔하였다. 《연을 쫓는 아이》는 2010년에 독서 모임에서 읽고 토론한 적이 있다.

이 작품은 환경과 성격이 다른 두 여자가 한 남자의 아내로 만나 우정을 나누고, 어머니와 딸처럼 서로 희생하며 절망을 희망으로 만들어가는 내용을 그리고 있다. 당시 여성들의 이야기를 마리암과 라일라를 통해 생생하게 전달한다.

마리암의 소원은 부유한 아버지와 함께 살아보는 것이었지만, 아버지는 그녀를 만나주지 않고 어머니는 나무에 목을 매단다. 어머니의 죽음 후 마리암은 아버지의 부인들에게 이끌려 열다섯 살의 나이에 마흔다섯 살의 라시드에게 팔려간다. 마리암이 계속 유산을 하자 남편 라시드는 날마다 폭력을 행사한다.

마리암의 어머니가 아버지와 같이 살지 못한 이유는 마리암이 '하라미'였기 때문이다. 2012년에 읽은 《신의 정원에 핀 꽃들처럼》에 따르면, 이슬람에서 정식으로 결혼했을 때는 둘째, 셋째 부인으로 같이 살 수 있지만, 야합으로 이루어진 관계는 매매춘으로 취급된다. 그래서 둘 사이에 태어난 아이는 사생아인 '하라미'가 되어 호적에 올릴 수 없다.

또 다른 주인공은 마리암의 옆집에 살던 부잣집 딸이다. 사랑과 자존감이 넘치는 그녀를 마리암은 늘 부러워했다. 그러나 심한 폭격 이후 가족들이 모두 죽고 열세 살 라일라만 살아남는다. 마리암의 남편은 라일라를 돌봐주다가 예순의 나이에 라일라를 둘째 부인으로 삼는다. 처음에 마리암은 자신보다 한참 어린 라일라에게 질투를 느낀다. 그러나 이후 라일라를 딸처럼 여기며 가족의 사랑을 경험한다. 연일 포탄은 터지고 언제 남편의 매질이 시작될지 몰라 전전긍긍하지만, 둘은 서로를 의지하며 희망을 포기하지 않는다.

이슬람에서 여성 인권이란 눈을 씻고 봐도 찾을 수가 없다는 것은 여러 책을 통해 익히 보아왔지만, 이 소설은 이슬람 원리주의자들인 탈레반 정권 시대를 배경으로 하기 때문에 종교적으로나 윤리적으로나 여성들이 더더욱 억압받는 시대였다. 여성들은 철저히 남성의 소유물로 살아가고, 남성들에게 유린당했다. 문제는 현재에도 여전히 이러한 모습이 남아 있다는 것이다.

라일라가 낳은 아이가 자신의 아이가 아니라는 것을 알게 된 남편은 라일라를 죽이려고 한다. 그 아이는 전쟁터에 나간 라일라 애인의 아이였다. 이때 마리암은 처음으로 자신의 삶의 행로를 결정한다. 들고 있던 삽을 세워 남편을 내려친 것이다. 사랑하는 라일라를 위해, 사랑하는 아이들을 위해 마리암은 이러한 선택을 했다.

마리암은 천한 하라미로 태어나 자신을 쓸모없는 존재라 느끼며 살아왔지만, 죽음을 맞이하며 라일라의 사랑 속에 한없는 평화로움을 느낀다. 남편을 죽였기 때문에 마리암은 아프가니스탄의 법에 따라 총살형을 받는다. 마지막에 마리암은 코란의 한 구절을 나직이 읊는다.

《신의 정원에 핀 꽃들처럼》에서 보았듯, 그들에게 이슬람교는 '모하메드는 여성 해방과 평등을 가르친 예언자이고, 《코란》은 여성의 평등을 보장해 주는 책이며, 《코란》의 가르침대로만 살면 인류의 평화가 온다.'라는 것을 확신하는 종교였다.

마리암이 죽은 후, 라일라는 마리암이 어릴 때 살았던 늪지대의 오두막을 찾아가 거기서 어린 마리암의 환영을 보며 '몇 년 후에 이 소녀는 불평을 견디고 자신을 덮쳐오는 물살에도 품위를 잃지 않고 나름의 형상을 갖춘 여인이 될 것이다.'라고 생각한다. 그리고 동시에 라일라는 소녀의 눈 속에서 남편이나 탈레반도 깰 수 없는 굳은 어떤 것, 구원이 될 어떤 것을 보았다. 카불로 돌아온 라일라는 고아원에서 아이들을 가르치며, 마리암은 멀리 있지 않고 '천 개의 태양'으로 눈부시게 광채를 빛내고 있다고 느낀다.

'천 개의 찬란한 태양'은 카불의 아름다움을 노래한 한 시에 등장한다고 한다. 저자는 그 시구를 인용하여 재능 있고 아름다운 아프가니스탄의 여자들이 어서 빨리 찬란한 빛으로 능력을 펼칠 수 있는 날이 오기를 기대하며 이 작품을 써 내려간 것으로 보인다.

《한밤의 아이들》의 저자 살만 루슈디도 영국으로 이민을 갔지만, 작품을 통해 자신의 조국 인도를 이야기했다. 호세이니의 두 편의 소설도 모두 자신의 조국인 아프가니스탄 이야기를 하고 있다. 호세이니는 조국의 고통받는 사람들에 대한 세계인의 관심을 유도하면서 그들이 고통에서 헤어날 수 있길 두 손 모아 기도하고 있을 것이다.

### 생각 나누기

**1** 저자 할레드 호세이니가 소설을 통해 조국의 이야기를 하는 이유는 무엇인지 생각해 보자.

**2** 이 작품을 통해 새롭게 알게 된 아프가니스탄의 역사에 대해 말해보자.

**3** 이슬람, 특히 탈레반에게 여성은 어떤 존재인지 생각해 보자.

**4** 아프가니스탄 국민의 입장에서 바라본 저자는 어떤 사람일지 생각해 보자.

**5** 저자가 제목을 '천 개의 찬란한 태양'으로 지은 이유를 말해보자.

# 3.

# 인문학의 들판에 발을 디디다

# 파우스트

요한 볼프강 폰 괴테

자유도 생명도 날마다 싸워서 얻는 자만이
그것을 누릴 자격이 있다.

이번 독서 모임에서는《파우스트》를 선정했다. 대학 때부터 읽다 포기하기를 반복한 작품인데, 모임을 통해 읽으면 어떻게든 완독을 해야 한다. 마치 외나무다리에서 숙적을 만난 듯 비장한 마음으로 다시 책을 손에 잡는다.

독일이 낳은 천재적인 시성이자, 르네상스의 다빈치로 불렸던 괴테. 그의《젊은 베르테르의 슬픔》에 도취했던 젊은 날이 떠올라 입가에 작은 미소가 번진다. 당시 베스트셀러였던《젊은 베르테르의 슬픔》을 읽고 세계의 젊은이들은 사랑에 실패하면 유행처럼 자살을 시도했었다. 지금도 종종 연예인이 죽으면 그를 모방하여 죽는 일이 일어나곤 하는데, 이를 베르테르에게서 온 영향이라는 의미로 '베르테르 효과'라고 부른다.

파우스트는 독일의 유명한 연금술사이며 대학교수인 실존 인물로 알려져 있다. 워낙 행동이 기이해서 그에 대한 전설은 영국에까지 퍼졌고, 이를 바탕으로 이미 이야기가 만들어졌으며 이후 괴테에 의해 정제되어 희곡으로 완성되었다고 한다. 희곡《파우스트》는 대화체로 되어 있어 이해하기 어려운데, 이번에 읽은 책은 서사로 풀어져 있어 읽기가 한결 수월했다.

악마 메피스토는 하나님에게 파우스트 박사를 파멸하게 할 수 있다고 말하며 내기를 하자고 제안한다. 하나님은 이 제안을 받아들이면서 "파우스트는 일시적으로 매혹될지 모르지만, 결국은 옳은 길로 갈 것이다."라고 말한다.

노학자인 파우스트는 여러 학문을 섭렵하지만, 그것으로는 온 우주의 이치를 깨달을 수 없다는 것에 괴로워한다. 이때 메피스토가 나타나 그에게 제안을 한다. "너에게 젊음과 쾌락을 주겠다. 그러나 네가 '멈추어라, 순간아. 너 정말 아름답구나!'라고 외치면 너의 영혼은 내 것이다." 파우스트는 메피스토의 조건을 받아들여 영혼을 팔아 젊은이가 된다. 그는 젊고 예쁜 그레트헨을 만나 사랑을 나누고 아이까지 갖지만, 메피스토의 유혹으로 그녀의 오빠를 죽이고 그레트헨이 어머니와 아이까지 죽이게 만든다. 파우스트는 그레트헨을 구하려 하지만, 그녀는 자신의 죗값을 달게 받고 하늘로 올라 신의 구원을 얻는다.

2부에서 파우스트는 메피스토의 힘을 빌려 대마법사가 되어 세계를 떠돌며 중세에서 고대 그리스로 자유롭게 이동한다. 재정적으로 어려움에 처한 독일 황제는 금 대신에 화폐를 사용해 보라는 파우스트와 메피스토의 조언으로 경제가 좋아지자 파우스트에게 불모의 토지를 하사하고, 트로이로 간 그리스 왕비 헬레나를 찾아달라고 부탁한다. 파우스트는 헬레나를 보는 순간 사랑에 빠져 오이포리온이라는 아들까지 얻지만, 이 아이는 하늘을 날려 하다 이카로스처럼 죽게 된다. 이에 헬레나도 따라 죽는다.

쾌락으로 가득한 삶을 살아본 파우스트는 이제 욕심이 너무 커져버렸다. 독일 황제에게 하사받은 땅에 이상국을 건설하려 공동의 터전을 개척한다는 명분으로 대규모 간척 사업을 벌이며 악덕 업자 같은 모습을 보인다. 그는 "될 수만 있다면 인부를 더 많이 긁어모아라. 쾌락으로 격려하고 엄하게 벌을 주며, 돈을 뿌려 달래고 쥐어짜기도 해라."라고 말한다. 이렇게 이상 국가 건설을 위해 일을 무리하게 추진하던 파우스트는 무자비한 인명 살상과 착취를 하게 된다. 과업을 완수하는 순간 파우스트는 눈이 멀고, 메피스토는 파우스트가 자기 무덤을 팠다며 비웃는다.

메피스토는 파우스트에게 다시 한번 쾌락을 줄 테니 재미있게 살아볼 것을 제안하지만, 파우스트는 그 제안을 물리치고 계속해서 간척 사업을 진행한다. 파우스트는 사람들의 삽질하는 소리에 흐뭇해하며 "멈추어라, 순간아. 너 정말 아름답구나!"라는 말을 한다. 이에 메피스토는 자신이 이겼다며 기뻐한다. 그러나 메피스토가 파우스트의 영혼을 빼내려는 순간 하늘에서 천사가 내려와 파우스트의 영혼을 구해준다.

결국 괴테는 하나님 나라의 이야기를 하려 한 것이 아닌가 싶다. 전체적으로 줄거리의 흐름을 잡기 어려울 만큼 이야기가 애매하고 복잡하지만, 1, 2부 모두 마지막에 파우스트가 구원을 얻는다는 공통점이 있다. 글의 초반에 신은 메피스토가 파우스트를 파멸로 이끌게 하겠다는 제안을 받아들이면서 "파우스트는 일시적으로 매혹될지 모르지만, 결국은 옳은 길로 갈 것이다."라고 예고했었다. 이 말에 괴테의 생각이 이미 들어 있다고 생각된다.

파우스트가 처음에 자살하려 했던 이유는 '아무리 공부를 해도 진리를 깨달을 수 없다.'라는 것이었다. 인간이 지식을 아무리 쌓아 본들 대자연의 핵심을 파악하지 못하고 삶의 진리를 깨닫지 못함을 한탄한다. 이때 악마 메피스토가 파우스트에게 접근하여 "세상을 알고 싶다면 세상 속으로 가야 한다."라고 말한다. 물론 신과 내기를 했기 때문에 메피스토의 이 말은 단순한 악마의 유혹으로 보일 수도 있다. 그러나 신은 메피스토를 이용하여 파우스트에게 공부 이외의 또 다른 노력을 경험하게 해주고 싶었던 것 같다. 신은 노력하는 행위 자체를 인정한 것이다.

파우스트는 절대 진리를 찾기 위해 책으로, 여인과의 쾌락으로, 이상국의 건설로 헤매어 보았지만 결국 찾을 수 없었다. 괴테는 진정한 진리와 가치는 신의 품 안에서만 찾을 수 있다는 종교적 의미를 전하고 있는 것 같다.

우주의 섭리를 알고 있는 존재는 신이 유일하다. 그러나 파우스트는 여러 모험을 통해 이 우주의 섭리를 알고자 노력했다. 신은 파우스트의 행위를 신의 영역을 침범했다고 분노하지 않고, 처음의 메시지대로 그의 노력을 가상히 여겨 마침내 구원한다.

"자유도 생명도 날마다 싸워서 얻는 자만이 그것을 누릴 자격이 있다."

### 생각 나누기

**1** 악마 메피스토가 하나님에게 내기를 제안하자, 신은 이 제안을 받아들이면서 "파우스트는 일시적으로 매혹될지 모르지만, 결국은 옳은 길로 갈 것이다."라고 말한다. 여기서 '옳은 길'이란 무엇을 의미하는지 생각해 보자.

**2** 파우스트는 죽음을 맞는 순간마다 천사의 구원을 받는다. 이것은 무엇을 의미하는지 생각해 보자.

**3** 파우스트는 이상국을 건설하면서 "될 수만 있다면 인부를 더 많이 긁어모아라. 쾌락으로 격려하고 엄하게 벌을 주며, 돈을 뿌려 달래고 쥐어짜기도 해라."라고 말한다. 이 말은 파우스트의 어떤 면을 보여주고자 하는 의도였을지 말해보자.

**4** 이 작품에서 '신이 원하는 삶'이란 결론적으로 무엇인지 찾아보자.

# 행복한 논어 읽기

양병무

學而時習之 不亦說乎

고등학교 국어 교과서에 실린 아래의 글귀를 처음 봤을 때 얼마나 신선하게 다가왔었는지, 너무 좋아서 단숨에 외워버렸던 기억이 난다.

學而時習之 不亦說乎(학이시습지 불역열호)라.
有朋自遠方來 不亦樂乎(유붕자원방래 불역락호)라.

예전에는 나도 공부를 좋아서 하는 사람이 어디 있겠냐는 생각을 했었지만, 요즘은 꾸준히 독서를 하면서 배우는 즐거움이 상상 이상으로 크다는 것을 마음 깊이 실감하고 있다. 다만 두 번째 구에서 말하는 '친구 관계'는 확답이 어렵다. 아무래도 이에 대해 반성하고 생각해 볼 시간이 필요한 것 같다.

人不知而不慍 不亦君子乎(인부지이불온 불역군자호)

이 세 번째 구절부터는 외우지 못한 부분이다. '사람들이 나를 알아주지 않더라도 원망하지 않으니 또한 군자답지 아니한가.'라는 뜻이다. 벼는 익을수록 고개를 숙인다는데, 나는 과연 그러했는가 돌이켜보게 된다. 이 세 구절에 나타난 '학습', '대인 관계', '자기 수양'이 공자가 말하는 군자의 3대 조건이라고 한다.

《중용》, 《맹자》, 《대학》과 더불어 '지혜의 광맥(鑛脈)'이라 불리는 사서(四書) 중 하나인 《논어》의 일부를 읽어보았다. 전편 10편, 후편 10편 총 499장 중 저자 양병무가 '평생 학습', '직업 정신', '리더십', '인간관계', '삶의 원칙'으로 제목을 정하여 중요한 52장만 간추려 현대적인 시각에서 재미있게 설명하고 있다. 세계의 유명 석학들이나 대기업 CEO들이 현재의 자신들을 있게 한 첫 번째 책으로 《논어》를 많이 꼽는다고 한다. 《논어》를 통한 배움이 기업 운영에 자연스럽게 드러난 것으로 보인다.

공자가 65세인 아버지와 16세인 어머니 사이에서 태어났다는 것은 이번에 처음 알았는데, 적잖이 놀랐다. 또한 어머니가 무속인이라서 공자가 장례 절차에 대해 해박했다는 것도 의외였다. 공자는 정계에 진출하기 위해 자신을 고용해 줄 군주를 찾아 천하를 돌아다니다가 68세에 고국인 노나라에 돌아와 3000여 명의 제자를 키우고 73세에 파란만장한 삶을 마감한다. 공자는 이슬만 먹고 살며, 가만히 앉아만 있어도 제갈량을 찾는 유비처럼 삼고초려(三顧草廬)하는 사람들이 줄을 설 것 같은 이미지였는데, 정계로 진출하려 애를 썼다는 이야기는 그도 평범한 한 인간임을 알게 해준다.

공자가 추구하는 인재상은 군자(君子)다. 군자는 행실이 어질고 덕망과 학식이 높은 인격자를 가리킨다. 군자의 덕목은 '인의예지신(仁義禮智信)'인데, 인(仁)은 사랑, 의(義)는 의리, 예(禮)는 바른 행동, 지(智)는 지혜, 신(信)은 신뢰를 뜻한다. 인은 극기에서 시작되고 다른 삶을 배려할 때 생기며, 인을 실천하기 위해 예가 필요하다. 의는 행동의 판단 기준이다. 의가 있을 때 올바른 판단을 내릴 수 있고 정의로운 사회가 만들어지며, 완성된 인간은 지혜, 무욕, 재능, 예악을 갖춘 사람이라고 공자는 말한다.

공자는 깨달음의 단계를 '지지자불여호지자(知之者不如好之者), 호지자불여락지자(好之者不如樂之者)'라고 말했다. 즉 '아는 자는 좋아하는 자만 못하고, 좋아하는 자는 즐기는 자만 못하다.'라는 의미다. 나는 이제 겨우 앎의 즐거움을 알아가는 '知之者(지지자)', 즉 걸음마 단계라고 보아야 할 것 같다.

'삼인행 필유아사(三人行 必有我師)'란 '세 사람이 있으면 그 안에 분명히 나의 스승이 있다.'라는 뜻이다. 그러나 세 사람 중에 도저히 스승으로 모실 수 없는 사람도 있을 수 있다. 이 경우 그를 반면교사(反面教師)로 삼아야 한다. 참고로 공자는 주나라 무왕의 동생 주공을 가장 존경하고, 그를 닮기 위해 노력했다고 한다.

이 책은 비록《논어》전체를 해석한 것은 아니지만, 저자가 논어 수업을 받으며 들었던 이야기를 본인의 해석으로 쉽고 명쾌하게 풀어나갔다. 어렵게만 생각했던《논어》를 재미있게 접해볼 수 있는 보람된 시간이었다.

## 생각 나누기

1 이 책을 통해 공자에 대해 새롭게 안 사실을 정리해 보자.

2 공자는 깨달음의 단계를 '知之者不如好之者, 好之者不如樂之者'라고 말한다. 나는 현재 어느 단계에 속해 있는지 말해보자.

3 공자가 추구하는 인재상은 군자이며, 군자가 되기 위해서는 인을 갖추어야 한다. 인을 갖춘 군자가 되기 위해 우리는 어떤 노력을 해야 하는지 생각해 보자.

# 세계사를 움직이는 다섯 가지 힘

사이토 다카시

욕망, 모더니즘, 제국주의, 몬스터, 종교가
세계를 움직인다고?

세계사를 움직이는 힘이 있다고? 궁금함에 책을 펼쳐 들지만, 두께가 상당하여 망설여진다. 하지만 저자가 말하는 세계를 움직이는 힘이 무엇인지 궁금해 결국 책을 펼치지 않을 수가 없다.

《세계사를 움직이는 다섯 가지 힘》은 세계사의 흐름을 전반적으로 통찰할 수 있는 책이다. 세계는 '욕망', '모더니즘', '제국주의', '몬스터(자본주의, 사회주의, 파시즘)', '종교'에 의해 움직인다고 저자는 서술하고 있다.

저자 사이토 다카시는 도쿄대학교에서 법학을 전공한 후 교육학 박사 학위를 취득하고, 현재는 메이지대학교에서 문학부 교수로 재직하고 있는 특이한 경력의 소유자다.

### 욕망: 커피, 홍차, 콜라, 브랜드, 도시

이 책은 총 5장으로 구성되어 있는데 제1장 '욕망'에서는 대표적인 근대 발전의 원동력으로 커피와 홍차, 코카콜라, 금과 철, 브랜드와 도시를 들고 있으며, 상인들의 '욕망'으로 인해 이러한 것들이 전 세계를 지배하게 되었다고 설명한다. 상인들은 한계 지점까지 자신을 몰아치고 노동력을 착취하여 검은 석유인 커피를 만들었다. 콜라는 군수품이었는데 이미지 전략으로 미국형 자본주의 확산의 주범이 되었다. 금과 철은 식민지화를 만드는 데 공헌을 했고, 금을 얻기 위해 시도된 연금술은 근대과학의 시초가 되었으며, 철은 금을 얻기 위한 도구로 사용되었다.

스타벅스의 성공비결은 단순히 커피 맛보다는 특별하다고 느끼는 공간에 있음으로써 자신도 특별히 대접받는다고 생각하는 젊은 비즈니스의 감성과 절묘하게 맞아떨어진 것이다. 또한 현대 사람들은 자신이 상류층이라는 것을 보여주기 위해 기호품을 소비하여 브랜드의 값을 올려주고, 사람은 도시화에 대한 욕구가 있기 때문에 문화 예술의 중심지인 도시에 발자취를 남기게 된다.

즉 저자는 세계사를 움직이는 첫 번째 힘으로 사람들의 욕망을 제시하고 여러 가지 근거를 제시했다. 그렇다. 사람들의 욕망을 머리 좋은 상인들이 이용했고, 사람들은 상인들의 욕망에 놀아난다는 생각보다는 자신들이 우월해졌다고 느끼며 살아가고 있는 것 같다.

### 모더니즘: 자본주의, 크리스트교

제2장 '모더니즘'에서는 자본주의가 잠들지 않는 이유는 금욕적

이며 성실하고 합리적인 기독교 정신이 자본주의 정신과 부합하였기 때문이라고 말한다. 교황의 면죄부 판매를 정면으로 비판한 프로테스탄트는 금욕주의 생활을 하며 평생 일하는 것이 신에 대한 봉사라 여겨 성실한 노동을 통해 부를 축적한다.

모더니즘은 '근대'라고 해석해야 할 듯하다. 근대의 기준은 학자마다 조금씩 다른데, 인간 중심의 부흥을 의미하는 르네상스를 그 시작점으로 보는 것이 효율적일 것 같다. 이 정신을 계승하여 민주주의, 자유주의, 개인주의가 자리를 잡았으며, 합리적 사고를 중요시하여 수학과 과학이 발달하게 되었다.

자본주의가 프로테스탄트를 중심으로 일어났다는 것은 정확한 표현이다. 프로테스탄트와 청교도 혁명으로 산업혁명이 일어나 세계는 먹고사는 문제에서 많이 탈피하게 된다. 자연스럽게 자본주의는 크리스트교인이 많은 곳에 발달했다.

**제국주의: 미국, 중국**

제3장 '제국주의'에서는 세계 정복을 꿈꾸는 '야망'이라는 괴물이 제국주의를 만들었다고 말한다. 이슬람교는 '알라 앞에 평등'이라는 이념으로 제국을 지배하였고, 기독교는 식민지를 굴복시켰다. 제2차 세계대전 이후 유일하게 살아남은 제국인 미국은 보이지 않는 자본으로 여전히 그 자리를 차지하고 있다. 저자는 제국의 흐름을 흥미롭게 제시하고 있지만, 본인이 일본인이기 때문인지 일본의 제국주의에 대한 문제는 인식하되 비판적 시각은 크게 드러내지 않으려 애쓰는 것이 보인다.

욕망, 종교, 자본의 흐름으로 제국이 이동되고 있고 현재는 미국이 보이지 않는 돈의 제국이라고 표현한 부분은 신선하다. 세상은 돈을 중심으로 돌고 있다. 미국과 중국의 싸움은 바로 돈 때문이다.

### 몬스터: 자본주의, 사회주의, 파시즘

제4장 '몬스터'에서는 '괴물'이 세계사를 움직인다고 말한다. 여기서 괴물이란 우리가 '이즘(ism)'이라고 부르는 자본주의, 사회주의, 파시즘을 가리킨다. 사회주의가 무너지고 자본주의가 승리하는 것은 인공적인 것과 자연 발생적인 것의 대립이기 때문이며, 인간의 욕심은 자연 발생적인 것이기 때문에 자본주의가 승리한다고 말한다. 또한 무솔리니에서 시작한 파시즘이 나치와 결합하여 세계대전을 일으켰다고 설명한다.

마르크스는 자본이 자기 증식을 한다고 했다. 자본을 가진 자는 계속 부자가 되고, 가지지 못한 자는 계속 가난 속에 산다. 이러한 자본주의의 문제, 빈부 격차를 해결하기 위해 사회주의가 탄생한다. 그러나 사회주의는 마르크스의 이론에서나 우수한 이즘일 뿐 실제로는 오히려 상부의 자리에 오를수록 부패할 수밖에 없으며, 이를 실현하기 위해 반대파를 학살하는 실패한 이념이다.

파시즘은 어수선한 사회를 통합하는 도구로 쓰여 세계대전에서 독일은 유대인을 적으로, 게르만족을 우수 민족으로 만들고, 유럽에서는 종교 탄압이 일어났다. 지금도 미국은 테러와의 전쟁이라는 명분으로 이슬람 전쟁을 일으키는데, 이 또한 파시즘의 하나로 볼 수 있겠다.

### 종교: 유대교, 기독교, 이슬람교

제5장 '종교'에서는 세계사를 움직이는 또 하나의 힘이 유대교, 기독교, 이슬람교라는 이야기를 한다. 유대교는 아직 메시아가 오지 않았다고 믿고 있고, 기독교는 예수를 메시아로 보고 있으며, 이슬람교는 모하메드가 최후의 예언자라고 한다. 그러나 원래 이 세 종교는 같은 뿌리를 가지고 있으며, 유일신 하나님을 믿는다.

세계 전쟁의 중심에는 항상 이 세 종교가 얽혀 있다. 동양에도 많은 종교가 있지만, 이들은 평화와 사랑을 전하지 전쟁을 유발하지는 않는다. 종교에 대한 부정적 시각은 그동안 수많은 철학자들이 누누이 말해왔으며, 리처드 도킨스도 저서 《만들어진 신》을 통해 종교란 인간이 만들어낸 허상일 뿐이라고 말하고 있다.

이렇게 저자는 '욕망', '모더니즘', '제국주의', '몬스터', '종교'가 세계사를 움직였다고 말하고 있는데, 사실 이것들이 어떻게 세계사를 움직였는지에 대한 설명이 부족하고, 또한 모든 문제의 해답을 제시하지도 않았다. 하지만 미흡하게 알고 있던 세계사를 다시 공부할 수 있는 계기를 마련해 주었다는 점에서는 꽤 유익한 시간이었다.

### 생각 나누기

1 저자가 말한 '세계사를 움직이는 다섯 가지 힘'에 대한 핵심 내용을 각각 간추려 보자.

2 저자는 세계의 전쟁은 유대교, 기독교, 이슬람교가 모두 일으키며, 지금도 끊임없이 전쟁 중이라고 말한다. 이에 대한 자신의 생각을 말해보자.

3 자신이 생각하는 '세계사를 움직이는 힘'은 무엇인지 말해보자.

# 책은 도끼다

박웅현

책은 도끼다. 맞다.

정말 책은 도끼여야 한다.

제목이 너무 강하다. 서문의 첫머리를 읽었을 때, 나는 내 머리를 도끼로 얻어맞은 듯한 느낌을 받았다. 이 책의 서문에는 "책이란, 무릇 우리 안에 있는 꽁꽁 얼어버린 바다를 깨뜨려버리는 도끼가 아니면 안 된다."라는 프란츠 카프카의 말이 제시되어 있다. 저자는 이 말을 인용하여 이 책의 제목을 '책은 도끼다'라고 지었다고 한다.

《인문학으로 광고하다》라는 책으로 이름을 알린 저자 박웅현은 신문방송학을 전공하였고, 지금은 인문학적인 감수성을 활용하여 시선이 따뜻한 광고를 만들고 있다. "그녀의 자전거가 내 가슴 속으로 들어왔다.", "넥타이는 청바지와 평등하다.", "생각이 에너지다." 등은 참신한 아이디어로 우리의 안방을 흔들었던 저자의 대표적인 카피다. 《책은 도끼다》는 그의 인문학 강독회 장면을 그대로 엮은 책이며, 그 때문인지 읽는 내내 마치 관객이 되어 저자의 강연을 듣는 것처럼 느껴졌다.

1강에서 저자는 울림이 있는 것들과 함께하면 삶이 풍요로워진다고 하며, 독자들에게도 '울림'을 전하고 싶다고 말한다. 이를 위해서는 우리의 인생에서 그 '울림'을 주는 책을 얼마나 많이 만났느냐가 중요하며, 그러한 책은 우리의 사고와 태도를 변화시키고 내면의 얼어붙은 감성을 부수는 도끼와 같은 역할을 할 수 있다고 한다. 저자는 특히 김훈, 이철수, 알랭 드 보통, 고은, 김화영, 카뮈, 장 그로니에, 니코스 카잔차키스, 최인훈을 '울림'이 있는 작가로 꼽고 있다.

2강에서 저자는 익숙함 속을 들여다보자고 한다. 카잔차키스의 조르바도 익숙한 것을 두려워했듯이 "익숙한 것 속에 정말 좋은 것들이 있고, 끊임없이 말을 거는데 듣지 못한다는 건 참 안타까운 일입니다."라며 저자는 들여다보기의 거장 김훈의 세상 바라보기를 엿본다. 그리고 우리가 보지 못하는 것들을 그는 얼마나 재미있고 대단하게 보고 있는지 이야기한다.

김훈의 《칼의 노래》에서 받았던 감동이 떠오른다. 그는 이야기가 시작되는 첫 구절에서 동트기 전의 바다를 묘사하는데, 본격적인 내용에 들어가기도 전에 그의 지독한 관찰력에 넋을 잃었던 기억이 난다. 그것은 소설이 아니라 섬세한 한 편의 시(詩)였다. 그때 받은 감동이 너무 커서 잊을 수가 없다. 아마 저자도 나와 같은 생각을 했으리라.

3장은 '통찰'에 대한 내용이다. 통찰은 관찰과 어떻게 다를까? 사전을 보면 '통찰'은 "예리한 관찰력으로 사물을 꿰뚫어 봄."이라는 뜻이며, 관찰은 "주의하여 자세히 살펴봄."이라는 뜻이다. 그러니까 관찰은 들여다보기의 시적 용어에 적합할 것이고, 통찰은 전체를 파악하고 분석하는 과학, 인문학에서 상용되지 않을까 나름의 생각을 정리한다.

저자는 기원전 4세기의 철학자 플라톤의 이론부터 시작하여 마르셀 프루스트, 오스카 와일드 등의 글을 살펴보며 그들이 사랑에 빠지기 전과 빠진 후의 감정을 어떻게 통찰했는지 살펴본다. 특히 저자는 알랭 드 보통이라는 작가를 높이 평가한다. 알랭 드 보통은 사람이 사랑을 할 때 하는 생각, 감정, 행동 등을 낱낱이 분해하여 우리가 어떤 부분 때문에 사랑하는지, 사랑할 때는 어떤 행동을 하는지, 왜 처음과는 다르게 점점 지쳐가는지를 분석한 대단한 통찰력의 소유자라고 한다.

4장은 한마디로 '낭만'이라 설명할 수 있겠다. 저자는 여기서 시인 고은에 대해 중점적으로 이야기한다. 고은은 "동해는 예술이고 서해는 인생이다."처럼 무심하게 툭툭 던져내는 말이 곧 시가 되는 사람이라고 한다. 유홍준은 그를 가리켜 "사실주의, 민족주의, 낭만주의가 한 몸으로 육화된 시인"이라고 했고, 김훈은 "말이 돋아나는 사람"이라고 했다.

고은의 〈낯선 곳〉이라는 시에는 "떠나라 낯선 곳으로, 그대 하루하루의 낡은 반복으로부터"라는 문구가 있다. 이 말은 즉 익숙한 것을 두려워하고 낯선 곳을 두려워하지 말라는 것이다. 저자는 고은이 자연의 관점에서 세상을 바라보고 있기 때문에 그의 시에서는 삶을 대하는 태도, 즉 자연은 그저 순리대로 존재할 뿐이라는 것이 나타난다고 말한다.

5장은 '햇살의 철학, 지중해의 문학'이다. 저자는 카뮈, 장 그르니에, 김화영, 카잔차키스를 통해 지중해 문학을 살핀다. 미치도록 지중해에 가고 싶은 때가 두 번 있었다. 《그리스·로마 신화》를 읽으면서는 헤라클레스의 기둥이 보고 싶었고, 카뮈의 《이방인》을 읽으면서는 지중해의 태양 때문에 알제리인에게 총을 쏘았다는 주인공 뫼르소가 본 그 태양빛을 내 눈으로 확인하고 싶었다.

6장은 《참을 수 없는 존재의 가벼움》의 밀란 쿤데라에 대한 이야기다. 1960년대의 체코와 1970년대 유럽을 뒤흔들어 놓은 무거운 역사의 상처가 토마스, 테레사, 사바나, 프란츠를 통해 드러나는 작품이며, 키워드는 '키치'와 '영원회귀'라고 한다. 이 작품 자체가 어려워서인지 저자가 쉽게 설명하고 있는데도 내용의 완전한 이해가 어려워 다음 모임에는 《참을 수 없는 존재의 가벼움》을 선정하기로 했다.

7장에서 저자는 청소년들에게 인생의 지도로 《안나 카레니나》를 권한다. 저자는 모든 인생은 전인미답(前人未踏)이라고 말하며, 《안나 카레니나》를 읽고 나면 완벽하지는 않지만 최소한 길을 잃지는 않을 거라고 한다. 이 작품은 다른 남자를 사랑하는 한 여자를 중심으로 얽힌 이야기들을 통해 골목마다 세밀하게 표시된 지도처럼 보편적인 인간의 심리를 잔인할 정도로 정확하게 보여준다고 저자는 말한다.

마지막으로 8강에서는 삶의 속도를 늦추고 바라보라고 말한다. 깨달음이란 새로운 것이 아니라 낡은 것이며, 불교에서의 깨달음은 무엇을 획득하는 것이 아니라 숨겨져 있던 것을 발견하는 것이라고 한다. 저자는 독자에게 도가 어디 있는지 생각하지 말고 그저 눈앞에 놓인 차를 마시며, 미래에 대한 복잡한 고민은 접어두고 현재에 집중하라는 조언을 건네며 책을 마무리한다.

저자가 마지막까지 강조하는 것은, 많은 책을 읽는 것이 중요한 것이 아니라 한 권의 책을 읽더라도 울림을 주는 책을 읽는 것이 더 중요하다는 것이다. 그런 책이라면 여러 번 반복하여 읽어도 얼마든지 좋다고 말한다.

나는 2009년부터 독서 모임을 시작했는데, 책을 한 권씩 읽어나갈 때마다 무지 속에서 살아온 지난 세월이 너무나 안타깝다고 느꼈다. 그리고 이제라도 독서로 얻을 수 있는 이 기쁨을 누릴 수 있음에 얼마나 감사한지 모른다. 이 기쁨을 많은 사람들과 함께 나눌 수 있다면 좋겠다는 생각을 하며 책을 덮었다.

### 생각 나누기

**1** 저자는 카프카의 말을 인용하여 제목을 '책은 도끼다'라고 지었다. 이 제목의 의미에 대해 생각해 보자.

**2** 《칼의 노래》에는 저자 김훈의 관찰력과 표현력이 돋보이는 부분이 있다. 저자는 이를 '들여다보기'라고 말한다. 김훈의 《자전거 여행》과 이철수의 판화에서 '들여다보기'가 드러나는 부분은 어디인지 찾아보자.

**3** 알랭 드 보통이 '사랑'에 대해 풀이한 내용에 동의하는지, 만약 동의하지 않는다면 자신의 생각은 그와 어떻게 다른지 말해보자.

**4** 《안나 카레니나》의 주인공 안나는 마지막에 자살을 선택한다. 그녀가 왜 그러한 선택을 했는지 생각해 보고, 이에 대한 자신의 생각을 말해보자.

# 체 게바라 평전

장 코르미에

인간에 대한 존엄성과 사랑을
실행으로 옮긴 체 게바라

체 게바라는 내게 〈모터사이클 다이어리〉라는 영화로 다가왔다. 이 영화를 본 뒤로 나는 어렴풋하게만 알던 그의 삶이 더욱 궁금해졌다. 군사독재 시절, 그의 이름이 청년들의 입에 아주 조심스럽게 오르내렸던 기억이 난다. 세상이 정말 많이 변했다. 지금은 길거리에 그의 초상이 그려진 티셔츠를 입고 다니는 사람들도 흔하고, 그를 상징하는 베레모도 많이들 쓰고 다닌다.

저자 장 코르미에는 체 게바라의 열렬한 팬으로, 1981년부터 10여 년에 걸쳐 게바라가 남긴 발자취를 따라 연구했다고 한다. 저자의 노력이 없었다면 세계인의 영웅 체 게바라의 흔적을 이만큼이나 찾아낼 수는 없었을 것이다.

이 책은 게릴라의 지도자이자 혁명가로서 현재에도 끝없는 인기를 누리고 있는 체 게바라에 대한 이야기다. 게바라는 아르헨티나 출신으로, 의학 공부를 하던 1951년에 남미를 여행하며 새로운 삶에 눈을 뜬다. 이후 쿠바의 혁명을 위해 싸우고, 콩고를 거쳐 볼리비아에서 총살당하는 파란만장한 삶을 살았다.

'아르헨티나' 하면 나의 대학 시절에 전 세계를 휩쓸었던 〈Don't cry for me, Argentina〉를 떠올리지 않을 수 없다. 한편에서는 악녀, 또 한편에서는 천사라 불리던 에바 페론이 암으로 세상을 떠날 때, 온 국민이 슬퍼했다고 한다. 그들 부부가 하층민의 이익을 대변해 주었기 때문이 아니었을까 생각한다. 왜 아르헨티나 사람인 게바라가 자신의 나라가 아닌 다른 나라의 혁명에 관여했는지 궁금했는데, 1951년 즈음의 아르헨티나는 남미에서 비교적 안정적인 길을 걷고 있었던 것 같다.

이 무렵 남미의 나라들은 우익 쿠데타 정부가 들어서면서 경제발전을 이루었지만, 빈부 격차와 노동 착취가 심해서 부유층은 화려한 삶을 누리는 반면 서민층은 극도로 빈곤한 삶을 살고 있었다. 게바라는 마르크스의 이론만이 세상을 평등하게 만들 수 있다고 생각하고 의대를 졸업한 후 직접 현장에 뛰어든다. 니카라과를 거쳐 과테말라에서 미국의 힘에 의해 진보정당이 무너지는 것을 보고 게바라는 1954년에 멕시코로 가서 망명해 있던 쿠바의 혁명가 피델 카스트로와 역사적인 만남을 가진다.

게바라의 반군은 쿠바 혁명 과정에서 미국의 도움을 받는 관군과의 접전을 위해 산속에서 게릴라 작전을 펼치는데, 큰 타격 없이 승기를 잡는다. 또한 게바라는 농민들에게 신뢰를 얻기 위해서도 부단히 노력한다. 어린아이들을 보살피고, 의사 한번 만나보지 못한 농민들을 마음을 다해 정성껏 치료해 주어 소박한 사람들을 금방 자신의 편으로 만든다. 그러면서도 그들 앞에서 정치적 발언은 절대로 하지 않았다.

이후 게바라는 쿠바의 산업 장관이 되어 이집트, 수단, 인도, 버마, 유고, 소련, 중국 등을 시찰하며 많은 실망을 한다. 그러나 유고 연방의 티토에게는 경외심을 갖게 된다. 지금은 민족자결주의에 따라 갈라졌지만, 당시 유고는 연방국으로 티토가 지도력을 발휘하고 있었다. 게바라는 티토를 소련과의 단절을 선언하고 사회주의를 실시한 인물이며 도시민과 농민들의 협동 관계, 이윤의 사회적 배분을 이루게 했다고 평가하면서, 유고야말로 국민들이 진정으로 판단의 자유를 누리는 유일한 공산주의자들이라고 말한다. 티토 외 게바라가 존경한 또 한 사람은 마오쩌둥이었다고 한다.

쿠바가 사회주의를 채택한 후에 미국이 제국주의로 대장 노릇을 했듯이, 소련 또한 쿠바 등 모든 공산권 국가에 간섭하며 제국의 우두머리로 등장한다. 자본주의의 단점을 간파하여 사회주의를 채택했는데 또 다른 제국이 또 다른 식민지를 원하고 있으니 게바라의 심정이 얼마나 허탈했을지 짐작할 만하다. 이에 게바라는 특사로 갔던 알제리에서 소련을 격렬히 비난한다. 이후 그는 소련의 눈엣가시가 된다.

예전에 게바라는 피델 카스트로에게 자신이 원한다면 언제든지 자유를 달라고 말한 적이 있다. 소련의 압박에 난처해진 카스트로의 입장을 생각했기 때문에 게바라는 혁명이 필요한 콩고로 갈 수밖에 없었던 것 같다.

어떤 이는 체 게바라를 통해 예수를 보았다고 말한다. 인간들의 죄를 사하기 위해 십자가에 매달린 예수의 행동은 보통의 인간이라면 도저히 할 수 없는 일이다. 또한 주어진 환경에 안주하며 편안히 살 수 있었음에도 사람들의 진자리를 찾아 그들을 치료하며 평등을 외친 게바라의 삶도 숭고하다. 인간 게바라를 그리스도와 비교하는 것은 적절치 않다고도 할 수 있겠지만, 인간에 대한 사랑에서는 공통점을 찾아볼 수 있겠다.

그러나 게바라가 원한 세상은 플라톤의 '국가'나 토마스 모어의 '유토피아' 같은, 너무나 이상적인 세상이었다. 그는 게릴라 작전 중에 농민들을 만나면 밤에 공부를 시켰다고 한다. 게바라는 새로운 세상에는 새로운 인간형이 필요하다고 했다. 새로운 인간형이란 지식과 체력을 겸비한 인간을 말한다. 세상은 그를 맞이할 준비가 되지 않았는데, 그가 세상에 너무 일찍 온 것이 아닌가 하는 안타까움이 일었다.

그는 민중을 위해 억압과 불평등에 맞섰다. 그는 1967년에 세상을 떠났지만, 여전히 많은 사람들이 그를 기억한다. 점점 심해지는 빈부 격차와 무자비한 탈취에 맞서 싸운 그의 희생은 간디의 비폭력 저항과는 정반대다. 그는 비폭력으로는 세상의 불합리함을 해결할 수 없다고 생각했다. 나를 위해서가 아닌 타인을 위해 자신을 희생한 사람을 영웅이라 부르지 않으면 달리 누가 영웅으로 불릴 수 있을까.

그는 사람과의 사랑을 소중하게 생각했으며, 목숨을 걸고 싸웠지만 진실과 정의 외의 어떤 대가도 바라지 않았다. 게바라는 가난한 민중의 편에 서기 위해, 불의와 싸우기 위해 자신이 가진 부와 명예를 모두 내려놓았다. 쿠바와 콩고, 볼리비아에서 모순과 부조리에 항거하며 삶과 죽음의 경계를 넘나들었다.

이 글을 정리하며 공산주의가 멸망한 오늘날에 체 게바라의 사상이 진보주의자들에게 귀감이 되는 이유는 무엇일까를 생각해 본다. 돈에 인간이 짓밟히는 지금의 현실에서 많은 사람들은 인간의 존엄성과 인간에 대한 사랑이 바탕이 된 게바라의 사상을 되짚어 보고 싶었던 것은 아닐까. 자본주의 사회에서 돈에 매몰되어 가는 우리를 되돌아보자는 의미일 것이다.

### 생각 나누기

1 영화 〈모터사이클 다이어리〉를 본 후, 이 영화에서 특히 인상 깊었던 장면을 이유와 함께 말해보자.

2 아르헨티나 출신인 체 게바라가 왜 다른 나라에 가서 혁명운동을 했는지 그 이유를 말해보자.

3 체 게바라는 쿠바의 장관이 되고 난 후 많은 공산권 국가를 방문하는데, 특히 유고와 중국에 좋은 인상을 받는다. 어떤 점에서 그러했는지 생각해 보자.

4 체 게바라가 궁극적으로 원했던 세상은 어떤 모습이었는지 생각해 보자.

# 일리아스

호메로스

신들의 속삭임 속에 멋지게 펼쳐지는 인간애

고대 그리스 문화가 궁금하다는 한 회원의 이야기에 《일리아스》를 선정했다. 《일리아스》는 《오디세이아》와 함께 그리스 최고의 서사시인 호메로스의 작품이다. 보통 호메로스는 기원전 8세기의 인물로 알려져 있고, 두 작품은 호메로스가 창작했다는 설과 전해져 내려오는 이야기를 엮었다는 설이 있다. 중요한 것은 세계의 정치와 사회, 문학이 지금까지도 호메로스의 영향권 안에 있다는 사실이다.

유럽 문학은 영어 번역을 거쳐 우리말로 소개되는 경우가 많은데, 이 책은 천병희 교수가 직접 원어를 번역하여 생생하게 전달하고 있다. 호메로스의 《일리아스》, 《오디세이아》, 헤도도토스의 《역사》, 아리스토텔레스의 《시학》, 플루타르코스의 《플루타르코스 영웅전》, 마르쿠스 아우렐리우스의 《명상록》 등 널리 알려진 책들이 천병희 교수의 손에 의해 번역되었다.

《일리아스》와 《오디세이아》는 《그리스·로마 신화》와 더불어 전 세계인의 필독서라 해도 과언이 아니다. 그러나 그 내용에 성폭력과 집단 무의식 등 비교육적인 부분들도 상당히 포함되어 있다. 그럼에도 이 작품들이 오늘날까지 널리 읽히는 이유가 늘 궁금했다. 이번 기회에 그 궁금증을 구체적으로 풀 수 있기를 기대하며 그들의 세계로 들어가 본다.

이 책은 1만 5693행으로 이루어진 대화체의 운문문학이다. 엄청난 분량만 해도 독서에 장애가 되는데, 운문이라 이해도 더디고 읽는 속도도 느리다. 많은 사람들이 끝까지 읽지 못하고 포기하는 이유를 알 것 같았지만, 책을 놓지 않으려 끊임없이 마음을 부여잡았다.

기원전 8세기, 호메로스가 정리한 《일리아스》는 단 50일간의 이야기다. 트로이전쟁이 일어난 원인인 '파리스의 사과' 이야기 이후 오디세우스에 의해 트로이에 목마가 설치되기 이전까지의 10년 중 마지막 해 50일 동안의 이야기가 대장정을 이룬다. 아킬레우스가 자신의 여자를 빼앗겨 트로이전쟁에 참여하지 않겠다고 고집을 부리는 장면부터 이야기가 시작되고, 트로이의 왕 프리아모스가 아들인 헥토르의 시신을 아킬레우스에게 인도받아 화장하는 것으로 끝난다.

《오디세이아》는 오디세우스가 고향으로 돌아가기까지의 고난을 그리고 있는데, 사람들은 '트로이 목마'를 《일리아스》의 한 부분으로 알고 있는 경우가 많다. 아마도 영화 〈트로이〉의 영향일 것이다. '트로이 목마'는 오디세우스의 꾀에 의해 이루어진 것으로, 《오디세이아》의 처음 부분에 해당한다. 천병희 교수는 이 책의 부속으로 '트로이 목마' 부분에 대한 설명을 덧붙였다.

트로이전쟁은 기원전 13세기에 그리스와 트로이에서 일어난 전쟁이다. 아킬레우스의 어머니 티테스의 결혼에 초대받지 못한 불화의 여신 에리스가 '가장 아름다운 여신에게'라고 쓰인 황금 사과를 결혼식의 연회장에 보낸다. 이에 트로이에서 온 왕자 파리스가 '가장 아름다운 여신'이 누구인지 판단하기로 한다. 헤라는 그에게 부와 명예와 권력을, 아테나는 어떤 전쟁에서도 이길 수 있는 지혜와 승리를, 아프로디테는 가장 아름다운 여인과의 혼인을 약조한다. 트로이 왕자 파리스는 아프로디테의 손을 잡는다. 이로 인해 스파르타의 국왕 메넬라오스의 부인인 헬레나를 트로이로 데려간다. 이에 분노한 스파르타는 트로이 전쟁을 일으킨다.

《일리아스》 1권은 재미있게 잘 읽힌다. 그리스 최고의 장군인 아킬레우스가 심통을 부린 이유는 아가멤논 때문이었다. 미케네의 왕 아가멤논이 아킬레우스의 연인 브리세이스를 차지하자 아킬레우스는 트로이전쟁에 출전을 거부하고, 제우스는 아킬레우스의 어머니 테티스의 부탁으로 그리스군에 패배를 주겠다고 약속한다. 2권에서는 함선들의 목록이 줄줄이 나열되어 지루해질 무렵 아가멤논과 오디세우스가 제우스의 명령이라며 트로이 성으로 진격하고, 트로이 총사령관 헥토르는 그리스군을 맞아 본격적인 전쟁을 시작한다. 트로이의 왕 프리아모스가 며느리 헬레나를 망루로 불러 대화를 나누는 장면과 헬레나의 전남편과 현재 남편인 메넬라오스와 파리스의 결투가 있는 부분에서는 영화 〈트로이〉의 한 장면을 떠올라 흥미가 더해진다.

압도적인 장면은 헥토르가 아내 안드로마케를 만나 이별의 대화를 나누는 부분인데, 영화에서도 애처로웠지만 책에서는 그 정도가 더하다. 반면 책의 내용을 코믹하게 만드는 재미있는 장면도 있다. 트로이군과 그리스군의 장군들은 서로 족보를 물으며 인연이 연결된 사이임을 확인하고 기뻐한다. 급기야 그들은 싸움을 그만두자고 무기까지 우정의 표시로 교환한다.

줄거리가 중간쯤 이어질 무렵 제우스는 테티스에게 약속한 대로 트로이군에게 승리를 안겨준다. 승리에 도취한 헥토르는 그리스군 진영 앞에서 야영을 하며 올림포스 신들에게 제물을 바친다. 이후 아킬레우스를 전장에 불러들이기 위해 오디세우스가 방물장수로 변장하여 그를 만나는 유명한 장면이 9권에 등장한다. 그리스에서는 보기 드물게 예쁜 외모를 가진 아킬레우스는 여장을 하고 있었지만 화장품보다 칼에 관심을 보이고, 그 모습을 본 머리 좋은 오디세우스가 그를 알아본다. 그러나 아킬레우스는 오디세우스의 부탁을 거절한다. 그리스군의 피해가 심해지자 아킬레우스의 죽마고우인 파트로클로스가 아킬레우스의 무구를 갖추고 전장에 나서지만, 헥토르의 손에 죽는다.

18권에서 드디어 《일리아스》의 영웅 아킬레우스가 전장에 나갈 준비를 하고, 어머니 테티스는 헤파이스토스에게 아킬레우스의 새 무장을 만들게 한다. 헥토르는 그리스군이 출전하기 전에 트로이군을 성안으로 철수시켜야 한다는 조언을 따르지 않고 프리아모스왕과 왕비의 만류에도 아킬레우스와 일전을 벌인다. 제우스는 헥토르의 파멸을 결정하고, 아테나는 아킬레우스에게 힘을 주어 헥토르를 죽여 그 시체를 전차에 매달고 다니게 한다.

아킬레우스가 헥토르의 시체를 끌고 파트로클로스의 무덤을 돌자, 트로이의 프리아모스왕이 아킬레우스의 막사에 와 무릎을 꿇고 아들의 시체를 돌려달라고 눈물로 호소한다. 이에 아킬레우스는 프리아모스왕에게 헥토르의 시신을 인계하며 이야기는 끝이 난다.

《일리아스》의 내용은 대부분 아킬레우스가 중심이 되는데, 호메로스는 제목을 '아킬레우스'라고 하지 않고 '일리아스'라고 지었다. 그 이유는 무엇일까? '일리아스'는 트로이 왕가인 '일리아 집안의 이야기'라는 의미다. 호메로스는 한 명의 영웅보다는 한 나라가 역사의 뒤안길로 사라짐을 안타깝게 본 것이 아닐까 짐작해 본다. 헤라와 아테나가 그리스 편에 서서 싸울 때, 제우스는 인간의 전쟁에 신들은 관여하지 말라고 호통을 치면서도 자꾸만 트로이에 힘을 실어준다. 이처럼 호메로스도 트로이의 멸망에 마음이 아팠던 듯하다. 그래서 그리스의 아킬레우스는 다혈질로 표현하고, 트로이의 왕과 왕자는 건전하고 신사답게 묘사했는지도 모르겠다.

책을 다 읽고 나니 고대 그리스의 《일리아스》가 오늘날에도 널리 읽히는 이유를 정리할 수 있을 것 같다. 첫째, 이 책은 후대 지도자들의 모범 병법서였다. 고대에는 수없이 일어났던 전쟁이 곧 삶이고 생활이었다. 페르시아의 다리우스 황제도, 마케도니아의 알렉산더도, 로마의 카이사르도 이 책을 통해 병법을 배워 활용했을 것이다.

둘째, 《일리아스》에 등장하는 무궁무진한 사건과 인간 군상은 후대의 작가들이 모방하고 재창조할 수 있는 기반이 되었을 것이다. 기원전 5세기에 《펠로폰네소스 전쟁사》를 쓴 투키디데스도, 13세기에 《신곡》을 쓴 단테도, 16세기의 셰익스피어도, 그리고 현대의 여러 작가들도 《일리아스》를 참고하여 훌륭한 작품들을 써냈을 것이다.

셋째, 이 책의 마지막 부분에서 신들도 감히 범접할 수 없는 인간애를 그리고 있다는 점이다. 백발의 노인인 헥토르의 아버지 프리아모스가 적장의 막사에 찾아와 무릎을 꿇고 아들의 시신을 돌려줄 것을 간청한다. 이에 감격한 아킬레우스는 눈물을 흘리며 헥토르의 시신을 깨끗이 씻기고 새 옷을 입혀 아버지에게 인계한다.

이처럼 《일리아스》는 국가의 지도자에게는 훌륭한 병법서이며, 작가들에게는 샘솟는 상상력의 원천이고, 모든 사람들에게는 신들도 관여할 수 없는 인간애를 보여주는 휴머니즘의 교본이 되었다고 생각한다. 독서가 쉬웠던 것은 아니었지만, 마지막 책장을 덮고 나니 좋은 책을 한 권 더 읽어냈다는 사실에 마음이 뿌듯해진다.

**생각 나누기**

1 《일리아스》와 《오디세이아》의 차이점에 대해 알아보자.

2 《일리아스》와 영화 〈트로이〉를 비교해 보고, 어떤 차이가 있는지 말해보자.

3 《일리아스》가 오늘날에도 널리 읽히고 있는 이유에 대한 자신의 생각을 말해보자.

# 소크라테스의 변명, 크리톤, 향연, 파이돈

플라톤

무지(無知)를 깨달은 지자(智者)

**《소크라테스의 변명》: 법정 위의 소크라테스**

언젠가 꼭 읽어야겠다고 생각했던 책 중《소크라테스의 변명》이 있었다. 너무 오래된 고전이라 읽히지 않을 것 같아서, 너무 어려울 것 같아서 미루고 미루다가 드디어 마음을 다잡고 책을 집었다. 번역이 잘되었는지 생각보다는 술술 잘 읽혔다.

이 책은 소크라테스가 법정에서 자신을 변론하는 이야기라 제목으로 '변명'보다는 '변론'이 더 적합하지 않을까 생각했다. 하지만 내용에서 소크라테스가 "아테네 시민 여러분, 저는 이제 변명합니다."라는 말을 너무 많이 반복하니, 재판관의 입장에서는 소크라테스의 변론이 변명처럼 들렸을 수도 있을 것 같다는 생각이 든다.

사실 소크라테스는 단 한 권의 책도 남기지 않았다. 소크라테스에 대한 책은 제자 플라톤이 그의 사후에 스승의 입장에서 기술한 것이어서 사실 어디까지가 소크라테스의 사상이고, 어디까지가 플라톤의 사상인지 구별하기 어렵다고 한다.

재판은 두 번에 걸쳐 진행된다. 첫 번째는 죄의 유무에 따라 배심원 500명이 결정하는데, 소크라테스의 열정적인 변론에도 배심원들은 그의 손을 들어주지 않는다.

소크라테스는 '소크라테스라는 지자(智者)는 하늘의 일과 땅속의 것들을 탐구하며, 다른 사람들에게 가르친다.'라고 부풀려진 내용부터 변론한다. 소크라테스는 자신이 지자라고 소문이 난 이유는 델포이 신전의 신녀가 "스스로의 무지를 알고 있는 소크라테스는 지혜로운 사람이다."라고 말했기 때문이며, 젊은이들이 자신을 따라다니는 것도 자신들의 지혜가 아무것도 아님을 그들이 깨달았기 때문이라고 역설한다.

다음은 소크라테스가 청년들을 타락시켰다는 것과 국가가 정한 신을 믿지 않는다는 멜레토스의 고소에 변론한다. 첫 번째로 청년들을 타락시켰다는 부분에서 소크라테스는 멜라토스에게 질문을 하고, 특유의 산파술 끝에 멋진 답을 말해준다. 모든 사람들이 청년들을 좋은 길로 이끌 수 있는데 그들이 타락한 것은 멜레토스 자신부터 그들에게 관심을 기울이지 않았다는 증거라는 것이다. 또한 청년들이 자신을 따라다닌 것은 이 사람이 무언가 배울만한 것들을 많이 알고 있다고 생각해서인데, 사실은 조금밖에 알고 있지 못하는 사람이라는 것을 이제 알아차렸다고 말한다.

신을 믿지 않는다고 고소한 것도 타당하지 않다고 변론한다. 영적인 것은 인정하면서 영적인 존재는 인정하지 않는 사람이 있을 수 있느냐는 소크라테스의 질문에 멜레토스는 없다고 답한다. 이에 소크라테스는 말(馬)은 인정하면서 말(馬)과 관계있는 것은 인정하지 않는 것과 피리 부는 사람은 인정하지 않으면서 피리 연주를 인정하는 사람은 있을 수 없다며 또다시 산파술로 멜레토스를 몰아간다.

소크라테스는 자신은 신에 의해 나라에 보내진 등에(파리의 일종으로, 따끔하게 정신 차리게 해주는 역할)와 같은 사람이고, 사람들을 일깨우고 꾸짖고 설득하기 위해 신이 보낸 선물이라고 말하며 자신을 죽이는 것은 신에게 죄를 짓는 일이라고 변론한다. 그러나 소크라테스의 죄의 유무를 따지는 표결은 280표 대 220표로 상대의 승리로 끝났다. 읍소해도 시원치 않을 마당에 소크라테스가 법정에서조차 산파술로 멜레토스를 꼼짝 못하게 하는 모습이 배심원들의 심기를 건드린 것으로 보인다.

다음은 형량에 대한 판결이 이루어지는데, 360표 대 140표로 압도적으로 많은 배심원들이 사형에 표를 던진다. 이에 소크라테스는 자신을 사형에 처할 수 없는 이유를 두 가지 말한다. 하나는 자신이 신에게 받은 사명은 인간에게 돈과 향락만이 중요한 것이 아니라 영혼을 훌륭하고 선하게 만들어야 한다는 것을 깨닫게 하는 것인데, 자신은 이를 행하였기 때문에 오히려 상을 받아야 한다는 것이다. 다른 하나는 아테네 시민이 신으로부터 받은 선물인 자신을 죽이는 것은 곧 신에게 죄를 짓는 일이라는 것이다.

사형이 언도된 후에 소크라테스는 "죽음이 인간이 누릴 수 있는 최대의 행복인지 아닌지 아는 사람은 하나도 없다. 죽음을 잘 아는 것처럼 두려워하고 있다. 자기가 알지 못한 것을 알고 있다고 생각하는 것은 수치스러운 무지가 아니겠는가?"라고 한다. 이것이 소크라테스가 죽음을 당당히 받아들이는 이유 중 하나일 것이다. 죽음 앞에서 소크라테스는 말한다.

> "저는 죽음으로, 여러분은 삶으로, 어느 쪽이 더 좋은지는 신만이 알고 있다."

**《크리톤》: 소크라테스의 국가관**

'악법도 법이다.'라는 말이 나오게 된 계기가 드러나 있는 책이다. 소크라테스가 감옥에 있는 1개월은 아폴론 신에게 제사를 지내는 기간이라 사형 집행이 정지되어 있었고, 이때 크리톤은 탈출하자고 소크라테스를 설득한다. 소크라테스는 "조국은 부모보다 더 소중하네. 조국의 어떤 명령도 따라야 하네. 자네가 세상을 떠난다면 악한 일을 행해서가 아니라 고난을 당해서, 법률의 희생물이 아니라 인간의 희생물로 순결하게 죽는 것이네. 크리톤, 신의 뜻에 따르고 신이 인도하는 곳으로 가도록 나를 내버려 두게."라고 말한다.

이 책에는 소크라테스의 국가관도 잘 드러나 있다. 소크라테스가 법정에 섰을 시기는 아테네가 페르시아 전쟁에서 이겨 에게해 중심의 섬들이 맺은 델로스동맹으로 아테네의 경제가 풍부해지고 민주주의가 활발해질 때다. 이때 소크라테스는 민주주의의 병폐에 대해 생각하며 스파르타의 국가관이 국가를 운영하기에 더 어울린다고 느낀 것 같다. 여기에서 플라톤의《국가》가 등장한 것으로 보인다.

### 《향연》: 산파술로 설명한 에로스의 귀함

소크라테스의 사상이 가장 잘 나타나 있는 책인 것 같다. 경연 대회에서 우승한 비극 작가 아가톤을 축하하기 위해 모인 사람들이 사랑의 신 에로스에 대해 토론한 내용을 아폴로도로스가 친구에게 전달하는 내용이다.

손님들은 에로스를 우리에게 덕과 행복을 주는 존재이며, 모든 것에 조화를 가져오는 가장 고귀한 존재라며 찬미한다. 또한 아가톤은 에로스를 가장 아름답고 뛰어난 신인 동시에 모든 좋은 것의 기원이라고 말한다.

그러자 소크라테스는 그 유명한 산파술로 아가톤에게 질문하며 에로스를 귀하게 여겨야 한다는 결론을 이끌어낸다. 소크라테스는 자신에게 없거나 모자란 것을 갖고자 하는 마음을 욕망과 사랑의 본질이라 보았다. 에로스는 가난의 여신 페니아와 방편의 신 포로스 사이에서 태어났다. 때문에 그는 늘 결핍과 함께했으나, 아름답고 좋은 것들을 취할 방편을 마련하는 능력도 가지고 있었다.

에로스는 지혜로운 사람과 그렇지 못한 사람의 중간에 있다. 이미 모든 것이 완벽한 신들은 지혜를 갈구하지 않지만, 에로스는 필연적으로 지혜를 사랑한다. 그리고 결핍을 해소하려는 바람을 갖고 그에 합당한 방편을 찾으려 한다.

인간은 절대로 죽음을 피할 수 없기에, 누구나 삶에 대한 결핍을 가지고 있다. 사랑의 표출이라 볼 수 있는 출산도 삶에 대한 결핍, 불사에 대한 욕망을 충족시키는 하나의 방법이다. 소크라테스는 이에 대해 진정한 불사를 이루는 출산은 아름다운 몸과 혼이 결합되어야 한다고 강조한다. 즉 아름다운 몸에서 활동으로, 아름다운 지식으로, 궁극적으로는 아름다움 그 자체로 나아가는 미덕을 낳는 것이 불사의 길이라는 것이다. 소크라테스는 인간이 이렇게 불사의 존재가 되기 위해 에로스가 가장 큰 도움을 줄 수 있다고 생각하며, 그렇기에 그를 귀하게 여겨야 한다고 말한다.

이때 소크라테스를 사랑하는 알키비아데스가 소크라테스는 말씀만으로도 사람을 황홀하게 하는 신적인 존재이고, 자신을 사랑할 자격이 있는 유일한 분이라며 칭송한다.

여기에서 소문만 무성했던 소크라테스의 동성애에 대해 확인할 수 있다. 그리스 시대에는 소년을 사랑하는 동성애가 존재했다. 사회적 안정기에 접어든 어른이 소년을 사랑하며 교육적 지원을 해주는 것은 전쟁이 계속되는 나날에서 자연스럽게 생긴 현상이었던 것 같다. 고귀한 소크라테스는 알키비아데스의 육체의 아름다움을 보며 영혼의 아름다움으로 승화시킨다. 현재의 시각으로 생각하는 육체적인 동성애가 아닌, 교육적으로 도와주고 지원해 주는 소년에 대한 마음의 사랑이었다는 것이다.

### 《파이돈》: 죽음을 받아들이는 소크라테스, 플라톤의 이데아 사상

소크라테스의 죽음을 목격한 파이돈이 에케크라테스에게 죽기 전의 스크라테스와의 대화를 말해주는 글이다. 파이돈은 노예였는데, 그의 재능을 소크라테스가 알아보고 제자로 삼았다. 《변명》, 《향연》, 《크리톤》이 소크라테스의 철학이 드러난 글이라면, 《파이돈》은 플라톤의 이데아 사상이 그대로 드러나 있다. 플라톤은 존경하는 소크라테스를 주인공으로 하여 자신의 사상을 나타낸 것으로 보인다.

소크라테스는 인간은 죄인이므로 자살할 권리가 없으며, 올바른 죽음으로써 아주 좋은 주인인 신들에게로 간다는 것에 굳은 확신이 있다고 말하며, 철학자는 육체에서 자유롭기를 원하는 영혼에만 관심을 기울인다고 한다. 그러면서 철학은 죽음을 연습하는 것이고, 신들의 세계에 들어가 그들과 함께 살 수 있는 것은 오직 철학을 공부하여 지혜를 사랑하는 사람들뿐이라고 한다. 또한 인간은 죽으면 육체에서 빠져나온 영혼이 다른 사람의 몸으로 다시 들어가는데, 이때 영혼의 에너지가 조금씩 약해지므로 그걸 채우기 위해 사람들은 끊임없이 덕을 쌓아야 한다고 말한다.

여기서 그 유명한 소크라테스의 마지막 말이 나온다. "크리톤, 아스클레피오스에게 닭 한 마리 빚진 것이 있네. 꼭 갚아주게." 그러고는 눈을 뜬 채로 죽음을 맞이한다. 파이돈은 이에 대해 "가장 훌륭하고, 가장 현명하고, 가장 올바른 사람의 최후였다."라고 말한다.

소크라테스가 죽음을 의연하게 받아들인 것은 무지(無知)를 깨달은 지혜(智慧)가 있었고, 죽음의 세계는 철학자들이 사랑하는 지혜가 있는 곳이라는 확신이 있었기 때문인 듯하다. 기원전 4세기 거대 페르시아를 물리친 아테네는 자만심에 빠져 돈과 명예만을 추구했는데, 물질적인 것보다 영혼의 순수함을 부르짖던 소크라테스를 사형시킴으로써 소크라테스의 말대로 크나큰 손실을 감당해야 했다.

막연히 알고 있던 소크라테스에 대해 깊이 있게 알아볼 수 있는 좋은 시간이었다. 다음 여행은 소크라테스를 만나러 아크로폴리스에 가볼 예정이다. 소크라테스가 제자들과 대화를 나누던 그 골목길에서, 나도 소크라테스와 같은 모양으로 쪼그려 앉아볼 것이다. 그의 생각과 말이 조금 더 나의 내면으로 스며들기를 기대하면서.

### 생각 나누기

1 《소크라테스의 변명》의 제목이 '변론'이 아닌 '변명'으로 지어진 이유가 무엇인지 생각해 보자.

2 소크라테스는 법정에서 젊은이들을 타락시킨다는 죄명으로 재판을 받는다. 내가 아크로폴리스 광장에서 이 재판을 보고 있는 젊은이라고 가정하고, 소크라테스를 변호해 보자.

3 《파이돈》에서 소크라테스는 "인간은 죄인이므로 자살할 권리가 없으며, 아주 좋은 주인인 신들에게로 간다."라고 말한다. 이를 통해 알 수 있는 소크라테스의 철학을 《크리톤》의 내용과 연결하여 말해보자.

4 소크라테스가 죽음을 의연하게 받아들일 수 있었던 이유는 무엇인지 찾아보자.

5 《소크라테스의 변명》, 《크리톤》, 《향연》, 《파이돈》은 각각 어떤 책인지 한마디로 정의해 보자.

# 단테의 신곡

단테

르네상스의 문을 열다.
삶의 지혜를 구체적으로 제시하다.

몇 번이나 완독을 시도했지만 결국 마지막까지 읽지 못하고 덮은 책들이 꽤 있다.《신곡》도 그중 하나다. 운율이 있는 대화체의 희곡이라 읽기가 힘들었기 때문이다. 그런데 이 희곡을 소설로 풀어 쓴 책이 있다고 하여 얼른 독서 모임에서 선정했다.《신곡》은 지옥, 연옥, 천국을 3편으로 나누었으며, 각 편당 33장으로 구성되어 있다. 여기에 지옥 앞 서문 1장까지 포함하면 총 100장의 장대한 대서사시가 된다.

이번에 읽은《단테의 신곡》은 다니구치 에리아가 단테의《신곡》에 구스타브 도레의 판화를 삽입하여 엮은 책을 번역가 양억관이 번역한 것이다. 단테의 글만 읽을 때는 반복되는 구조에 지루함이 있었지만, 이 책은 도레의 판화가 글과 함께 있으니 이해도 빠르고 읽기도 편하다.

단테는 1265년 이탈리아 피렌체 출신으로, 그리스의 호메로스, 이탈리아의 베르길리우스와 더불어 세계 3대 시성(詩聖)으로 불린다.《신곡》은 저자이면서 주인공인 단테가 지옥, 연옥, 천국을 여행하며 그곳에서 수백 명의 역사적 인물, 신화 속의 신들을 만나 이야기를 나누며 기독교 신앙을 바탕으로 신학과 사후에 대한 중세적인 세계관을 광범위하게 그리고 있다.

1373년에 이탈리아의 작가 보카치오가 단테의 일생에 대한 글을 쓰고《신곡》에 대해 강연을 했을 정도로 단테는 중세에 새로운 시대를 열었으며, 단테의 글을 예찬하는 많은 사상가들에 의해 시성(詩聖)으로 불리게 되었다.

재미있는 사실은 단테는 원래 글의 제목을 희극이라는 의미로 '신곡(新曲)'이라 지었는데, 후대의 사상가들이 이 성스러운 글을 단순한 희곡으로 볼 수 없다며 '신곡(神曲)'으로 제목이 바뀌게 되었다는 것이다.

단테는 베키오 다리에서 베아트리체를 보는 순간 사랑에 빠진다. 이후 그녀와 이별하게 되고, 그때부터《신곡》을 쓰기 시작한다. 흔히 단테를 르네상스의 선구자 중 하나로 꼽는데, 그 이유 중의 하나가 중세 기독교 사회에 인간 중심의 고대 그리스·로마의 사상을 도입했기 때문인 것으로 보인다.

단테는 문학가로서만이 아니라 수사론, 도덕, 철학 분야에서도 중요한 책들을 저술하였으며 정치에도 참여하여 유배를 당하기도 한다.《신곡》의 첫 부분에서 단테는 "일생의 반자락에서 길을 잃었다."라고 표현한다. 이 글을 쓸 때 그의 나이가 35세였다고 하니, 정치의 세계에서도 이미 삶의 굴곡을 보았을 것이다. 단테의 무덤이 있는 마지막 기착지는 검투사들이 훈련을 했던 곳으로, 이탈리아에서 가장 춥고 열악한 라벤나다. 피렌체에서는 단테의 가묘를 지어놓고 단테의 시신이 돌아오기를 지금도 기다리고 있다고 한다.

작품은 단테가 숲속에서 길을 잃고 방황하는 것으로 시작한다. 이때 사람도 아니고 그림자도 아닌 것이 나타나 "지금은 아니지만, 한때는 사람이었네."라고 말한다. 그는 단테가 자신의 우상으로 여기던 1300년 전의 이탈리아 최대 시성 베르길리우스였다. 베르길리우스는 단테의 길잡이가 되어 지옥의 9단계와 연옥의 7단계를 돌아보게 한다.

이 책은 희망을 말하고 있다. 희망은 별로 표현된다. 지옥의 입구에는 '여기 들어오는 자는 희망을 내려놓아라.'라고 써있는 간판이 있으며, 이곳은 별 하나 빛나지 않는 어둠의 세계로 지구 안의 핵(역피라미드)으로 표현하고 있다.

지옥 편은 애욕, 탐식, 인색과 낭비, 분노, 이단, 폭력, 위선, 배신의 단계에 죄지은 사람들이 자리를 잡고 있는데, 재미있는 것은 지옥의 1단계에서 호메로스, 소크라테스, 아리스토텔레스를 만난다는 것이다. 지옥 1단계는 무거운 형벌은 없지만 림보의 단계로, 그리스도교 사상이 전파되기 전에 세례를 받지 못하여 천국에 들어갈 자격이 없다는 의미로 단테는 그 위대한 학자들을 여기에 포진시켰다. 또한 역대 교황 중 한 명도 여기에 있는데, 아마도 악명이 높았던 것으로 짐작된다. 가장 놀라운 것은 예수를 배신한 유다를 지옥의 맨 마지막 단계에 배치했다는 점이다. 단테가 생각한 유다는 지옥의 끝에 있어야 하는 중죄인이었던 것이다.

연옥은 지상과 같이 바다와 산, 별이 보이는 곳이며 속죄하면 천국으로 갈 수 있는 징검다리다. 단테는 연옥을 피라미드로 표현했는데, 가장 아래 단계는 교만으로 용서받을 죄가 많고 점차 질투, 분노, 태만, 인색, 탐식으로 올라가며 희망이 조금씩 보인다. 마지막 애욕은 천국으로 갈 희망이 좀 더 많이 보이는 부분이다.

천국은 무수히 많은 별이 뜬 세계로, 하나님의 구원을 얻는 우주로 표현하고 있다. 단테는 연옥의 마지막에서 잊을 수 없는 연인 베아트리체를 만나 정화된 영혼들이 행복을 누리는 천국으로 간다. 여기서 베아트리체의 옷을 세심하게 표현했는데, 그녀는 흰색에 푸른 망토를 두르고 속에 빨간 옷을 입고 있다. 이탈리아의 국기는 바로 이 베아트리체의 옷에 착안하여 만들어졌다고 한다.

단테는 자기 생애에 가장 중요한 세 사람을 이 글의 주인공으로 선택한다. 바로 베르길리우스, 베아트리체, 마지막으로 자기 자신이다. 베르길리우스는 그의 우상이었던 시성이고, 베아트리체는 베키오 다리에서 처음 만나 단테의 마음을 평생 사로잡은 여인이다. 그래서 지옥과 연옥은 베르길리우스가 인도하고, 연옥의 끝에서 베아트리체가 단테를 천국으로 인도하여 구원하는 줄거리로 쓰인 것이다.

단테의《신곡》은 역사적으로 크게 두 획을 그은 것으로 본다. 단테는 연옥에서 마르코라는 사람을 만나 "인간은 신의 피조물이고, 신이 세상을 다스리는데 왜 지금 세상은 악이 번성하고 있느냐?"라고 묻는다. 이에 마르코는 "만물이 신의 뜻에 따라 결정된다면 살아갈 의미가 없다. 삶을 자신의 힘으로 만들어가는 것이 자유가 아니겠느냐."라고 대답한다. 이 대화로 미루어 볼 때, 신 중심의 세계에만 살던 중세에 인간 중심 사상을 끌어들여 르네상스를 열었다는 것을 알 수 있다. 다른 하나는 중세 기독교인들에게 하나님의 사랑을 깨닫고 죄를 짓지 않으면 내세에는 천국으로 갈 수 있다는 메시지를 주었다는 점이다.

《신곡》을 완독하니 가고 싶은 여행지가 또 하나 늘었다. 이탈리아 피렌체에 꼭 가보고 싶다. 베키오 다리의 어디쯤에서 단테와 베아트리체의 만남이 있었을까. 벌써부터 설레는 내 마음이 먼저 그곳에 가서 자리를 잡고 있다.

### 생각 나누기

**1** 《신곡》의 제목이 '신곡(新曲)'에서 '신곡(神曲)'으로 바뀐 이유에 대해 말해보자.

**2** 단테를 르네상스의 선구자로 언급하는 이유가 무엇인지 말해보자.

**3** 이 작품에서 말하는 지옥, 연옥, 천국의 특징을 간략하게 정리해 보자.

**4** 단테는 지옥의 1단계에 호메로스, 소크라테스, 아리스토텔레스 등 위대한 학자들을 자리하게 했다. 그 이유는 무엇인지 말해보자.

**5** 단테가《신곡》을 통해 말하고자 하는 것은 무엇이었을지 생각해 보자.

# 고등어를 금하노라

임혜지

공존에 대한 예의는
남의 것에 욕심내지 않는 것

한 회원의 강력한 추천으로 독서 모임에서 《고등어를 금하노라》를 선정하게 되었다. 제목부터 궁금증을 자아내기에 충분했다.

저자 임혜지는 고등학교 때 독일로 이주하여 카를스루에 공과대학 건축과를 졸업하고 건축공학과 교수가 되었으며, 소박한 성품의 독일 남편과 결혼하여 두 아이를 가진 엄마다. 이 책은 자유를 사랑하는 아내와 환경보호에 관심 많은 남편, 조용하지만 하고 싶은 건 다 하고 다니는 아들과 구두쇠 부모에 맞서 빚을 내 옷을 사 입고 다니는 멋쟁이 딸로 구성된 뮌헨의 괴짜 가족 이야기다. 이들 부부는 학력에 비해 낮은 보수를 받지만, 돈보다 가족끼리 보내는 시간을 더 소중하게 여긴다. 두 사람 모두 적게 벌면 적게 쓰면 된다는 생각을 가지고 있으며, 자식들에게 간섭하지 않고 자유롭게 키우려는 교육관과 환경보호를 위해 노력하는 모습이 매우 인상적이다.

저자는 아이들이 학교라는 거대한 사회에 적응하면서 시스템의 노예가 되지 않기를 바라고, 자긍심 지수를 학교 점수와 동일시하지 않는 현명함을 지녔다. 또한 행복 지수를 부귀영화에 두지 않는 것이 행복의 기회비용이라고 말하며, 한 번의 실수로 망가지는 인생은 없으며 놀이 실력이 인생 실력이라는 멋진 생각을 가졌다.

이 책을 처음 접할 때는 독일에서 살아가는 가족들의 신변잡기인가 싶었는데, 읽을수록 점점 글의 깊이가 깊어졌다. 자연을 생각하는 것에 그치지 않고 어지간한 거리는 자전거를 이용하는 이야기, 물을 아끼기 위해 물리학적 계산을 하는 남편의 이야기에서 더 나아가 독일의 장점과 우리나라의 모순, 한국 정부의 숙제에 대한 문제 제기도 하고 있다.

저자는 '공존을 위한 예의'를 갖추기 위해 독일 정부가 끊임없이 노력하고 있음을 이야기한다. 독일은 학교에서 자신들의 부끄러운 역사를 숨기지 않고 철저하게 가르친다고 한다. 1970년대 폴란드를 방문한 독일 수상이 유대인 학살 현장 기념비 앞에서 무릎을 꿇었다는 이야기와 1979년 제작된 포로수용소 영화 〈홀로코스트〉, 유대인이지만 고향인 독일에서 살다 이스라엘로 떠나며 《이것은 내 나라가 아니다》를 쓴 레아 플라이슈만의 글들을 학교에서 가르치고 보여준다는 것이다.

그에 반해 일본 정부는 독일처럼 부끄러운 역사를 인정하지 않고 지금도 끊임없이 합리화만 하고 있으니, 참 안타깝다. 그렇지만 공존을 위해 노력하는 일본의 지성인들이 존재한다는 것은 고무적인 일이다. 대한민국의 지성인들은 일본 정부가 과거에 대해 진정한 사과를 할 수 있도록 일본의 지성인들과 손을 잡고 일본 정부를 압박해야 한다. 또한 요즘은 학교에서도 일제강점기에 대한 교육이 전보다 약해진 듯하다. 수업 시간에 일제의 만행에 대한 글쓰기, 포스터 그리기, 캠페인 활동 등을 지속적으로 하며 학생들이 우리의 아픈 역사를 기억하도록 해야 한다. 이것이 당시 일제에 희생당한 선조들에 대한 우리의 숙제이며 의무다. 독일의 지성인들이 독일 정부의 진정성의 방향을 잡아주었듯이 우리의 지성인들도 내 욕심보다 사회를, 공존을 먼저 되돌아보아야 하지 않을까 싶다.

저자는 지성인을 주류의 방향을 잡아주는 조약돌에 비유하고 있다. 조약돌의 수가 많아질수록 강물은 잔잔해진다고 한다. 현재 우리나라의 교육열은 세계 1위다. 이는 곧 수많은 조약돌이 만들어질 수 있다는 말과 같다. 그 조약돌들이 자신의 부와 명예로만 치닫지 않고 주류의 방향을 올바로 잡아주는 역할을 한다면, 제멋대로 범람하는 우리나라의 강물도 곧 잔잔해질 것이다. '야만의 역사를 바로잡는 작은 조약돌의 힘'은 바로 우리들이다.

궁금증을 자아냈던 고등어! 나를 끌어당겼던 제목의 의미는 짧지만 강렬했다. 저자는 고등어를 보며 환경을 생각했고, 희생당한 민족을 생각했다. 이 집에서 고등어가 식탁에 오르는 것은 금기다. 그 이유는 고등어가 내륙인 독일에 들어오기까지 많은 자연을 훼손하며, 다른 나라의 환경까지 해치기 때문이다. 고등어를 식탁에 올리는 것은 약자에 대한 배려도 없고, 환경보호에도 관심이 없는 것이라고 저자는 말한다.

고등어는 저자의 멋들어진 은유다. 저자가 말하는 고등어는 인간에 의해 훼손된 자연이고, 독일과 일본에게 희생당한 나라들이다. 독일은 고등어를 먹은 것을 후회하고 있다. 과거 우리나라를 침략하여 셀 수 없는 사람들의 목숨을 앗아가고 고통을 준 일본도 독일과 같이 고등어를 먹은 것을 후회해야 한다.

시작은 신변잡기였으나, 끝은 창대했다. 대한민국 지성인에게 울림을 주는 인문학으로 마무리한 《고등어를 금하노라》. 멋진 책을 발견한 것에 감사한 하루다.

### 생각 나누기

**1** 이 책의 제목이 어떤 의미를 가지고 있는지 생각해 보고, 이를 주제와 연결해 보자.

**2** 저자가 생각하는 '교육'과 '행복의 기회비용'에 대해 말해보자.

**3** '공존을 위한 예의'를 갖추기 위해 독일 정부는 어떤 노력을 했는지 책에서 찾아보자.

**4** 저자는 지성인을 '주류의 방향을 잡아주는 조약돌'이라고 말한다. 이러한 역할을 하기 위해 우리가 할 수 있는 일은 무엇인지 다양하게 생각해 보자.

# 미술관 옆 인문학

박홍순

좀 더 다른 시각으로 보면
새로운 세상은 열린다.

이 책을 읽는 내내 새롭게 보기를 요구하는 저자의 글쓰기에 묘하게 빠져드는 느낌을 받았다. 일상적인 것에 안주하지 말고 새로운 시각으로 현상을 보면 좀 더 창의적인 세계가 온다는 것을 보여주고 있다. '세상을 향한 미술과 인문학의 거침없는 크로스'라는 부제처럼 미술 작품과 인문학을 대응시키며 공통점을 찾아내고 논리적 근거를 찾아 주제에 맞게 서술하고 있다. 이 책을 읽으며 그림 한 점을 더 보고, 인문 고전에서 지적 호기심을 자극했던 내용의 한 페이지를 더 들여다보는 것만으로도 큰 공부가 되었다.

**자유를 향한 여정**

이 장에서 저자는 물이 고이면 썩듯이 현대인은 규격화된 삶을 거부해야 진정한 자유를 만끽할 수 있음을 여러 미술 작품과 문학을 비교하며 설명하고 있다. 도레의 〈서재의 돈키호테〉와 애덤 스미스의 《국부론》을 통해서는 돈과 종교의 노예가 된 우리에게 다수의 돈키호테가 나타나기를 기다린다고 한다. 피사로 〈몽마르트르 거리〉, 고흐 〈별이 빛나는 밤에〉와 리스먼의 《고독한 군중》에서는 현대인들은 고독을 참지 못해 군중 속으로 섞이지만, 결국 고독한 군중이 되므로 밤에라도 내 안에 있는 타인을 쫓아내고 나를 가득 채워야 함을 말한다. 할스의 〈유쾌한 술꾼〉과 에코의 《장미의 이름》은 풍자 예술의 으뜸이라고 꼽으며, '밤에는 꿈이, 낮에는 농담이 무의식을 대변하며 꿈은 순전히 개인적, 농담은 사회적'이라는 프로이트의 이론을 거론하고 현대인들의 웃기기 위한 웃음은 저항을 봉쇄하는 역할을 한다고 서슴없이 말한다.

그중 '자유를 향한 여정'이라는 주제를 가장 멋들어지게 크로스한 것은 루소의 〈잠자는 집시〉와 헉슬리의 《멋진 신세계》다. 저자는 완전히 반대인 두 작품에서 논리의 근거를 찾아낸다. 〈잠자는 집시〉는 늑대가 잠든 집시를 보고 있는 그림이다. 우리의 시선에서는 위험하기 짝이 없다. 그러나 위험을 항상 겪을 수 있는 일상으로 여길 때, 공포가 아닌 자연스러운 동반자가 될 수 있다는 것이다. 위험과 불안을 자기 것으로 받아들이며 구속되지 않고, 조종받지 않는 삶 속에서 자유를 얻을 수 있다는 이야기다.

헉슬리의 《멋진 신세계》는 과학기술과 전체주의가 결합했을 때 나타날 수 있는 암울한 미래 세계의 모습을 그리고 있는데, 저자는 과학기술과 전체주의라는 규격화된 삶에서 살게 되면 자유라는 개념 자체를 모를 수도 있다고 보고 있다.

저자는 자유로움으로 둘러싸인 〈잠자는 집시〉와 자유를 박탈당한《멋진 신세계》라는 두 작품을 크로스하며 우리는 유목민이 되어야 한다고 말한다. 현재에 안주하는 삶이 아닌 끊임없이 혁신하는 유목민의 정신을 가질 때 삶은 날마다 새로워지고, 노예에서 주인으로 거듭날 것이라는 뜻이다.

다만 유목민의 정신을 말하기 위해 〈잠자는 집시〉와《멋진 신세계》를 과도하게 끌어내었나 하는 생각이 드는 것은 사실이다. 위험을 항상 겪는다고 동반자가 될 수는 없다. 그러나 연결할 수 없을 것 같은 두 작품에서 연결고리를 찾아내어 새로운 시각을 보여주는 것만으로도 독자들의 눈이 뜨인다는 것은 부정할 수 없다.

**동양과 서양의 시선**

서양 사람들은 자연을 인간이 정복해야 할 대상으로 보고, 동양 사람들은 자연과 인간의 공존을 말하는데, 정작 우리의 사고를 지배하고 있는 것은 서양의 정신이라며 저자는 우려를 표한다. 그러면서 르누아르의 〈목욕하는 여인들〉과 신윤복의 〈계변가화〉를 예로 들며 서양은 자연을 장치로 쓰는 데 반해 동양화는 인물을 자연과 어우러지게 그린다고 설명한다.

들라크루아의 〈사르다나팔루스의 죽음〉과 마티스의 〈목련과 오달리스크〉에서는 동양 여성을 야만성과 관능성으로 표현하는데, 더 큰 문제는 동양인이 스스로를 비하하고 있다는 것이다. 들라크루아와 마티스의 그림은 여인들의 엉덩이를 과대하게 크게 그려 동양은 성적인 나라로 인식시키고 있다.

정반합(正反合)을 말한 헤겔은 자신의 논리에 맞지 않게 '동양은 정지되어 있는 세계'라고 말한다. 정반합의 논리로 따지자면 '동양이 정지되었다.'라는 것은 있을 수 없다. 만약 헤겔이 지금 살아있다면 자신의 말에 대한 오류를 인정했을 것이다. 중요한 것은 예전에 우리는 서양에서 말하는 '오리엔탈리즘'이 좋은 의미의 '동양적인 것'인 줄 알고 있었다는 것이다. 그것이 동양을 비하하는 의미로 쓰였다는 것조차 몰랐다는 사실에 속이 상한다.

살아오면서 동양인과 서양인의 시선이 다르다고는 생각하지 못했다. 이 책의 힘은 시선의 힘을 알려준 것이다. 전혀 생각지 못하는 것을 끌어내는 힘. 아는 만큼 보이는 세계는 다를 것이다.

**이성의 그늘**

여기에서 저자는 조셉 라이트 〈공기펌프 안의 새에 대한 실험〉과 베이컨의 《신기관》을 통해 연금술사가 과학을 발전시켰다고 한다. 이어 에른스트 〈셀레브의 코끼리〉, 뭉크 〈불안〉, 일본 애니메이션 〈공각 기동대〉, 리처드 도킨스 《이기적 유전자》를 통해 로봇도 이성과 감정의 표출이 가능해지는 단계에 왔으며, 이제 인간에 대한 규정을 다시 할 때라는 의견을 이야기한다.

저자는 오늘날에는 이성과 과학이 신앙이 되어버렸다며, 이성에 대한 맹신에서 벗어나기를 바라고 있다. 또한 지금 우리가 정신과 육체, 의식과 무의식, 이성과 욕망을 조화시키고자 얼마나 노력하고 있는지 되돌아보고 반성해야 한다고 역설한다.

사람에게는 이성과 감성이 똑같이 존재한다. 그런데 산업혁명이 일어나며 이성이 차지하는 위치가 너무 커져버렸다. 죄수를 통제하는 수단으로 계획했던 파놉티콘이 우리 스스로를 통제하는 수단이 되듯이, 이성의 힘으로 만든 로봇이 우리를 지배하는 세상이 올지도 모른다. 이성에 의해 감성이 철저히 무시되고 있는 예를 저자는 히에로니무스와 프로이트에서 찾고 있다. 히에로니무스의 〈세속적인 쾌락의 동산〉은 쾌락과 욕망으로 타락한 자를 그린 그림으로, 이성은 신의 영광을 위해서만 존재한다고 본다. 또한 프로이트의 《정신분석 강의》는 이성의 감옥에 갇힌 욕망을 부활시켜야 함을 이야기한다.

그동안 이성은 형이상학적인 것으로, 감성은 형이하학적인 것으로 치부되었다. 저자는 형이상학적인 이성의 그늘 속에 감성이 묻혀 있음을 답답해하며 이성과 감성의 조화로움을 위해 노력해야 한다고 말한다. 저자의 말과 같이 가장 아름다운 인간의 모습은 이성과 감성의 조화가 적절히 이루어진 사람일 것이다.

**빈곤의 역사를 넘어**

이 장에서는 드가의 〈다림질하는 여인〉과 에밀 졸라의 《목로주점》을 통해 기업의 횡포로 어린아이들이 쇠사슬과 채찍으로 노동력을 착취당하고 있음을 고발하고 있는데, 지배층은 이런 작품을 경멸했다고 한다. 강연균 〈시장 사람들〉, 박수근 〈시장의 여인〉, 윤정모 《어머니》에서는 우리네 어머니들이 겪은 한국사와 왜곡된 가족사가 잔인하게 드러난다고 보고 있다.

도미에 〈삼등 열차〉, 고흐 〈감자 먹는 사람들〉과 마빈 해리스 《문화의 수수께끼》를 통해서는 삶의 고단함이 따뜻한 시선마저 앗아갔으며, 종교개혁은 마녀사냥으로 인해 저항 정신마저 막았다고 한다.

독재자와 지배층을 고발한 리베라의 〈꽃 운반 노동자〉와 마르크스 《자본론》의 크로스에서는 '꽃이 아름답듯이 노동도 아름다울 수는 없는가.'라는 문제 제기를 한다. 《자본론》은 돈의 흐름을 알려주는 책이다. 이윤은 자본과 재료와 노동자가 일한 시간에 따라 발생하는데, 대부분의 이윤은 노동자의 노동에 의해 발생한다. 그러므로 회사에서 많은 이윤을 내게 되면 응당 노동자에게 알맞은 보상이 돌아가야 한다는 게 당연한 이치임을 마르크스는 설명한다. 그래서 꽃이 아름답듯이 사람들에게 필요한 일을 해주는 노동자도 아름다워야 한다는 것이다.

**일상성의 비밀**

여기에서 저자는 현대사회에서 국가나 자본 같은 권력이 만들어낸 무기가 일상을 지배하고 있다고 말한다. 캐사트 〈아기의 목욕 시간〉과 마르크스 《독일 이데올로기》에서 가족은 캐사트의 그림처럼 정감이 있어야 하는데 마르크스의 지적처럼 가부장제로 인해 가정이 황폐화되고 있다고 하고, 뫼비우스의 〈뫼비우스의 띠〉와 르페브르의 《현대 세계의 일상성》을 통해서는 일상을 지배하고 있는 당연한 것에 대해 의아함을 갖고 뫼비우스의 띠에서 벗어나자고 말한다.

백남준 〈TV 부처〉와 맥루한 《미디어의 이해》를 통해서는 TV에 의해 인간의 의식이 지배받으며, 방송은 광고 수입을 위해 중산층이 선호하는 내용으로 만들어지는데 우리는 체제 유지를 위해 집단 훈련을 받고 있다고 말한다. 저자의 의견이 섬뜩하다.

클림트의 〈키스〉와 보카치오의 《데카메론》을 통해서는 그동안 감성의 결정체라 할 수 있는 에로티시즘이 이성을 약화시키는 비정상적인 것으로 간주된 것에 대해 이야기한다. 대표로 〈키스〉와 《데카메론》이 나서서 싸웠지만, 사람들은 에로티시즘이라는 이름 아래 비정상적으로 취급하였다. 이성과 감성이 조화되지 않으니 이성과 감성의 극단적 주자들이 전면에 나서게 된 격이지 않나 싶다.

저자는 뒤샹의 〈샘〉을 보면서는 '이게 미술이야?'라고 질문을 하는 것 자체가 일상성에 갇혀 있는 것이라고 한다. 사물에 새로운 의미를 부여하는 순간이 바로 창조 행위이고, 이것을 예술로 해석하는 그 순간이 예술이며, 그것이 바로 새로운 해석이라는 것이다.

뒤샹의 〈샘〉을 인터넷에서 찾아보니, 그냥 변기에 서명을 한 것일 뿐이다. 일상성에 어떤 의미를 부여하느냐에 따라, 또 어떻게 해석하느냐에 따라 그것이 예술이 되고 아름다움이 될 수 있나 보다.

**개인과 사회 그리고 자아**

마지막 장에서 저자는 개인의 희생을 요구하는 사회가 아닌 개인에게 더 많은 권리를 부여하는 사회가 되어야 올바른 자아가 형성된다는 것을 보여주고 있다. 엔소르 〈가면에 둘러싸인 자화상〉과 가든스《현대성과 자아 정체성》을 통해 인간은 연기를 하면서 살아가는 운명이므로 현대사회에 올수록 자아 정체성을 유지하기 힘들고, 상황에 맞는 가면을 쓰며 살아간다고 표현한다.

또한 저자는 뭉크의 〈절망〉과 고려인 화가 니콜라이 박의 〈죽음의 사막, 절망〉을 김진경의 시 〈낙타〉와 연결하여 강렬한 메시지를 전달한다. 불투명함에서 오는 절망 앞에서 숨거나 도피하지 말고 오히려 절망이 있는 곳에서 희망을 찾아야 한다는 것이다.

제리코 〈메두사의 뗏목〉과 니버 《도덕적 인간과 비도덕적 사회》를 통해서는 개인과 사회와 자아의 관계를 적나라하게 보여준다. 〈메두사의 뗏목〉은 1816년에 있었던 실제 사건을 재현한 작품이다. 배가 난파되자 먹을 것이 없는 상황에서 병든 사람들을 바다로 던지고, 나중에는 약한 자들부터 죽여 인육을 먹는다. 니버는 《도덕적 인간과 비도덕적 사회》에서 개인의 경우에는 도덕적 행동이 가능하지만 집단의 경우에는 심한 이기주의가 나타난다고 보고, 이상사회를 만들기는 힘들지만 부정부패를 최소화하는 강제력이 있어야 한다고 주장한다. 니버의 지적처럼 집단 안의 이기주의가 훨씬 심하다는 것을 저자는 〈메두사의 뗏목〉을 통해서 증명한다.

그러나 이러한 저자의 의견에 두 손 들어 수긍할 수는 없다. 왜냐하면 〈메두사의 뗏목〉은 극단적인 상황의 예시이고, 니버의 강제력도 나날이 발전하는 민주주의 사회인 현대에서는 무조건적으로 적용되기 어렵기 때문이다. 현대사회는 강제력보다는 타협과 조정을 통해 순조롭게 발전해 가기도 한다.

전혀 연관성을 떠올리지 못했던 것들에서 공통점과 차이점을 찾아내고 논거를 제시하며 독자를 이끄는 저자의 글쓰기에 감탄하며 읽었다. 이 책을 읽으며 가장 좋았던 점은 그동안 미처 알지 못했던 미술 작품들을 찾아볼 기회를 얻었다는 것이다. 무지의 세계에 살다 미술의 세계로 한발 디딘 것 같아 뿌듯하다.

저자의 생각은 한마디로, 새롭게 보자는 것이다. 모두가 보는 방향이 아닌 나만의 방향을 바라보면 새로운 세계가 열리고 창의적인 일들이 펼쳐질 것이다. 다음 모임에서는 저자의 방식을 적용한 활동을 제안해 봐야겠다. 상상을 초월하는 의견들이 나올 것 같아 벌써 기대가 된다.

### 생각 나누기

**1** 책을 읽고 가장 인상 깊었던 부분에 대해 말해보자.

**2** 피사로 〈몽마르트르 거리〉, 고흐 〈별이 빛나는 밤에〉, 리스먼 《고독한 군중》의 공통점과 차이점을 찾아보고, 저자의 의견과 비교해 보자.

**3** 저자는 들라크루아 〈사르다나팔루스의 죽음〉과 마티스 〈목련과 오달리스크〉라는 그림이 동양 여성을 야만성과 관능성으로 표현하고 있다고 말한다. 이에 대한 자신의 생각을 말해보자.

**4** 저자는 뭉크 〈절망〉과 김진경 〈낙타〉를 통해 절망이 있는 곳에서 희망을 찾아야 한다고 말한다. 이에 대한 자신의 생각을 말해보자.

# 로마인 이야기

시오노 나나미

동화정책이 만들어낸 대제국 로마를 보다.

이번에는 로마에 간다. 서유럽 여행이지만 이탈리아에서 머무는 시간이 가장 길다. 그래서 2005년에 읽었던《로마인 이야기》를 다시 보려는데, 총 15권으로 이루어진 세트 전체를 읽기에는 시간이 부족하다. 그래서 로마의 기틀이 세워진 이야기가 담긴 1권만 다시 읽기로 했다. 1권은 로마 건국부터 제1차 포에니 전쟁 직전까지 500년의 로마 역사와 그리스의 법률에 대한 내용으로 구성되어 있다. 이 책 1권에서 꼭 알아야 할 인문학적 내용을 간추린 후, 소제목을 정해서 써나가려 한다.

저자는 일본인이다. 1937년생이며 현재 이탈리아에 거주하고 있다. 저자는《로마인 이야기》는 역사에 바탕을 둔 에세이이며 본격 역사서는 아니라고 강조한다. 또한 이 책이 일본에서보다 우리나라에서 더 주목받았던 이유는 김석희의 뛰어난 번역력 때문이라고 말한다. 그러나 학자들은 시오노 나나미를 카이사르 신봉자라고 평가절하하기도 한다. 카이사르의《갈리아 전기》가 세계사의 흐름을 파악하는 데 도움을 주는 것은 사실이지만《로마인 이야기》 4~5권에 걸쳐 카이사르를 주목해 다뤘고, 안토니우스와 옥타비아누스의 내전을 대폭 축소하였으며 오현제 시대조차도 건조한 사실만을 나열했다는 평가다.

### 유민의 전설을 품은 로마, 주변을 동화시키다

트로이가 망하자(기원전 13세기) 프리아모스의 사위 아이네아스가 알바롱가에 자리를 잡았고, 그 후손인 로물로스와 레무스가 기원전 753년 4월 21일에 일곱 개의 언덕에 로마를 세웠다는 전설이 있다. 정체성을 찾고 싶어하는 인간의 심리대로 로마도 트로이에서 그 뿌리를 찾은 것 같다. 트로이가 망하는 장면을 적나라하게 밝힌 호메로스의 책《일리아스》의 전경이 눈에 선하게 다가오니, 세계의 역사가 한층 재미있어진다.

그리스의 역사가(歷史家) 플루타르코스는《영웅전》에서 "로마가 위대한 이유는 패자도 동화시키는 것이다."라고 말한 바 있는데, 저자 시오노 나나미도 동화정책이 로마를 제국으로 만들었다고 찬사한다. 로마 동화정책의 시작은 건국 왕 로물루스부터 시작되었다. 로마 동쪽에 살던 사비니족을 초대하여 시민권과 원로원직을 제공하였고, 로마 위쪽에 있던 에트루리아인을 동화시켜 그들의 기술력을 흡수했다. 에트루리아인의 기술력으로 로마는 수도와 도로를 건설하며 제국을 세우게 되는데, 에트루리아인의 기술력과 문화는 월등하여 아직까지도 그들의 문자를 해독할 수 있는 사람이 없다고 한다.

로마 2대 왕 누마는 종교개혁을 하여 평화를 이루었으며 43년의 재임 기간에 하얀 토가를 입고 건전한 생활을 했다. 야누스 신전은 전쟁 때만 열린다고 했는데, 누마가 살아 있는 동안은 계속 닫혀 있었다고 한다. 최초로 선거 운동을 한 5대 왕인 타르퀴니우스는 원로원 의원을 200명으로 늘리고 간척 사업을 하여 포로 로마노를 탄생시켰고, 카피톨리노 언덕에는 유피테르 신전을 건설했다.

로물루스로부터 이어진 500년의 왕정은 브루투스에 의해 청산된다. 브루투스는 타르퀴니우스 2세의 아들 섹스투스가 친척의 아내를 욕보인 염문을 이용하여 공화정(기원전 509년)을 세우고, 포로 로마노에서 왕정 종식을 공표한다. 여기서 공화정을 만든 브루투스는 카이사르의 제자 브루투스와는 다른 사람으로, 500년 정도의 차이가 있다.

귀족과 평민의 결혼을 금지하는 법률이 지속되자 평민들의 불만이 끊이지 않는다. 이때 그 시대 최고의 집정관인 아피우스가 평민 호민관의 딸을 사랑하여 자결하는 사건이 일어난다. 이때 원로원에서는 비상사태를 책임지는 독재관을 옹립하는데, 독재관이 된 푸블리콜라는 민중의 사랑을 받는다. 로마 공화정의 씨는 브루투스가 뿌렸다면, 뿌리를 내린 사람은 푸블리콜라 발레리우스였다.

**그리스는 로마의 교과서**

로마는 정치와 법에서 그리스를 모방했다. 주변 나라를 속국으로 만들며 전투에서 얻은 공유지를 귀족 중심으로 분배하자 로마의 평민들이 법률의 성문화(成文化)를 요구했다. 이에 로마 정부는 페리클레스의 민주정 시대로 민주주의의 전성기를 이루고 있는 아테네를 시찰하고, 로마는 아테네의 민주정을 기반으로 기원전 449년에 12표법을 만들어 발표한다.

잠깐 그리스의 민주화 과정을 살펴보면, 아테네는 왕정, 귀족정, 솔론의 개혁, 아나키즘, 독재정치를 거쳐 민주정이 된다. 솔론의 개혁은 금권정치(티모크라스)라 하고, 클라이스테네스의 개혁은 민주정치(데모크라스)라 한다. 클라이스테네스는 데모(구역)를 정해서 20세 이상의 아테네 시민 모두에게 1인 1표의 결정권을 주었다(로마 100인 1표). 시민 중에 제비뽑기로 정한 500인 회의가 있었고, 도편추방제를 실시했다. 아테네에서 태어난 사람만 아테네 시민으로 보기 때문에 소크라테스는 아테네인이지만, 아리스토텔레스는 아테네인이 아닌 마케도니아인이다.

스파르타는 20~60세 남자는 병역의 의무가 있었고 30세까지는 공동생활이 의무였다. 병역과 정치 외에는 남녀가 평등했으며, 훈련에 임할 때는 여자도 남자와 같이 나체로 참여했다. 또한 금화와 은화를 폐지하고 검소의 의미로 철화를 사용했다. 스파르타는 기원전 6세기 말에 펠로폰네소스 반도의 대부분을 차지했다. 펠로폰네소스 동맹으로 주변 도시국가들은 스파르타에 병력을 제공하고 민주정을 적으로 삼았다.

동양의 강자 페르시아는 이오니아 서해안의 경제력에 욕심을 냈고, 자신들의 조로아스터교가 다신교보다 우세하다는 생각으로 내분으로 얼룩진 그리스를 정벌한다. 기원전 494년에 페르시아의 다리우스왕에 의해 시작된 페르시아 전쟁은 기원전 478년, 그 아들 크세르크세스왕에 의해 끝나게 되는데 이 전쟁으로 지금까지도 많은 이야깃거리가 전해진다. 페르시아와의 전쟁에서 승리하자 한 병사가 마라톤에서 아테네까지 달려온 거리가 42.195km라 하여 이를 기리기 위해 그 이후에 마라톤 경기가 생겼다. 또한 스파르타의 레오니다스왕이 테르모필레에서 300명의 인원으로 페르시아의 대적을 물리쳐 그리스가 승리한 이야기를 다룬 영화 〈300〉은 그 초인적인 전투를 잘 재현하여 오늘날까지 브라운관을 점령하고 있다.

재미있으면서도 슬픈 이야기가 있다. 그리스의 맹주가 된 아테네에서 패권을 잡은 테미스토클레스는 200개의 도시국가와 델로스동맹을 맺고 시민들에게 지지받지만, 온건파에 의해 도편추방을 당한다. 그는 페르시아로 망명하여 크세르크세스의 아들에게 의지하지만, 10년 후에 아테네를 치라는 페르시아의 명령에 결국 자결한다.

이후 아테네는 페리클레스에 의해 아크로폴리스를 호화롭게 재건하였으며, 철학자, 역사가, 예술가 등 재능 있는 인재를 우대하였고, 이오니아 철학이 그리스로 이주하면서 온전한 민주주의 시대를 열었다. 그런데 20년 후, 아테네는 중우정치에 빠진다. 페리클레스와 동시대에 살았던 투키디데스는 《펠로폰네소스 전쟁사》에서 "겉모습은 민주정치였지만, 실제로는 페리클레스 한 사람이 지배하는 나라였다."라고 말한다. 결국 아테네는 펠로폰네소스 전쟁으로 기원전 430년에 페리클레스가 실각한 후 기원전 404년에 스파르타에 의해 멸망한다. 이후 스파르타는 테베와의 전쟁에서 패배하고, 기원전 362년에 그리스는 마케도니아로 넘어가게 된다. 그리고 기원전 356년 알렉산드로스가 탄생한다.

또한 로마는 식민지 건설에서도 그리스의 영향을 받아 초대 왕 로물루스부터 주변국들을 속국으로 만든다. 잠시 그리스의 식민화 과정을 살펴보자면, 그리스는 기원전 2천 년 전후에 크레타에서 시작하여 크로노스를 이은 미노스왕이 기원전 18세기에 크레타문명(미노스문명)을 이룬다. 기원전 14~13세기에는 크레타문명이 펠로폰네소스 중심의 미케네문명으로 이동한다. 이렇게 세력을 넓히며 발전을 거듭한 그리스는 제국의 욕망을 드러내고, 에게해 주변인 이오니아 지방에서 문화의 꽃을 피운다.

그리스의 2차 식민 활동은 기원전 8세기 중엽 오디세우스가 표착한 나라들로, 트로이에서 지브롤터 해협까지다. 호메로스는 《오디세이아》에서 오디세우스가 세이렌의 유혹을 뿌리치며 지중해 전역을 떠돌게 이야기를 설정하는데, 오디세우스가 거쳐간 곳들이 바로 그리스가 식민 활동을 벌인 곳들이다. 호메로스는 이야기꾼이지만, 역사가의 기질을 가지고 있었는지도 모르겠다.

### 켈트족의 침입으로 강해진 로마

로마인은 지성에서는 그리스인보다, 체력에서는 켈트인과 게르만인보다, 기술력은 에트루리아인보다, 경제력은 카르타고인보다 못하다고 스스로 말한다.

로마는 로물루스 시절 100명의 원로원이 최초의 귀족이며 파트로네스였다. 평민은 대부분 클리엔테스로, 파트로네스의 보호를 받았다. '자식밖에 없는 무산자'라는 뜻의 프롤레타리아만 병역이 면제되었다. 기원전 390년 처음으로 켈트족(갈리아인)이 침입하였는데, 이들은 적병의 머리를 말에 매달고 기름에 담가두어 손님에게 보여주는 관습이 있었다.

켈트족이 로마에서 퇴보한 이유는 도시의 사용법을 몰랐고, 상수도관에 시체를 넣어 물을 마시지 못했으며, 창고를 불태우는 바람에 곡물이 바닥났기 때문이다. 또한 시체를 방치하여 전염병이 돌았고, 도시 생활에도 염증을 냈다. 이후 로마는 제2의 건국자 카밀루스에 의해 국가 재건에 힘쓴다. 로마 역사가 폴리비오스는 로마가 강해지기 시작한 첫걸음은 켈트족의 침입이라고 말한다.

### 스터디셀러로 자리를 굳히다

제국주의를 신봉하는 책, 반기독교 정서, 카이사르 영웅주의가 가득한 책이라는 비판에도 불구하고 이 책은 스테디셀러의 자리를 굳건히 지키고 있다. 그 가장 큰 이유는 천년 제국을 경영한 로마의 역사에서 배울 수 있는 리더십과 포용 때문인 것 같다. 또한 파트로네스(후견인, 멘토)와 클라이언트(대상자, 멘티)에서 생겨난 '노블레스 오블리주' 등 수많은 교훈들이 남아 있기 때문이기도 할 것이다.

저자는 유대인은 종교를, 그리스인은 철학을, 로마인은 법률을 인간의 행동 원칙으로 삼았다고 정리하며 로마가 강성해진 이유는 폴리비오스가 말한 로마의 포용성이라고 반복해서 말하고 있다. 아테네는 아테네 출신만 아테네인으로 받아들인 것에 반해 로마는 점령지의 시민들을 대부분 로마의 시민으로 받아들인다. 바로 폴리비오스가 말한 로마의 포용성이다.

또한 로마가 거대한 제국을 이룬 데에는 에트루리아인을 속국으로 끌어들인 것이 큰 몫을 차지하지 않았나 생각된다. 건축 기술이 뛰어난 에트루리아인의 도움으로 속국에 수도교를 설치하고 도로를 건설했으니, 제국 건설에 큰 무기가 되었을 것이다. 이번 서유럽 여행에서 에트루리아인의 도시였던 피렌체에 간다고 하니, 그곳에서 그들의 삶과 지혜로움을 엿들어야겠다. 두근거리는 마음은 바람보다 먼저 앞장을 선다.

**생각 나누기**

1 시오노 나나미가 쓴 《로마인 이야기》는 총 15권이다. 1권이 다른 14권과 다른 점은 무엇인지 생각해 보자.

2 로마가 왕정에서 공화정으로 변화하는 과정을 정리해 보자.

3 로마가 그리스의 법을 토대로 하여 법을 제정할 시기, 아테네와 스파르타는 어떤 상황이었는지 정리해 보자.

4 《로마인 이야기》가 반기독교 정서, 제국주의를 신봉하는 책, 카이사르 영웅주의로 가득한 책이라는 비판에도 불구하고 스테디셀러로 굳건히 자리를 지키는 이유를 생각해 보자.

# 명상록

마르쿠스 아우렐리우스

겸손한 자세를 유지하고
끊임없이 스스로를 경계하라.

마르쿠스 아우렐리우스는 로마의 오현제(五賢帝) 중 마지막 황제이며, 《명상록》으로 널리 알려졌다. 《명상록》이 토론 도서로 선정되자 독서 모임 회원들은 고등학교 때 국어 교과서에서 본 이양하의 〈페이터의 산문〉이 떠오른다고도 하고, 영화 〈글래디에이터〉가 눈앞에 아른거린다고도 했다. 까마득한 과거 로마 황제의 이름을 후세에 이렇게나 부르고 있으니, 마르쿠스 아우렐리우스는 성공한 인생임이 틀림없다.

학창 시절, 로마의 역사를 잘 모르던 때에는 마르쿠스 아우렐리우스란 막연히 로마의 현명한 황제 중 한 명이고, 《명상록》이라는 글을 썼으니 교황 같은 성인(聖人)일 거라고만 생각했다. 이후 세계사와 관련한 많은 책을 읽으면서 로마의 황제가 생의 대부분을 전쟁터에서 보냈다는 것을 알게 되었다. 전쟁 속의 삶, 언제 죽을지 모르는 위험 속에서 그들은 얼마나 가슴을 태우며 매 순간 마음을 다잡았을까? 《명상록》은 마르쿠스 아우렐리우스가 전쟁터 막사에서 쓴 일기장이자, 스스로를 담금질한 글이었다. 책을 읽기 전엔 흔한 교훈을 주는 딱딱한 잠언록이겠거니 생각했는데, 자신을 채찍질하는 일기장이었고, 자신을 돌아보는 에세이였다.

《명상록》의 시작은 주변의 좋은 사람들로부터 배운 점에 대해 나열한다. 할아버지에게서는 어진 성품과 자제력을 배웠고, 아버지에게서는 겸손함과 대장부의 기질을 배웠다고 한다. 특히 소년을 탐하는 마음은 아버지의 영향으로 극복할 수 있었다고 하는데, 이 부분은 꽤 흥미로웠다. 그동안 소크라테스가 알키비아데스를 사랑한 것은 제자에 대한 스승의 애정이라고 생각했었는데, 찾아보니 그 시대에는 소년애가 하나의 문화였던 것 같다. 마르쿠스는 아버지를 통해 이 소년애를 잠재우는 법을 배우게 된다.

또한 자신의 교사에게서는 모략에 귀 기울이지 않는 법을, 섹스투스에게서는 자애로운 성격을, 알렉산더에게는 흠잡기를 삼갈 것을, 카툴루스에게는 부당한 것일지라도 무관심하지 말 것을 배웠다. 마르쿠스에게는 자신의 주변에 있는 사람들의 장점을 잘 찾아내고 이를 배워 자신의 것으로 만드는 능력이 있었던 것 같다.

특히 관심이 가는 부분은 막시무스에 관련한 내용이었다. 책보다 영화 〈글래디에이터〉를 먼저 보았기 때문에 그 장면들이 머릿속에 떠올랐다. 영화에서는 아버지 마르쿠스가 차기 황제를 막시무스로 정하려 하자 아들인 콤모두스가 막시무스를 검투사로 만들어 막시무스와 콜로세움에서 결투를 벌이는 것으로 설정되어 있다. 그 때문에 마르쿠스가 막시무스를 차기 황제로 삼으려 했다는 게 사실이라 생각했는데,《명상록》을 보고 나니 영화는 등장인물만 같을 뿐 내용은 전혀 달랐다.

《명상록》에는 마르쿠스가 차기 황제로 막시무스를 고민하는 흔적은 찾기 어려우며, 아랫사람인 막시무스를 상당히 존경하고 있음을 알 수 있다. 마르쿠스에 의하면 막시무스는 주어진 일에 불평이 없었고, 상대에게 늘 믿음을 주었으며, 놀라거나 반가운 마음도 겉으로 내색하지 않았고, 서두르거나 당황하거나 낙심하지도 않는다고 하였다. 또한 박애 정신이 몸에 배어 있고, 절대로 정도에서 벗어나는 일이 없으며, 그러면서도 유머 감각까지 가지고 있다고 서술하고 있다. 이렇게 막시무스를 사랑하는 마르쿠스의 마음을 감독이 읽고 〈글래디에이터〉라는 영화를 탄생시키지 않았나 싶다.

《명상록》은 이처럼 그가 자신과 주변을 돌아보며 다시 생각하고, 감사하고, 또 반성하기 위해 쓴 글이다. 전쟁터를 집 마당으로 여기며 살아가는 황제도 결국에는 한 인간인지라, 막사 안에서 죽음의 공포와 맞서 글을 쓰며 스스로를 단련하고 다잡았을 것이다.

"모든 것을 어떻게 생각하는가는 내 마음에 달렸다."

"행복한 생활이란 많은 물건에 의존하는 것이 아니라는 것을 항상 기억하라."

"모든 것을 사리(捨離)하라. 그리고, 물러가 네 자신 가운데 침잠(沈潛)하라."

### 생각 나누기

1 영화 〈글래디에이터〉의 내용을 따르면, 마르쿠스는 자신의 아들인 콤모두스를 두고 막시무스를 다음 후계자로 세운다. 영화의 내용이 역사적 사실과 어떻게 다른지 찾아보자.

2 이 책의 어떤 부분이 가장 마음에 와 닿았는지, 그리고 자신이 사랑하는 사람에게 말해주고 싶은 부분은 어디인지 말해보자.

3 전쟁터를 누비며 살았던 마르쿠스에게 이 책은 어떤 의미였을지 한마디로 말해보자.

# 청춘의 독서

유시민

위대한 작가는 삶을 춤추게 한다.

그동안 많은 책을 읽고 감동을 받았었지만, 이 책은 감동을 넘어 감사한 마음이 든다. 2017년 9월에 유시민의 《청춘의 독서》를 구매했다. 두 번을 정독하니 하얀 표지에 손때가 탔다. 《거꾸로 쓴 세계사》는 그동안의 역사적 사실을 그대로만 기록한 것 같아 살짝 실망도 했지만, 이 책은 젊은 날의 저자 유시민(이하 모두 저자로 통일)의 삶을 보여주며 그가 읽은 책을 쉽게 설명해 주고 있다. 인문학 책과 에세이, 두 마리 토끼를 다 잡은 것 같아 뿌듯하다.

"길을 잃었다."라고 운을 떼는 저자의 머리말에서 싸한 아픔과 안타까움이 밀려왔다. 인생의 길잡이가 되어준 대학 시절의 친구들. 그리고 그의 삶 주변에서 같은 방향을 향해 있었던 사람들. 갈림길에서 그들은 다른 길로 갔고, 저자는 처음부터 자신의 지도에 오류가 있었던 건 아닐까 되짚으며 이 책을 쓰게 되었다고 한다. 그는 삶에 뚜렷한 흔적을 남겼던 책들에 대한 이야기를 쓰면서 좋은 책은 그 자체가 기적이라고 말한다. 그가 선별한 14편의 책 중 이미 서평을 썼던《광장》을 제외한 나머지 작품에 대해 간추리는 방식으로 글을 써나가려 한다.

**《죄와 벌》, 도스토옙스키**

《죄와 벌》은 젊은 시절에 읽어야만 하는 통과의례 같은 작품이었다. 대학 1학년 때 읽었었는데 특별히 재밌지도 않았고, 전당포 노파를 죽이는 주인공의 살해 동기도 이해할 수 없어 답답했었다. 그런데 고3이었던 저자의 뇌리를 때린 책이 바로 도스토옙스키의 《죄와 벌》이었다고 하니, 내게는 상당한 충격이었다.

주인공 라스콜리니코프는 모두가 잘 살기를 바라는 선한 목적을 위해 전당포 노파를 살해하는 악한 수단을 사용하지만, 법의 심판을 받고 소냐의 발에 키스하며 자신의 죄를 인정한다. 러시아의 대문호 도스토옙스키는 불우한 환경에 자랐고, 충동적이었으며, 도박 중독자였고, 차르에 대항하는 반체제 인사로 사형선고를 받고 4년의 유배 생활을 했다. 사형선고와 유배 생활로 점철된 삶을 살아온 도스토옙스키가 젊은 날을 뉘우치며 평범한 다수에 의해 이루어지는 민주주의를《죄와 벌》을 통해 보여주고 있다고 저자는 말한다.

나는 이 작품을 단순히 사이코패스 기질이 있는 주인공이 잘못을 저지르고 죽음에 이르러서야 반성하는 내용이라고만 기억하고 있었다. 그러나 저자는 '선한 목적은 악한 수단을 정당화할 수 없다.'라는 것을 제시한다고 해석한다. 저자는 작품을 통해 사회와 시대를 읽고 있었다. 그동안 글을 보는 능력이 미약했음을 인지하니 부끄러움이 밀려온다. 히틀러와 레닌 같은 비범한 초인이 일으킨 전체주의의 단점을《죄와 벌》을 통해 명쾌하게 제시한 도스토옙스키와 이를 쉽게 풀어 설명해 준 저자에게 감사하다.

**《전환 시대의 논리》, 리영희**

어릴 때 학교에 다니고 싶어 대성통곡을 했다는 저자의 말에 슬며시 웃음이 나왔다. 내게도 그런 시절이 있었기 때문이다. 너무나 학교에 다니고 싶어 언니를 따라가 학교 창밖에서 칠판을 바라보며 몰래 수업을 들었던 기억이 새록새록 떠오른다.

저자는 이 책을 대학 동아리의 첫 번째 필독서로 읽었다고 말하며, 지식인으로서 삶의 방향을 알려준 책이라고 소개한다. 저자는 리영희가 이 책에서 베트남전쟁은 남북전쟁이 아닌 미국의 침략전쟁이었음을 보여주고, 더불어 우리나라도 같은 상황임을 말하고 있다고 해석한다. 미국의 조지 볼 국무차관과 다니엘 엘스버그에 의해 언론에 공개되어 미국 대통령은 벌거벗은 임금님이 되었다고 한다.

베트남전쟁 시에 미국은 매카시즘으로 반공주의가 맹위를 떨치던 시절인데, 언론에 이것을 터트린 두 사람이 대단하다는 생각이 든다. 그러나 그보다 더 무서운 군사정권 시절에 미국 언론을 인용하여 우리의 벌거벗은 대통령을 드러낸 리영희다. 대단함을 넘어 존경스럽다. 저자는 자신을 키워준 '사상의 은사' 앞에 서는 것이 정녕 이토록 두려운 일인가를 말하며 인식과 실천을 결부시켜 살아가려 노력한다고 말한다. 실천은커녕 인식도 못 하는 나는 고개를 들 수 없을 정도로 부끄러움을 느낀다.

### 《공산당 선언》, 마르크스·엥겔스

1978년 유신 정권의 정점에 대학에 들어간 저자는 선배들이 보관만 하라고 준 이 책을 호기심에 보게 되었다고 한다. 당시에 마르크스와 엥겔스의 《공산당 선언》을 읽는 것은 신변에 위협이 가해질 만한 일이었는데, 돌이켜보면 그게 뭐라고 목숨을 걸고 읽었을까 허탈해서 웃음이 난다고 말한다. 지금은 공산주의 공식 혁명가인 〈인터내셔널가〉를 인터넷에 검색하면 누구나 바로 들을 수 있을 정도로 시간이 많이 지났다.

마르크스는 철학자의 임무는 세계를 해석하는 것이 아니라 변혁하는 것이라고 믿고, 사회 변화의 역사법칙을 찾아낸다고 한다. 책의 내용을 간단히 요약하면 프롤레타리아가 폭력으로 국가권력을 장악해 계급을 타파하고 공산주의 혁명이 반드시 일어난다는 것, 그동안 관심 밖에 있던 피지배계급이 역사를 만드는 주역이 된다는 것, 19세기 산업혁명 당시 그의 이론이 '인간 해방의 복음'으로 받아들여졌다는 것, 마르크스의 유물사관은 한마디로 무신론이며, 방법론은 변증법이라는 것 등이다.

저자는 《공산당 선언》의 오류를 정확히 지적한다. 첫째, 프롤레타리아트가 승리함으로써 인간에 의한 인간의 착취가 영원히 종식된다고 했는데 제1차 세계대전 이후 공산주의 국가가 지금은 거의 멸망하고, 자유민주주의로 돌아섰다는 것이다. 혁명가 마르크스는 결과적으로 이론가 마르크스를 망가뜨렸고, 이론가 마르크스는 대중을 속인 셈이다. 둘째, 이 투쟁에서 공산주의 혁명가들이 물리적인 힘의 사용을 정당화했다는 것은 도스토옙스키의《죄와 벌》처럼 선한 목적을 위해 악한 수단을 동반한 일이라는 것이다.

더불어 저자는 마르크스와 엥겔스의 업적도 이야기한다. 그들이 자본주의 사회의 불평등과 인간에 대한 억압과 착취가 없는 세상을 논했다는 점과 인간에 의한 인간의 착취를 종식시킬 수 있는 길을 집요하게 파고들었다는 점에 경의를 표한다고 했다.

### 《인구론》, 맬서스

냉혹하고 기괴한 천재 맬서스의《인구론》은 너무 자극적이고 끔찍해서 초판은 익명으로 나왔다. 맬서스는 "인구는 기하급수적으로 증가하지만, 식량은 산술급수적으로 증가한다."라고 말한다. 이 책은 빈곤을 구제하기 위해 쓴 책이 아니라, 빈곤을 구제하려 노력하는 사람들을 비판하기 위해 쓴 책이다. 맬서스는 빈곤과 질병은 절대 구제할 수 없으므로 인구를 줄이기 위해서는 전염병이 창궐하도록 해야 한다고 말한다. 맬서스는 '자선은 사회악'이라 단정하고, 구빈법이 오히려 빈민을 양산하고 빈곤을 악화시킨다고 보았으며, 하류계급은 성욕을 억제할 만큼의 도덕적 능력이 없기 때문에 결혼을 늦추고 성행위를 삼가야 한다고 보았다.

저자는 그 시대에 인구문제에 대해 연구하고 공론화한 점은 맬서스의 공로라고 인정하지만, 편견과 고정관념을 가진 맬서스를 '금이 간 거울'이라 평가한다. 그러면서 생각은 때로 감옥이 될 수 있다며 맬서스가 이 이론을 펼칠 무렵에 인류는 스스로 출산을 억제하기 시작했다고 반론을 제시한다.

나는 여기서 저자의 의견에 작은 의문이 들었다. 나의 어린 시절에 국가적으로 시행했던 산아제한 정책이 눈에 선하다.《인구론》이 세상에 나온 것은 19세기이므로, 세계적으로 산아제한 정책이 시행된 데는 이 책의 영향도 있었을 것이다. 만약 산아제한을 하지 않는 이슬람권의 나라와 같이 전 세계적으로 인구정책을 펴지 않았다면 인구밀도 문제는 지금보다 더욱 심각해졌을 것으로 생각된다.

**《대위의 딸》, 푸시킨**

저자는 〈삶이 그대를 속일지라도〉라는 시로 유명한 푸시킨의 소설《대위의 딸》을 로맨스를 빙자한 정치소설이라고 소개한다.

러시아 장교인 주인공이 대위의 딸과 사랑에 빠진다. 어느 날 실제로 농민반란 지도자였던 푸가초프가 반란군으로 등장하여 요새를 함락하지만, 주인공의 목숨은 살려준다. 이후 주인공은 반란군을 도왔다는 누명을 쓰고 유배되지만, 대위의 딸이 예카테리나 1세에게 직접 상소하여 진실을 밝힘으로써 풀려나 그녀와 함께 행복한 가정을 꾸린다. 정말 동화 같은 이야기다.

저자는 푸시킨을 두고 얼어붙은 동토의 땅에 솟아오른 꽃이었고, 아무리 두꺼운 먹구름도 빛을 가리지 못한 밤하늘의 별이었다고 말한다. 육신은 러시아의 피를 받았지만 정신은 프랑스대혁명과 나폴레옹의 세례를 받았기 때문에, 푸시킨에게 제정러시아는 거대한 감옥이었다. 그는 검열을 피하기 위해 예카테리나 1세를 멋진 황제로 표현하는 등 겉으로는 황제의 자비로움을 칭송했지만, 사실은 제정 러시아를 통렬하게 비판했다. 또한 저자는 푸시킨을 죽게 한 세 사람은 방탕한 생활을 한 부인 나탈리아, 바람둥이 단테스, 그의 원고를 파기한 차르 니콜라이 1세라고 정리한다.

푸시킨이 아내의 연인인 단테스와 결투 끝에 사망했다는 이야기는 처음 알았다. 안타깝고도 허무한 결말이다. 다음 독서 모임에서는 언젠가 읽으려 미뤄두었던 《대위의 딸》을 선정해 보는 것도 좋을 듯하다는 생각이 든다.

**《맹자》, 맹자**

맹자의 성선설은 익히 알고 있었지만, 맹자가 이토록 멋진 사람이었다는 것은 이 책을 통해 알게 되었다. 14권 7책으로 이루어진 《맹자》는 그의 제자들에 의해 만들어졌다. 잘 알려진 사단(四端), 즉 측은지심(惻隱之心), 수오지심(羞惡之心), 사양지심(辭讓之心), 시비지심(是非之心)에서 맹자가 가장 중요시한 것은 '측은지심'이다.

은나라를 세운 탕왕이 하나라의 걸왕을 내쫓고, 주나라의 무왕이 은나라의 주왕을 정벌한 일을 어찌 생각하냐는 제 선왕의 말에 맹자는 주저하지 않고 "인(仁)을 해치는 자를 '해롭다'라 말하고, 의(義)를 해치는 자를 '잔인하다'라 말하니, 잔인하고 해로운 사람은 일개 보통 사람에 불과하다. 일부(一夫)인 주(紂)를 죽였다는 말은 들었으나 임금을 시해했다는 말은 못 들었다."라고 말했다고 한다. 즉 인의를 해치는 임금은 권위와 정당성을 잃은 보통 사람에 불과하며, 백성은 이에 저항하여 왕조를 교체해도 된다는 역성혁명(易

姓革命)을 왕 앞에서 당당히 이야기한 것이다. 저자와 마찬가지로 그 대담함에 나도 너무 놀랐다.

저자는 덕망이 있는 사람이 어두운 사람을 다스려야 한다는 맹자의 왕도 정치가 오랫동안 빛을 발하지 못한 것은 부국강병에만 몰두한 전제군주들이 이를 받아들이지 않았기 때문이라고 말한다. 또한 맹자를 혼돈에 빠진 코스모스(질서와 조화를 지니고 있는 세계)를 구원하려 몸부림쳤으며, 내면의 힘으로 스스로 빛을 내는 아름다운 사람이라고 평가한다.

**《사기》, 사마천**

《사기》의 내용은 한나라에 집중되는데, 총 130권으로 〈본기〉, 〈표〉, 〈서〉, 〈세가〉, 〈열전〉으로 이루어졌으며, 그동안의 편년체(시간)와 달리 기전체(입체, 인물)로 기록되었다고 한다. 저자는 《사기》를 인간의 비극적인 삶과 죽음에 대한 기록이고 또한 사자성어의 보고라며 무한한 애정을 드러낸다.

저자는 역사란 도전과 응전의 연속인데, 비극의 주인공들은 역할의 전도 현상에 적응하지 못했다고 말한다. '토사구팽(兔死狗烹)'이라는 사자성어를 남긴 비극의 대표적 인물 한신은 전쟁의 천재였으나 정치에는 둔재였고, 유방을 위해 끝까지 신의를 다했으나 음모의 칼날에 쓰러졌다. 응전의 대표 숙손통은 한나라의 평화의 시대에 맞는 문신 중심의 법제를 정비하여 유방을 흡족하게 했다.

이렇게 세운 한나라였지만, 유방 또한 비극의 주인공이었다. 유방은 두 번째 부인인 척부인을 매우 사랑하여, 죽기 전 척부인의 아들인 유영에게 왕위를 잇게 한다. 그러나 첫 번째 아내인 여태후가 유영을 독살한다. 이후 여태후는 척부인의 손발을 자른 후 눈을 뽑고, 돼지우리에서 살게 하며 '사람 돼지'라 부르게 했다.

사마천은 주나라를 예찬한 공자와 달리 객관적인 역사를 쓰기 위해 《사기》를 집필하기 시작했는데, 이후 '이릉(吏陵)의 화'를 당하게 된다. 이릉은 흉노에게 항전하다 부하를 살리기 위해 항복하고 돌아왔는데, 사마천은 이를 변호하다가 사형을 언도받게 된다. 그는 필생의 사업인 《사기》 저술에 힘을 쏟고 있던 상황에서 사형을 피하기 위해 궁형(宮刑)을 자청했다.

《사기》가 전체적으로 비극적 인물에 대한 기록이 된 것은 사마천의 인생 역경과 관계가 있다. 그는 〈열전〉의 마지막 편인 '태사공자서'에서 비극의 주인공들을 나열하며 울분을 터뜨렸다고 한다. 정사로 기록된 딱딱하기만 한 역사책인 줄 알았는데, 의외로 그의 고된 삶과 인간적인 면들을 엿볼 수 있는 책이었다.

**《이반 데니소비치의 하루》, 솔제니친**

"슬픔도 노여움도 없이 살아가는 자는 조국을 사랑하고 있지 않다." 저자는 1984년 '서울대 프락치 사건'에 연루되어 징역형을 받았다. 당시 학생으로 위장한 요원들이 서울대에 잠입해 학생들을 감시했는데, 이 프락치들을 폭행했다는 혐의를 받은 것이다. 이때 저자는 항소이유서의 마지막 부분에 네크라소프의 이 시구를 인용했다. 많은 지식인들의 가슴을 울린 명문장이다.

저자는 《이반 데니소비치의 하루》를 푸시킨의 발랄함과 낙관, 톨스토이의 농염한 휴머니즘 위에 서 있는 "극도로 절제된 슬픔과 노여움의 미학"이라고 찬사를 보낸다.

소련의 수용소는 스탈린 시대에 절정을 이루는데, 솔제니친이 묘사한 것은 수용소가 아니라 소비에트연방, 즉 옛 소련 자체라고 한다. 《이반 데니소비치의 하루》에는 수용소의 풍경과 죄수들의 일상이 묘사되어 있는데, 존엄을 빼앗긴 사람의 지극히 평범한 하루다. 주인공 슈호프는 수용소에서 벽돌을 올리기 위해 최선을 다하고, 일이 끝나면 밥을 먹기 위해 끈질긴 투쟁을 한다. 그는《안나 카레니나》의 레빈, 《죄와 벌》의 소냐와 두냐, 《대위의 딸》의 마리아와 같이 그저 선량한 러시아인의 전형이다. 저자는 국 두 그릇을 순식간에 해치우는 슈호프의 모습은 결코 비천하지 않고 오히려 장엄하고 성스러운 광경인데, 그 모습이 바로 솔제니친의 모습 같다고 표현한다. 직접 경험해 보지 않고는 절대 그런 글을 쓸 수 없다는 것이다. 저자는 자신도 수용소에서 비천한 짐승이었다고 회고한다. 밥을 많이 받았을 때는 행복을 주체할 수 없어 안면 근육에 힘을 주어 표정 관리를 했다는 저자의 말에서 그의 표정이 보이는 듯하다.

이 책은 스탈린 격하 운동이라는 시대적 상황 덕분에 세상에 나올 수 있었다. 솔제니친은 1970년 노벨문학상 수상자로 지명되었으나 참석도 하지 못하고 소비에트 해체 후인 1994년에야 조국 러시아로 귀환했다고 한다. 문학의 힘과 작가의 영향력에 대해 다시금 깊이 고찰해 볼 수 있는 시간이었다.

**《종의 기원》, 찰스 다윈**

《종의 기원》은 결코 쉽다고 말할 수 없는 책이지만, 꾸준히 독자들의 관심을 받고 있다. 다윈은 모든 생물이 공통의 조상에서 유래했다는 종의 기원에 대해 말한다. 저자는 빈민 구제를 비난한 맬서스와 적자생존으로 사회적 강자 편에 선 스펜서와 같이 다윈을 그다지 좋아하지 않았었다고 한다. 그러나 다윈의 사상을 제대로 안 뒤로는 생각이 바뀐 듯하다. 그는《종의 기원》을 읽기 전에 도킨스의《이기적 유전자》를 먼저 읽어야 한다고 조언한다.

《종의 기원》은 모든 생물이 공통의 조상에서 유래했으며 모든 개체는 변이를 가지고 태어나는데, 생활환경에 적합한 변이를 가진 개체가 이기게 된다는 이론을 담고 있다. 진보주의자들은 다윈의 적자생존(자연선택)을 좋아하지 않는다. 바람직한 변이를 가진 개체를 선택하기 위해 잘난 남자와 잘난 여자를 결혼시키고, 순수 혈통을 보존하기 위한 '우생학'이 정당화될 수 있기 때문이다.

진화론을 말하며 다윈은 인간의 이타적인 정신에도 관심을 기울인다. 인간의 진화 과정에서 자신의 희생이나 배려가 많은 집단일수록 더 강해진다는 것이다.

저자는 다윈만큼만 인간에 대해 연민을 느끼고, 이타주의에 공감한다면 세상은 꽤 살만한 곳이 되지 않겠느냐고 말한다. 육체적인 면에서는 적자생존을 주장하면서 정신적인 면에서는 인간이 이타심을 가지고 있음을 강조하고 있는 다윈의 마음에서 따뜻함이 느껴진다.

**《유한계급론》, 소스타인 베블런**

딱딱하고 재미없는 경제학 책을 저자가 매우 흥미롭게 표현하여 즐겁게 읽을 수 있었다. 저자는 괴짜 경제학자이며 미국의 마르크스라는 악명이 있는 베블런을 높은 수준의 지성을 가진 에일리언으로 묘사했다. 또《유한계급론》은 호모사피엔스의 행동을 관찰한 기록이자 연구 보고서라며, 파브르의《곤충기》에 비유된다고도 말한다.

사람들이 돈을 버는 목적은 다른 사람을 이기려는 부 그 자체다. 생산적 노동을 면제받은 유한계급은 과시적 소비와 여가를 즐기고 정치, 전쟁, 종교, 스포츠와 관련된 일을 하며, 명성과 지위를 얻으려 재산을 축적한다. 록펠러, 모건, 밴더빌트, 카네기 등 세계적인 재력가가 천문학적인 돈을 기부하는 것은 존경을 타인의 눈앞에서 증명하려는 행위이며, 자기의 부를 만인 앞에서 입증하는 수단이라고 한다. 유한계급의 입장에서는 가격이 가치를 결정하고 최소의 비용으로 최대 효용을 얻는 게 아니라 최대 지출을 통해 부를 과시하며 비쌀수록 수요도 많아진다는 것이다.

저자는 베블런이 마르크스처럼 현실을 바꾸려 노력하지도 않고, 있는 그대로를 관찰만 했다고 말하며 베블런은 다윈의 충실한 제자이고 생물학자와 비슷한 방법으로 인간과 사회를 관찰했다고 한다. 저자는 외롭게 살다 간 베블런의 삶을 안쓰럽게 바라보면서, 고향별에서는 외롭게 살지 말라며 호모사피엔스는 생각보다 괜찮은 종이라고 아주 유쾌하게 글을 맺는다.

### 《진보와 빈곤》, 헨리 조지

저자는 자신의 저서 《부자의 경제학 빈민의 경제학》에서 '모든 지대는 도둑질이다'라는 제목을 달아 《진보와 빈곤》을 소개했다고 한다. 그 내용은 창조주가 준 땅에 값을 매겨 거래하고 그 땅에 정해진 주인을 둔다는 것부터 잘못되었다는 것이다. 저자는 헨리 조지를 두고 자유무역을 주장하고 《국부론》을 저술한 애덤 스미스의 아들이며, 뉴욕에 재림한 리카도라고 의미를 부여한다.

애덤 스미스는 인간의 본성인 이기심이 사회를 부유하게 만드는 힘이며 보이지 않는 손이 사회에 유익한 활동을 한다는 낙관적인 전망을 했고, 리카도는 농업생산력의 열매를 토지 소유자가 독점한다는 차액 지대론으로 비관적 전망을 했다. 다만 리카도는 땅의 비옥도에 따라 땅값이 다르다고 했고, 헨리 조지는 땅의 위치에 따라 땅값이 다르다고 보았다.

또 베블런과 달리 헨리 조지는 세상을 변화시키려 노력했고, 눈부시게 사회가 진보해도 빈곤이 사라지지 않는 이유는 토지 독점과 토지 투기에 있다고 말했다. 그는 하나님이 준 토지를 사적으로 소유하는 것은 사회적 범죄로 보고, 사유재산제도를 인정하지만 토지에 대한 사적 소유는 인정하지 않는다.

나는 리카도의 차액 지대론보다 헨리의 위치에 따른 땅값이 달라진다는 주장에 크게 공감한다. 저자는 헨리 조지의 이론을 다음과 같이 평가하며 글을 맺는다. "좌절하면서도 진리에 한 걸음 더 가깝게 다가서려는 그들의 몸부림이 아름다워서일지 몰라."

### 《카타리나 블룸의 잃어버린 명예》, 하인리히 뵐

'폭력은 어떻게 발생하고 어떤 결과를 가져올 수 있는가'라는 부제를 가진 이 책은 1972년에 노벨문학상을 수상한 하인리히 뵐의 소설이다. 황색 언론에 의해 처참하게 유린당한 한 개인의 명예에 관한 보고서라고 할 수 있다. 소설에서는 '차이퉁'이라는 신문사 이름으로 글을 쓰지만, 당시 독일 최대 일간지인 '빌트'를 노골적으로 공격하고 있다는 것은 주지의 사실이다. 뵐은 1974년 소련에서 추방당한 솔제니친을 자신의 집으로 피신시켰고, 1978년에는 박정희 대통령에게 김지하 시인의 석방을 청원하기도 했다.

1974년 27살의 평범한 가정관리사인 카타리나 블룸은 괴텐이라는 남자를 만나 함께 밤을 보낸다. 그녀는 괴텐이 은행 강도에 살인 혐의로 언론과 경찰에 쫓기고 있는 사람이라는 것을 미처 몰랐다. 그런데 카타리나가 범죄자를 고의로 숨겨주었다는 기사가 일간지에 대문짝만하게 실리고, 급기야 그녀와 관계도 없는 악의적인 헛소문이 지속적으로 신문에 발표된다. 이에 충격을 받은 카타리나의 어머니가 사망하자, 신문사는 또 딸의 악행에 모친이 사망했다며 대서특필한다. 결국 카타리나는 일간지 기자를 총으로 쏘아 죽이고 자수한다.

언론의 자유라는 방패 뒤에서 허위와 왜곡으로 점철된 기사들을 쏟아내며 인권을 유린하는 언론의 포학함에 저자는 "헤드라인을 진실로 믿어도 되는 그런 좋은 신문을 집에서 구독해 보는 것이 간절한 소망이다."라고 말한다. 한 나라를 좌지우지하고 있는 언론사들은 언론의 진정한 역할에 대해 진지하게 숙고해야만 할 것이다.

**《역사란 무엇인가》, E. H. 카**

저자의 삶을 뒤흔들고 암울한 삶을 예고했으며, 대학 동아리에서 두 번째로 읽게 되었다는 책이다. 꼭 읽고 싶었지만 그동안 감히 손을 대지 못했었는데, 저자의 소개를 통해 접하게 된다.

저자는 고등학교 시절에 《젊은이를 위한 세계사》를 읽고 역사는 진보하지 않는 사실의 기록이라는 랑케의 이론을 맹신했지만, 《역사란 무엇인가》를 읽고 난 뒤 역사가 사실의 기록은 맞으나 그 사실이 역사가에 의해 선택된 것만 기록된다는 것을 알게 되었다고 한다. 또한 역사책을 고를 때 언제 집필되고 출판되었는지를 꼭 보아야 하며, 현재의 사람들이 결의하고 믿고 도전하면 역사는 진보한다는 게 카의 이론이라고 말한다. 하여 저자는 지식인으로서 올바른 역사를 위해 유신 체제라는 제도에 이성의 이름으로 도전을 감행할 수밖에 없었다고 한다.

역사는 '과거와 현재의 끊임없는 대화'이며 또한 '진보'한다. 오늘보다 더 투명하고 바른 삶을 살고자 하는 사람들의 결의가 많아질수록 오늘의 역사는 더 진보한다는 의미다. 올바른 역사를 만들기 위해 내 오늘의 삶은 어땠는지, 행여 역사에 누를 끼치는 삶을 살고 있지는 않은지 반성해 본다.

저자는 청춘의 시대에 다양한 책을 읽으며 사회와 나라를 위해 지식인으로서 통렬하게 아파했다. 나의 젊음은 어떠하였는가. 돌이켜보면 부끄러울 따름이다. 이제야 책을 제대로 읽는 방법에 눈을 뜬 것 같다. 위대한 작가들을 만나 그들과 생각을 함께하며, 나 역시도 조금은 성장했음을 느낀다. 오늘의 깨달음을 잊지 않으리라 재차 다짐해 본다.

**생각 나누기**

1 저자가 소개한 책들의 핵심 내용을 간략히 정리해 보자.

2 자신이 읽은 책 중 가장 마음에 와닿았던 책은 무엇이었는지 말해보자.

3 내가 읽은 책을 다른 사람에게 소개한다면 어떤 이유와 의미를 담아 소개할 것인지 이야기해 보자.

# 역사의 역사

유시민

역사는 언어의 그물로 길어 올린 과거
역사가들의 생각과 삶의 궤적을 찾아

저자 유시민(이하 모두 저자로 통일)은 이 책을 역사가들을 만나 인터뷰하고 자신의 생각을 덧붙인 '역사 르포르타주'로 봐달라고 했다. 그러면서 훌륭한 역사는 사실을 기록하고 예술로 완성되기 때문에 문학일 수밖에 없고, 역사의 매력은 기록 전승만이 아니라 시공을 넘어 생각과 감정을 나누는 데 있다고 말했다. 즉 이 책은 역사를 기록한 역사가의 생각을 알아보고 그들의 삶의 궤적을 찾아가는 길이라고 볼 수 있겠다.

**헤로도토스(기원전 480~420년 추정)와 투키디데스(기원전 460~400년 추정)**

저자는 이 책을 '거리의 이야기꾼' 헤로도토스부터 시작한다. 페리클레스, 소크라테스 등과 동시대에 산 헤로도토스를 역사의 아버지로 만든 사람은 로마 카이사르와 학문을 나누던 키케로다. 헤로도토스는 소아시아 출신으로 페르시아, 그리스 등을 직접 다니면서 페르시아 전쟁에 대한 이야기를 기록하여《역사》라는 책을 남겼다.

헤로도토스보다 20년 정도 늦게 태어난 투키디데스는 그리스 내전인《펠로폰네소스 전쟁사》를 남겼다. 투키디데스는 직접 전투에 참전했으며, 이때 소크라테스도 함께 참전했다 한다. 전염병이 심해 절반에 가까운 그리스인이 죽었으며, 페리클레스도 이때 죽는다.

투키디데스에 의하면 인간의 본성으로 볼 때 역사는 반드시 재현될 수밖에 없다고 한다. 투키디데스는 자신의 글은 '대중의 취미에 영합하는 일회용 들을 거리'가 아니라며 헤로도토스를 비판했는데, 랑케와 토인비는 투키디데스의 서술에 공감했다. 반면 재레드 다이아몬드와 유발 하라리는 헤로도토스의 길을 따랐다고 저자는 말한다.

저자는 헤로도토스가 사건의 서사성에 중점을 두었다면 투키디데스는 사실의 기록에 초점을 두었다면서, 역사란 사실의 기록도 중요하지만 예술로써 비로소 완성된다고 주장한다. 따라서 그는 투키디데스보다는 헤로도토스에게 많은 애정을 갖고 있는 것으로 보인다.

**사마천(기원전 145~86년 추정)**

저자는 사마천에 대해 특별한 애정을 보인다.《청춘의 독서》에서도 사마천의 마음을 읽어내더니, 이 책에서는 시대의 상황과 역사가로서의 사마천의 마음속을 깊이 있게 들여다보고 있다. 사마천은

《사기》에서 중국의 역사 전체를 입체적으로 재구성했는데, 15년이 넘게 집필하면서 궁형에 처해지는 치욕을 견딘 것은 역사적 사실을 기록하고자 함과 한 무제에 대한 복수 때문이었다. 후대 역사가들은 〈본기〉와 〈열전〉이 《사기》의 중심이라고 평한다. 〈열전〉의 마지막에 있는 '태사공자서'는 사마천의 아버지 사마담이 제자백가를 논평한 보기 드문 기록으로, 역사가이자 사상가로서 사마천 부자의 학문적 역량을 알 수 있는 부분이다. 사마천은 역사는 사건과 인물, 제도와 문화를 모두 살펴야 한다고 보았는데, 이러한 서술 체계를 기전체(紀傳體)라고 한다.

저자는 세계 최고의 역사서로 《사기》를 꼽으며, 서양사에 《사기》가 등장하지 않는 것은 사마천의 존재를 몰랐기 때문이라고 단언한다. 사마천은 끊임없이 변화하는 사회구조와 양상을 분석했으며, 인간의 본성과 존재의 의미에 대해 가치 있는 메시지를 던져주었다고 한다.

### 이븐 할둔(1332~1406년)

아싸비아! 힘을 모을 때, 파이팅을 외칠 때 쓰던 아싸비아가 이븐 할둔의 이론이라고 한다. 서양 이론이 주류를 이루던 14세기에 이븐 할둔은 모로코의 아프리카 땅 위에서 최초로 인류사를 썼다. 이븐 할둔은 중세 이슬람 세계를 대표하는 역사가다. 그의 업적은 《역사서설》에서 세계를 일곱 기후대로 나누고 환경과 문명의 관계를 살펴 역사를 서술하면서, 그 시대의 이슬람 문명과 아랍 사회의 현상 및 특징도 기록한 것이다. 할둔이 말한 역사의 보편 법칙은 아싸비아(집단 내부에 형성되는 유대감, 집단의식)로 뭉쳐진 부족이 나라를 건설하지만, 사치와 안정을 추구하는 속성 때문에 120년 정도 권력을 잡다가 다시 아싸비아로 뭉쳐진 부족에게 나라를 빼앗긴다는 이론이다.

《역사서설》은 이슬람 용어로 '무깟디마'라고 하며, 이슬람 문명의 발생사를 연구하는 학자에게 길잡이가 되었다 한다. 할둔은 마흔에 공직을 떠나 보다 객관적인 자료를 참고로 역사서를 집필했다. 14세기에 쓰인《역사서설》은 19세기에 세계의 인정을 받기 시작하여 토인비의 이론에 많은 영향을 주었다. 다만 할둔이 독실한 신자였는지, 혹은 이슬람 세계의 압박 때문인지는 몰라도 책 속에 자주 알라신께 감사를 드린다는 내용이 반복되는 것을 저자는 아쉬운 점으로 꼽는다.

**랑케(1795~1886년)**

저자는 고등학교 때 랑케의 책을 읽고 '역사는 사실의 기록'이라는 랑케의 이론을 굳게 믿었지만, 대학에서 선배들과 열띤 토론을 하며 랑케의 이론에 의문을 가지기 시작했다고 한다.

랑케는 왕의 별장에서 로마제국의 흥망부터 나폴레옹 전쟁까지 2000년의 서구 역사에 대해 매일 강의했다. 랑케는 타고난 역사가였으며, 아무리 극적인 사건이라도 지극히 무미건조하게 서술하는 능력이 있었다. 랑케는 청소년 시기에 이미 고대와 중세 유럽의 문헌을 독해할 능력을 갖추었으며, 투키디데스를 위대한 정신의 소유자로 존경하였다.

저자는 옥스퍼드대학교 도서관에 있는 랑케 전집이 총 54권이나 된다고 하면서, 그는 문서고 깨기의 달인이며 영락없이 역사가로 살 운명을 지니고 지구 행성에 온 사람이라고 말한다.

그러나 저자는 랑케의 중대한 오류로 군주정의 권력과 신이 맞닿아 있다고 했음을 지적한다. 그는 국민주권을 강조하는 공화제는 파괴적이라 기독교를 지키는 군주제만이 존속된다고 했으나, 랑케의 강연 이후 70년이 채 지나지 않아 군주제는 거의 사라졌다. 또 랑케는 역사와 물질은 발전해도 도덕은 발전하지 않는다고 했지만, 정신과 도덕이 발전하지 않는다는 증거도 없다.

랑케는 역사학자였지만 신학에 눈이 가려졌다. 또한 모름지기 역사가는 시신의 사망 원인과 건강 상태까지 알아차리는 법의학자와 같은 자세를 가져야 하는데, 랑케는 역사적 사실에서 인간의 이야기를 끌어내지는 못했다고 저자는 안타까워한다.

**박은식(1859~1925년)**

박은식은 조선인의 각성을 촉진하고 항일 투쟁 의지를 북돋우기 위해, 그리고 민족 해방 투쟁의 정당성을 입증하기 위해 열정을 불태웠다고 한다. 박은식은 서당 교육의 영향으로 한문체로 글을 썼다. 그의 저서 《한국통사(韓國痛史)》는 제목 그대로 우리 민족이 당한 아픈 역사를 기록하고 있는데, 갈피마다 피가 뚝뚝 떨어지는 듯하다고 저자는 말한다.

박은식은 과거사가 아닌 당대사를 썼는데, 그 이유는 '정신이 멸하지 아니하면 형체는 반드시 부활한다.'라는 믿음으로 현재를 사는 국민의 각성을 원했기 때문이라고 한다.

총 3편으로 구성된 이 책에서 박은식은 한일병합조약 체결 과정을 상세히 기록하였다. 또한 이 불법 조약에 항의하기 위해 목숨을 끊은 지사들의 이름과 협력한 자들의 이름도 최대한 정확하게 기록하였다.

저자는 박은식은 개명(開明) 유학자였으나 3·1 운동과 임시정부 활동을 겪고 나서 민주주의자로 바뀌었을 거라고 설명했다. 《한국통사》 '동학란'에서 그는 "우리 백성은 아랫사람이 윗사람에게 복종하고 천한 사람이 귀한 사람에게 굴복하는 것을 하늘의 도리로 알고 있었다."라고 표현했다. 그랬던 박은식이 1920년에 기록한 《한국독립운동지혈사》에서는 동학을 평민의 혁명이라 지칭하며, 새로운 독립국가 수립으로 이어지지 못했음을 안타까워했다.

동학혁명에 대한 시각 변화는 박은식이 1911년에 발표한 몽유록 소설 《몽배금태조》에서도 찾아볼 수 있다. 주인공 무치생은 사대주의를 벗어던지지 못한 조선의 지식인을 상징하고, 금태조는 박은식 자신의 생각을 대변하는 인물이다. 이 소설에서 금태조는 제 나라의 역사를 중시하지 않고 노예근성이 있는 조선의 지식인을 꾸짖는다.

학창 시절, 시험을 보기 위해 《한국통사》와 《한국독립운동지혈사》를 달달 외웠던 기억이 난다. 그때는 박은식이 가슴 저리게 우리 민족의 아픔을 안타까워했다는 것을 미처 몰랐다. 이제야 그를 알고 이해하게 된 것에 부끄러움을 느끼며, 그의 노고에 감사를 전한다.

### 신채호(1880~1936년)

당대의 역사적 사실을 기록한 박은식과 달리, 신채호는 집요하게 고대사를 파고들었다. 그는 조선의 정신을 자기 손으로 지워버린 조선 역사가들을 격렬하게 비판한다.

《조선상고사》에서 신채호는 일연, 김부식이 조선의 역사를 눈, 귀, 코, 머리를 혹이라 하여 베어버리고 진짜 혹을 가져다 붙였다며 "도깨비도 떠옮기지 못한다는 땅을 떠옮기는 재주를 부린 조선 역사가"라고 신랄하게 비판했다. 반면 수양제와 당태종의 침략을 물리친 을지문덕과 연개소문에는 지면을 아낌없이 내주며 후세가 진취적 민족의식과 자부심을 가질 수 있도록 했다. 그는 역사를 "아(我)와 비아(非我)의 투쟁의 기록"이라 말하고 투쟁을 역사 발전의 동력으로 보았는데, 이는 마르크스 유물사관의 영향으로 보인다.

《조선상고사》는 완성되지 못한 역사서다. 신채호가 무장 독립 투쟁을 벌이다 옥중에서 순국했기 때문에 단군왕검부터 삼국 통일 이전의 민족사만 서술되어 있다. 그는 조국의 광복 없이는 누구도 행복한 삶을 누릴 수 없다는 생각에 《조선상고사》를 썼다고 한다. 민족의 정체성을 인식하려면 '아(我)'에 대한 인식이 필요하며, 이를 위해 우리 민족의 고대사를 자주적 민족의식에 입각해 다시 써야 한다고 생각했다. 그래서 신채호는 을지문덕, 최영, 이순신, 묘청 등을 자주적 정치가로 평가했고, 김부식을 사대주의 역사관의 원흉으로 지목했다고 한다.

이를 두고 저자는 절대적으로 옳은 역사, 과거를 있는 그대로 보여주는 역사란 존재할 수 없다는 사실을 다시 확인할 수 있다고 말한다. 신채호에게 확고하게 자리 잡은 것은 민족의 각성과 해방에 대한 소망이었다. 저자는 《조선상고사》는 우리 민족의 역사를 압록강 남쪽에 가두어 버린 사대주의의 절정인 김부식을 비판한 책이며, 고려와 조선의 역사가들에게 던지는 전면적이고 치열한 투쟁의 글이라고 말한다. 또한 《조선상고사》는 신채호의 민족주의 역사철학과 실증적 사료 연구, 더하여 문학적 재능을 모두 보여주기 때문에 훌륭한 역사서라고 강조한다. 《삼국사기》, 《삼국유사》를 진리인 양 공부하고 외웠던 지난날들이 부질없게 느껴지는 순간이다.

**백남운(1894~1979년)**

백남운은 연희전문학교 교수를 역임하였고 1949년 창경궁 장서각 《조선왕조실록》 절도 미수 사건의 배후로 지목되었으며, 월북하여 천수를 누리고 평양에 묻혔다. 그는 스탈린이 정리한 역사 발전 5단계를 따라 조선 역사 4단계 발전론을 주장했는데, 남한에서는 민주화 이전까지 그의 책이 금서로 지정되어 있었다. 그는 《조선사회경제사》에서 조선의 역사도 '원시 공산 사회-노예제 사회-봉건 사회-자본주의 사회'의 도식을 따른다고 했다. 백남운은 이 도식을 통해 일본이 '조선 특수 사회론', 즉 조선은 자기 힘으로 자본주의로 이행할 수 없다는 이유로 외부에서 도움을 주어야 한다고 주장했기 때문에 우리의 역사도 보편적 역사법칙을 따랐음을 논증하고자 한 것이다.

저자는 백남운이 유물사관에 입각해 민족사를 서술함으로써 우리 민족이 식민 지배에서 벗어날 자격이 있다는 희망을 퍼뜨리고 싶었을 거라고 강조한다. 그가 어떤 마음이었는지 나도 알 것만 같아, 괜스레 마음이 뭉클해진다.

**슈펭글러(1880~1936년), 토인비(1889~1975년), 헌팅턴(1927~2008년)**

1918년 《서구의 몰락》이라는 책을 출간했으며, 역사를 문명 단위로 본 슈펭글러. 서구 중심의 역사관을 조롱하면서 서구는 세계의 일부일 뿐이라며 코페르니쿠스를 자처했다. 슈펭글러는 여러 문화(인도, 그리스, 로마, 아라비아, 중국, 서구 등)의 생애 주기를 사계절로 나누고 각 단계의 징후, 왕조, 건축양식, 예술양식을 기록했지만, 그 이유는 밝히지 않았다.

저자는 《서구의 몰락》을 두고 어마어마한 독서 이력을 가진 천재가 최고 수준의 횡설수설로 쓰다가 만 초고처럼 보인다고 평가했다. 근거가 희박한 글이지만, 역사를 문명 단위로 생각하고 서구의 몰락을 언급한 역사가라서 세계의 이목을 받은 것으로 추측된다.

문명 단위의 역사를 성공적으로 연구한 사람은 토인비다. 그는 20개가 넘는 문명에 대한 정보를 수집, 분석하여 총 12권의 방대한 책을 40년에 걸쳐 완성했다. 토인비는 인종설과 환경설은 모두 배척하고 '도전과 응전의 패러다임'을 창안하였다. 응전에 성공한 사회적 진보는 '소수의 창조적 천재'에 의해 이루어지며, 비창조적 다수자가 따르면 '미메시스', 비난하면 '네메시스'라 한다. 그러나 창조적 소수자는 우상화 때문에 지배적 소수자로 전락하여 문명은 쇠퇴하게 된다. 그러면서 그는 로마제국, 오스만제국, 대영제국은 지배적 소수자의 유산이고, 기독교와 이슬람은 내적 프롤레타리아(노예, 천민, 농노)가 만들었으며 제국을 무너뜨린 건 외적 프롤레타리아(외부, 야만인)라고 말한다.

저자는 토인비가 '인간의 본성에 따라 언젠가는 비슷한 형태로 반복될 미래사'라고 말한 투키디데스의 이론을 따랐기 때문에 '환생한 투키디데스'라 불린다고 설명했다. 그러나 저자는 서구 문명이 노예제도를 스스로 폐지했기 때문에 그와 쌍벽을 이루는 암적 존재인 전쟁도 제거할 수 있으리라 보는 토인비의 의견에는 의문을 제기한다.

헌팅턴의 《문명의 충돌》은 후쿠야마의 《역사의 종말》을 정면으로 비판한 책이다. 그는 슈펭글러, 토인비와 같이 역사를 문명 중심으로 보았다. 문명 충돌은 지진과 같이 문명이 맞물리는 단층선에서 일어나며, 종교를 중심으로 일어난다고 한다. 저자는 이 충돌을 없애기 위해 상호 존중과 공존을 추구한 헌팅턴은 역사를 긍정적으로 본 인물이라고 평가했다.

저자는 역사가들이 각자 다른 시대에서 다른 경험을 바탕으로 다른 이야기를 쓰는데 우리가 이를 읽으며 즐거움과 깨달음을 얻는 것은 그들과 공명하기 때문이라고 말한다. 헤로도토스에게 역사는 돈이 되는 사업이었고, 사마천에게는 인간 존재의 증명이었으며, 할둔에게는 학문 연구였다. 또한 마르크스에게는 혁명의 무기를 제작하는 활동이었고, 박은식과 신채호에게는 민족의 광복을 위한 투쟁이었다. 역사가들이 쓴 역사를 보며 우리는 과거를 알고, 이를 기록한 그들을 알고, 나아가 인간에 대해 고찰하게 된다. 저자가 한 말도 아마 이러한 뜻이었으리라 짐작해 본다.

시간이 없다는 이유로, 너무 어려워 망설여진다는 이유로 미처 다가가지 못했던 책들을 저자의 설명으로 모두 섭렵한 느낌이다. 무엇보다 이 책을 읽으며 가장 감명 깊었던 말은 "역사는 사실의 전달에서 그치지 않는 인간의 이야기"여야 한다는 것과 "역사는 언어의 그물로 길어 올린 과거"라는 저자의 말이다. 나는 이 말을 오랫동안 잊지 못할 것 같다.

### 생각 나누기

1 저자는 《역사의 역사》를 두고 '역사 르포르타주'로 봐달라고 말한다. 저자가 생각하는 역사와 독자 자신이 생각하는 역사에 차이점이 있는지 생각해 보자.

2 저자는 투키디데스보다 헤로도토스에게 더 애정을 가진 것으로 보인다. 헤로도토스의 어떤 면 때문인지 생각해 보자.

3 저자가 사마천의 《사기》를 최고의 역사서로 꼽는 이유를 생각해 보자.

4 이븐 할둔의 이론을 간략히 정리하고, 역사가로서의 의의를 말해보자.

5 박은식, 신채호, 백남운의 역사관을 한마디로 정리해 보고, 그들의 기록을 읽고 우리는 어떤 생각을 해야 할지 이야기해 보자.

# 4.

# 자연과학의 세계를 기웃거리다

# 100년의 난제: 푸앵카레 추측은 어떻게 풀렸을까

가스가 마사히토

우주의 모양이 둥글다는 전제하에
문제를 풀어내다.

언젠가 EBS 다큐멘터리에서 수학의 세계를 다루었던 적이 있다. 수학이 발전할 수밖에 없었던 이집트의 나일강 범람, 피라미드의 수학적 원리 등에 대해 영상으로 보여준 프로그램이었는데, 무척 흥미롭게 봤던 기억이 난다. 이 프로그램을 통해 알게 된 '푸앵카레 추측'은 세계 7대 수학 난제 중 유일하게 풀린 문제인데, 이 '푸앵카레 추측'을 엮은 책이 《100년의 난제: 푸앵카레 추측은 어떻게 풀렸을까》이다. 이 책은 수리와 과학에 문외한이었던 나를 그동안 알지 못했던 세계로 한 발 내딛게 해주었다.

《100년의 난제: 푸앵카레 추측은 어떻게 풀렸을까》는 저자 가스가 마사히토가 푸앵카레와 페렐만에 관련된 사람들을 찾아다니며 알게 된 내용을 중심으로 저술한 책이다. 책의 핵심인 푸앵카레가 제시한 문제는 '3차원 다양체가 3차원 구와 위상동형이 되지 않을까?'라는 것인데, 이 질문 자체가 이해하기 매우 어렵다. 때문에 책에서는 '한 3차원 공간에 있는 물체에 줄을 둘러 그 줄이 물체를 벗어나지 않도록 완전히 회수할 수 있으면 그 물체는 원구인가?'라고 풀어서 설명하고 있다.

다시 설명하자면, 마젤란이 지구를 돌고 왔을 때 모두 지구가 둥글다며 환호했지만, 푸앵카레는 고개를 흔들었다. 배에 밧줄을 달고 지구를 한 바퀴 돈 뒤에 밧줄을 끌어당겼을 때 어디에도 걸리지 않고 당겨진다면 지구는 둥근 것이 맞지만, 밧줄이 어딘가에 걸린다면 지구는 구형이 아니라 도넛 모양일 수도 있다는 것이다.

핵심은 '우주가 둥글다는 가정하에 우주가 둥글다는 것을 수학적으로 풀어내라.'라는 것인데, 이는 수학자들에게 커다란 숙제가 되었다. 이 문제를 풀기 위해 수많은 수학자들이 좌절을 겪었다. 그런데 100여 년 만에 페렐만이라는 러시아 수학자가 나타나 푸앵카레 추측을 증명하였다. 그는 수학계의 가장 권위 있는 상인 필즈상과 100만 달러의 상금을 받을 수 있는 기회를 얻게 되지만, 이를 모두 거절했다.

푸앵카레와 페렐만은 어떤 사람이었을까? 푸앵카레는 감기 증상까지도 그래프로 그리는 버릇이 있었다고 하고, 페렐만은 무언가를 증명할 때는 논리적이지만 무언가를 발견할 때는 직관이 중요하다고 했다. 두 사람의 공통점은 수학, 생물학, 물리학, 철학 등 다양한 학문에 관심을 가졌다는 것이다.

푸앵카레가 문제를 제시했던 100여 년 전 학자들은 미적분을 사용하여 도형 및 공간의 성질을 연구하는 학문인 미분기하학으로 이 문제를 해결하려 했지만, 결과는 실패였다. 20세기가 되자 수학자들은 이 문제를 '토폴로지'라는 위상기하학으로 풀려고 했다. 기존 기하학에서는 삼각형, 사각형, 원이 전혀 다른 도형이지만, 위상기하학에서는 모두 같다. 도형을 가위로 자르거나 붙이지 않고 주물러 비슷한 모양으로 만들 수 있다면 모두 같은 도형, 즉 위상동형이라는 것이다.

위상기하학에서는 구멍의 개수가 중요하다고 한다. 접시, 숟가락은 구멍이 없으므로 하나의 '구'이고, 컵과 도넛은 하나의 구멍이 있으므로 같은 모양이다. 기존의 수학이 쇠로 되어 있다면 위상동형은 고무로 되어 있다고 보면 될 듯하다. 20세기에 학자들은 위상기하학으로 우주의 모양을 여덟 가지로 축출하는 큰 업적을 이루었지만, 푸앵카레 추측을 풀기에는 실패한다. 이 여덟 가지를 '기하화 추측'이라고 한다.

푸앵카레 추측은 1851년에 발표된 허먼 멜빌의 소설 《모비 딕》에 비유될 정도로 많은 수학자들이 빠져나오기 힘들었다. 이때 페렐만은 존재하는 모든 형태를 잘라내고 부드럽게 마감 처리한 후 여덟 개의 형태로 표현하여 기하화 추측을 증명하고, 우주가 둥글다는 가설을 기하학이 아니라 미적분을 포함한 물리학 등을 활용하여 수학식으로 풀어냈다. 이러한 페렐만의 풀이를 보고 이 문제를 고차원적으로 풀어내려 노력한 학자들은 자신들의 헛수고를 탄식했다고 한다.

다만 아직도 우주의 모양에 대한 의문은 풀리지 않고 있다. 학자들은 우주가 최대 여덟 종류의 서로 다른 단편으로 성립되어 있을 것이라 생각하며, 세상에는 둥근 것보다 그렇지 않은 것이 더 많다고 한다. 하나는 둥근 형태이고, 그 외에는 도넛처럼 둥글지 않다고 보고 있다.

그런데 페렐만은 왜 필즈상을 거부했을까? 그는 자신의 논문이 증명된 것만으로도 만족하며, 시상식에서 사람들의 구경거리가 되기 싫다고 했다. 세기의 난제를 증명한 수학자가 느끼는 희열은 돈과 명예에 비할 것이 아닌 듯하다. 참다운 학자의 모습이다.

페렐만은 현재 노모와 단둘이 작은 아파트에 살고 있으며, 나라에서 지원하는 실업수당으로 연명하며 4차원에 존재하는 형태가 몇 개인지 연구하고 있다고 한다. 그는 유명해지고 싶어서 연구하는 것이 아니라, 연구 그 자체가 좋아서 하는 것이다. 페렐만의 이러한 모습은 푸앵카레가 남긴 말에서도 찾을 수 있다.

"과학자가 자연을 연구하는 이유는 쓸모 있기 때문이 아니라 아름답기 때문이다. 만약 자연이 연구할 가치가 없다면 우리의 인생 또한 살 가치가 없을 것이다."

**생각 나누기**

1 푸앵카레가 제시한 100년의 난제는 무엇인지 요약하고, 페렐만은 이를 어떻게 해결했는지 말해보자.

2 학자들은 푸앵카레 추측을 위상기하학으로 풀어내려 했다. 위상기하학이란 무엇인지 간단히 말해보자.

3 페렐만이 필즈상을 거부한 이유가 무엇인지 이야기해 보자.

# 원숭이도 이해하는 자본론

임승수

자본가의 이윤은

노동자의 시간과 땀에서 나온다.

'마르크스'라는 이름을 거론하기도 어려운 시절이 있었는데, 현재 그의 저서 《자본론》은 대한민국 사회에 지대한 영향력을 미치는 책 중 하나로 꼽히고 있다. 과연 어떤 매력을 가지고 있는 책일까 궁금했는데, 저자 임승수가 《원숭이도 이해하는 자본론》이라는 책으로 마르크스의 《자본론》을 쉽게 풀이했다 하여 독서 모임에서 읽게 되었다. 마침 교육청에서 저자를 초빙하였다는 소식이 들려 반가운 마음에 회원들과 함께 강연에 참석했다. 수줍음 많은 시골 총각 같은 저자는 서울대학교에서 공학을 전공했지만, 세상이 올바르게 바뀌지 않으면 공학도로서도 행복할 수 없다는 사실을 깨닫고 인문학 공부를 하고 있다고 말했다. 강연은 아내와 공동 집필했다는 《세상을 바꾼 예술 작품들》에 대한 이야기가 주를 이뤘고, 《원숭이도 이해하는 자본론》에 대해서는 시간을 조금밖에 할애하지 않아 내 독후 활동과 비교할 수 없어 아쉬웠다.

《원숭이도 이해하는 자본론》은 저자가 자본주의의 본질을 이해하고 새로운 대안을 고민해 보자는 의미에서 마르크스의《자본론》을 교사와 학생의 문답식으로 풀어낸 책이다. 자본주의 내에서 왜 빈부 격차가 더 심해지는지, 노동자는 쉴 틈 없이 피땀 흘려 일하는데 왜 생활은 점점 더 어려워지는지, 그에 반해 자본가는 왜 갈수록 더 많은 부를 누리게 되는지를 속 시원하게 알려주고 있다. 또한 이 책은 단순히《자본론》을 쉽게 해석하는 데서 끝나지 않고 미래를 예측하는 저자의 통찰도 엿볼 수 있다.

마르크스의《자본론》의 핵심은 노동자가 정당하고 성실하게 일하는데 점점 더 어렵게 사는 이유는 자본가의 착취 때문이라는 것이다. 빵을 만드는 데는 밀가루, 기계, 그리고 사람의 노동력이 필요하다. 여기서 밀가루와 기계는 불변자본이고 사람의 노동력은 가변자본인데, 기업은 가변자본인 노동력으로 돈을 번다. 예를 들어 노동자는 8시간을 일하는 것이 원칙이라고 생각하지만, 실질적으로 노동에 필요한 시간은 3시간이고 자본가는 노동자에게 3시간에 해당하는 임금만 지불하며 남은 시간의 노력은 자본가가 착취한다는 것이다.

자발적 착취의 강화 방법 중 하나로 성과급제가 시행되고 있는데, 이는 통제하지 않아도 성과급이라는 마법에 걸려 노동자들이 스스로 강도 높게 오래 일하게 되어 자본가 입장에서는 요술 방망이라고 한다.

전기가 없는 시대에 노예들은 밤이 되면 쉴 수밖에 없었지만, 기계가 도입되면서부터는 대량생산을 위해 살인적인 노동 착취에 시달렸다. 우리나라도 그러한 시절이 있었다. 노동 기준법을 위해 자신의 몸을 불사른 전태일 열사의 희생을 우리는 잊을 수 없다. 그러나 그것은 역사 속의 일이 아니다. 현재에도 여전히 진행형이다.

그러나 자본가의 입장도 마냥 낙관적이지만은 않다. 과거에는 경제 위기가 닥쳤을 때 먹을 것이 없어 굶주리는 상황이 발생했지만, 현재 자본주의에서는 먹을 것은 넘쳐나지만 창고에서 썩어가는 공황이 발생한다. 그 이유는 수요에 비해 상품이 과잉생산되기도 하고, 비정규직이 늘어나고 있기 때문이기도 하다. 비정규직은 임금을 적게 받고, 임금이 적으니 구매력이 떨어져 과소소비를 하여 공황이 발생하게 된다. 즉 자본가들이 비정규직을 선호하는 것은 제 무덤을 파는 일이라는 것이다.

또한 자본주의의 맹점은 자본가가 큰 수입을 올릴 수도 있지만, 반대로 파산할 확률도 매우 크다는 데 있다. 산업화 이후 자본가는 기계를 비싼 값에 사서 노동력을 줄였지만, 그 기계는 곧 보편화되고 노후되어 또다시 새로운 기계를 구입해야 하는 부담이 생겨 주저앉을 수도 있다. 그리고 자본가는 시장이 필요로 하는 수량을 내다보는 안목이 있어야 하는데, 이윤만 추구하다 보니 현재 시장에 얼마나 물건이 나와 있는지 파악도 하지 않고 과잉생산을 하기도 한다. 그 결과 실업이 증가하고 공황 상태에 이르게 된다.

마르크스는 공황 상태에 빠지지 않으려면 국가의 적당한 개입이 필요하다는 케인즈의 이론을 적극 옹호했을 듯하다. 반면 보이지 않는 손에 의해 경제가 돌아가기 때문에 시장에 오롯이 맡겨야 한다는 애덤 스미스의 이론에는 동의하지 않았을 것이다.

저자 임승수는 1장에서 12장까지는 자본주의의 병폐에 대해 쓴 마르크스의 《자본론》을 이해하기 쉽게 설명해 주고, 13장부터 15장까지는 자신의 의견을 주로 제시하고 있다.

13장에서 저자는 자본주의의 최고봉인 제국주의에 대해 신식민지 지배의 입장에서 살펴보면서 국제 금융 기구들인 WTO(세계무역기구), FTA(자유무역협정), IMF(국제통화기금)는 신식민지의 침략자라고 말한다. 1997년 우리나라가 외환 위기에 처했을 때 IMF는 돈을 빌려주면서 조건을 내건다. 공기업을 민영화하여 싼값에 중소기업을 인수했고, 노동 유연화로 비정규직을 엄청나게 양산했다. IMF의 의사 결정은 85%가 찬성해야 통과하는데, 미국이 16.74%를 가지고 있기 때문에 미국의 힘으로 결정되는 것이나 마찬가지라며 현재에도 제국주의는 엄연히 존재함을 말하고 있다.

14장에서는 국가가 폭력을 치안 유지라는 명목으로 독점한 후 합법적으로 행사했다는 것에 대해 이야기한다. 저자는 '작고 강한 정부'는 자본 앞에서는 한없이 작고, 노동자인 민중에게는 강하다고 말한다. 저자의 의견에 동의하지 않을 수 없다.

마지막 15장에서는 2007년에 저자가 직접 방문한 베네수엘라의 이야기를 통해 민중이 주인이 되는 세상에 대해 말한다. 여기서는 2006년 유엔에서 미국 대통령을 '악마'라고 당당히 말해 박수를 받은 차베스를 떠올리지 않을 수 없다. 베네수엘라는 세계 최고의 산유국이지만, 미국의 독점으로 빈곤으로 시달리던 나라다. 그는 대통령이 되어 무상 교육, 무상 의료와 같은 복지 정책을 실시하였고, 미국이 주도하는 세계 질서에 반대하였으며, 중남미 국가 간 석유 동맹, 남미 은행 등을 창설하면서 민중이 해방되는 세상을 꿈꿨다고 한다.

사회주의 이론의 선구자인 마르크스가 《자본론》을 썼다는 것이 예전에는 의아했었는데, 이 책을 통해 《자본론》이 자본주의의 맹점을 수식을 통해 객관적으로 제시했기 때문에 공산주의자들의 교과서로 쓰일 수 있었다는 것을 알게 되었다.

마르크스는 19세기 후반에 《자본론》을 썼기 때문에 21세기의 초현대적 상품, 눈에 보이지 않는 인터넷 속의 상품 등까지 넓게 보지는 못했을 것이다. 그러나 지금까지도 그의 이론이 회자되는 것은 현재에도 노동력의 착취로 자본가가 이윤을 취한다는 것은 달라지지 않았기 때문일 것이다. 소련에서도 마르크스의 이론을 제대로 정책에 반영한 지도자들이 있었다면 그의 이론은 더욱 빛을 발하지 않았을까 생각해 본다.

저자는 노동자에게는 지옥과도 같은 자본주의 사회를 바꿔야 할 충분한 이유가 있다고 말한다. 세상은 저절로 바뀌는 것이 아니라 사람이 바꾸어야 한다고 강조한다. 일한 만큼 인정을 받는 것은 내 자존감을 지키는 일이며, 내 자존감의 쟁취는 바로 나의 의무일 것이다.

### 생각 나누기

**1** 대한민국 사회에 큰 영향력을 미친 마르크스의《자본론》의 핵심이 무엇인지 말해보자.

**2** 국제 금융 기구에 대해 알아보고, 이것이 왜 제국주의의 침략 도구가 되고 있는지 말해보자.

**3** 민중이 주인이 되는 세상의 장단점을 생각해 보자.

**4** 마르크스 이론을 기저로 삼았던 소련이 붕괴된 이유를 말해보자.

# 과학 콘서트

정재승

복잡한 세상을 과학으로 명쾌하게 설명하다.

저자 정재승의 글을 마주한 것은 이번이 두 번째다. 예전에 《21세기를 사는 지혜, 배신》으로 토론했던 적이 있는데, 뇌과학자인 정재승이 보는 '배신'에 대한 의견은 신선한 충격이었다. 그때 우리는 어려운 과학의 세계를 일상생활 속으로 끌어들인 저자의 공로를 치하했었다.

과학의 대중화에 대한 저자의 노력은 이 책의 제목 '과학 콘서트'에서도 이미 드러나고 있다. 또한 총 네 갈래로 이뤄진 내용도 각각 음악의 빠르기말로 제목을 붙여 독자가 마치 콘서트장에 입장하는 듯한 즐거운 마음으로 과학의 세계에 발을 디디게 한다.

저자는 과학이란 거창하지도, 지나치게 어렵지도 않다고 이야기한다. 어렵게 접근하면 한없이 어렵지만 쉽게 접근하면 매우 쉽게 이해할 수 있는 것이 과학이며, 바로 우리의 삶 속에 과학이 녹아 있다는 것이다.

세상은 복잡하고 오묘하여 모든 것은 신의 뜻이라고 생각했는데, 저자는 당당하게 그 세상을 명쾌한 과학으로 증명해 보이겠다고 나선다. 그의 박학다식함과 독자를 끌어들이는 흡입력은 과학이 어려운 학문이 아니라 삶의 한 부분이라는 것을 드러내기에 충분했다.

**제1악장, 'Vivace molto(매우 빠르고 경쾌하게)'**

첫 번째 악장에서는 우리의 일상생활 중 우연으로 생각했던 것들을 확률로 계산하여 다루었다. 저자는 얼핏 들으면 맞는 거 같지만 교묘한 과학적 논리에 허점이 있는 것들을 짚어준다. 케빈 베이컨 게임, 머피의 법칙, O.J. 심슨 살인 사건, 토크쇼 방청객이 여자인 이유, 아인슈타인의 뇌를 제재로 하여 과학이라는 학문에 우리를 가볍게 동참시킨다.

케빈 베이컨 게임은 '여섯 다리만 건너면 세상 사람들은 모두 아는 사이'라는 것이다. 할리우드 배우들은 여섯 단계 내에 케빈 베이컨과 연결된다고 한다. 그러나 저자는 이 계산의 문제점은 지구라는 거대한 사회가 하나의 균일한 집단이며, 그 구성원은 거리의 제한 없이 인간관계를 맺고 있다는 가정이 전제되어야 한다고 설명한다.

머피의 법칙은 잘될 수도, 잘못될 수도 있는 일은 반드시 잘못된다는 이론이다. 일이 뜻대로 되지 않을 때마다 우리는 자신이 굉장히 재수가 없다고 여기지만, 사실은 샐리의 법칙보다 머피의 법칙이 적용될 확률이 과학적으로 훨씬 높다. 예를 들어 잼을 바른 식빵을 떨어뜨렸을 때 유독 잼을 바른 면이 바닥에 닿도록 떨어지는 것은 사람의 손 높이에서 토스트가 충분히 한 바퀴를 돌 만큼 지구의 중력이 강하지 않으므로 대부분 반 바퀴를 돌고 바닥에 닿게 되기 때문이다. 또 매장의 계산대에서 내가 선 줄이 늘 더 기다리는 것 같은 느낌이 드는 것도 마찬가지다. 계산대가 열 군데 있다면, 내가 선 줄이 가장 먼저 줄어들 확률은 당연히 10분의 1이다. 다시 말하면, 다른 줄이 더 먼저 줄어들 확률은 10분의 9이기 때문에 아주 운이 좋지 않다면 대부분 우리는 다른 줄이 먼저 줄어드는 것을 지켜보게 된다.

O.J. 심슨 살인 사건은 늘 남편에게 매를 맞으며 살던 아내가 죽은 사건이다. 범인이 남편일 확률은 무려 80%다. 그러나 그의 변호사는 "자신에게 불리한 증거를 가진 사람이 아무 죄가 없을 확률이 높다."라는 말장난으로 승소하였고, 남편 심슨은 무죄를 선고받게 된다. 확률에 관한 오해로 변호사의 말장난에 넘어가 살인자를 석방해 버린 것이다.

토크쇼 방청객이 모두 여자인 이유는 여성 방청객들이 남성 방청객들과 함께 앉아 있으면 웃음소리가 60%밖에 나오지 않기 때문에 여성들로 채우는 것이라고 하는데, 저자는 이 의견에 과학적으로 깊이 공감하지는 않았다. 또한 만리장성이 달에서도 보인다든지, 천재인 아인슈타인도 자신의 뇌를 15%밖에 쓰지 않았다는 연구 결과도 너무 편협하다고 보고 있다.

### 제2악장, 'Andante(느리게)'

이 악장의 부제는 '카오스와 프랙털'이라고 해야 할 듯하다. 카오스는 코스모스와 반대인 혼돈이고 프랙털은 세부 구조들이 끊임없이 전체 구조를 되풀이하는 현상, 즉 패턴이다. 세상은 무작위의 카오스로 보이지만 그 안에 프랙털을 이루고 있다고 한다. 'Andante(느리게)'라는 제목을 붙인 이유는 잭슨 폴록, 아프리카의 문화, 프랙털 음악, 심장의 생리학 등을 다루는 이 장에서는 진중하고 천천히 삶의 깊이와 문화를 알아가자는 의미인 것 같다.

전위 미술가이며 정신분열증 환자라고 치부되던 잭슨 폴록의 그림에는 모든 자연 현상에 본질적으로 들어 있는 특징 중 하나인 '카오스와 프랙털'이 놀랍도록 정교하게 들어 있다고 한다.

프랙털의 예로는 눈 결정의 육각형, 조개껍데기의 소용돌이, 브로콜리의 모양 등이 있다. 아프리카인들은 이 프랙털을 이용하여 고대부터 바람막이 천막 등을 만들었다고 한다. 아프리카 문화가 정교한 수학적 구조 위에 세워졌다는 것을 이제야 알게 되었다.

클래식이 지루하지 않은 것도 바로 프랙털을 이용하기 때문이라고 한다. 사람들은 자연과 가장 가까울 때 편안함을 느끼는데, 클래식에서는 가장 자연스러운 프랙털 효과를 이용하고 있기 때문이다. 바흐에서 비틀즈까지, 히트한 음악에는 공통적인 패턴 프랙털이 있다. 인간은 자연의 한 자락으로 살고 있음을 기억하고 삶의 깊이를 음미하자는 의미에서 저자가 이 파트를 'Andante(느리게)'라는 제목으로 설정한 것이 아닐까 생각해 본다.

**제3악장, 'Grave non tanto(느리고 장중하나 너무 지나치지 않게)'**

이 악장은 경제에 대한 이야기다. 경제란 석탄을 아끼는 데 있는 것이 아니라 그것이 불타고 있는 동안 시간을 효과적으로 이용하는 데 있다고 한다.

유명한 경제학자 애덤 스미스와 레옹 발라는 경제는 완전한 평형 상태에 놓이며, 공급과 수요가 일치하여 보이지 않는 손에 의해 조율될 것이라 말한다. 그러나 물리학자들은 애덤 스미스와 레옹 발라의 의견에 동의하지 않는다. 모든 경제 주체는 합리적이지 않으며, 개성과 특성을 가진 존재라는 것이다. 또한 현재의 금융 이론은 고도로 다양화되고 복잡한 경제 현상을 설명하는 데 심각한 한계가 있으며, 이를 해결할 물리학자들이 필요하다고 한다.

3악장은 돈과 관련된 이야기이기 때문에 가벼이 말할 수 없고, 쉽게 지나칠 수 없다. 저자가 'Grave non tanto(느리고 장중하나 너무 지나치지 않게)'라고 제목을 붙인 것은 이러한 이유 때문일 것이다.

**제4악장, 'Poco a poco Allegro(점차 빠르게)'**

네 번째 악장은 소음과 관련한 내용이 흥미롭다. 세포막에 전극을 꽂아 뉴런의 활동을 관찰하면, 미약한 신호와 함께 소음을 주입할 때 세포가 활발히 정보를 주고받기 시작하며 발화를 촉발한다고 한다. 적당한 소음이 있을 때 원신호가 더 잘 들리는 것이다. 그래서 학창 시절 독서실에서 공부를 할 때 레코드 가게에서 음악 소리가 나지 않는 날은 공부가 잘 되지 않았던 것 같다.

산타클로스 이야기는 정말 재미있다. 산타클로스가 아이들에게 절대로 선물을 줄 수 없다는 과학적인 증거를 제시한 것이다. 아이들에게 선물을 주기 위해 이동할 최단 거리의 경우의 수를 찾아도 무려 4900억 년이 걸린다고 한다. 산타클로스가 1년 내내 슈퍼컴퓨터를 끼고 계산하느라 머리가 성성해지지 않았나 말하는 저자의 말에 웃음이 난다.

반딧불이의 반짝거림과 여성의 생리 주기의 공통점도 새롭다. 시카고대학교의 교수는 여자들끼리 방을 같이 쓰면 생리 주기가 비슷해진다는 사실을 발견했는데, 이것은 거의 정확한 것 같다. 주변을 보면 자매들이 생리 주기가 비슷한 경우가 많기 때문이다. 반딧불이도 주기적으로 운동을 하다 어느 순간에 같은 박자로 운동을 하는데, 이렇게 동시에 같은 박자로 운동하는 현상을 '동기화 현상'이라고 한다.

저자가 연출한 과학 콘서트는 제4악장을 마지막으로 화려하게 막을 내린다. 그동안 어렵고 멀게만 여겼던 과학이 훌쩍 뛰어 내 옆에 다가온 듯하다. 콘서트장의 가수를 빛내기 위해서는 감독, 조명, 음악이 있어야 하는 것처럼 저자는 사회현상을 과학으로 증명하기 위해 수학, 의학, 심리학, 인문학 등을 동원했다. 거기에 살짝 얹힌 저자의 재치와 따뜻함은 덤이다. 과학이라는 학문으로 멋진 연주를 하고, 삶은 즐거운 과학적 사고라고 인식하게 해준 저자에게 찬사를 보낸다. 마지막으로 저자의 말을 인용하며 뿌듯한 마음으로 콘서트장을 나선다.

"복잡한 세상, 그 안에서 진정한 발견은 새로운 땅이 아니라 새로운 눈으로 보는 것이다."

**생각 나누기**

1 '과학'이라는 학문에 독자들이 쉽게 접근하도록 하기 위해 저자는 어떤 방법을 사용했는지 말해보자.

2 저자가 총 4장으로 이루어진 각각의 내용에 음악의 빠르기말로 제목을 붙인 이유가 무엇인지 말해보자.

3 제2악장에서 저자는 "바흐에서 비틀즈까지 히트한 음악에는 공통 패턴인 프랙털이 산다."라고 표현한다. 프랙털이 무엇인지 알아보고, 아프리카인들은 이 프랙털을 어떻게 이용하는지 말해보자.

# 다윈 지능

최재천

다윈의 진화의 개념은
우리 일상생활 곳곳에 있다.

예전에 〈개미와 말한다〉라는 글을 읽은 적이 있다. 과학이라는 학문과 영 친분이 없었을 때 알게 된 개미의 세계는 달나라 이야기만큼이나 신비로움 그 자체였다. 이번에 선정한 《다윈 지능》은 바로 〈개미와 말한다〉를 썼던 저자 최재천의 저서다. 그가 내게 또 어떤 흥미로운 이야기를 해줄지 책을 펴기 전부터 기대로 가득하다.

저자 최재천은 1953년생으로, 과학의 대중화에 앞장서는 학자로 유명하다. 그는 생물학자에서 출발하여 생태학, 진화심리학 등으로 학문의 범위를 확장하여 인문학과 자연과학의 통합을 꿈꾼다고 한다. 에드워드 윌슨의 《통섭》을 번역하여 '통섭'의 교수로도 알려져 있다.

《다윈 지능》의 주인공 찰스 다윈은 진화론의 선구자이며, 갈라파

고스에서 조류를 연구한 학자다. 다윈은《종의 기원》에서 한 조상으로부터 여러 종이 기원했음을 과학적이고 체계적으로 설명하여, 생물의 존재를 종교적 신념으로 이해하던 당시 사회에 큰 충격을 주었다.

다윈의 진화론은 자연선택론이다. 진화는 한 종에 속하는 개체 간에 변이가 존재하고, 그 변이 중에 환경에 잘 적응하는 개체가 살아남아 자손을 많이 남겨 자연적으로 선택된다는 이론이다. 진화는 진보와는 다른 개념이다. 진보는 목표가 있어 최상의 개체만이 살아남지만, 진화는 생존과 번식에 유리한 환경에서 변화하여 자연적으로 선택된다.

재미있는 것은 자연선택은 건강과 장수와는 상관없이 후세를 많이 낳는 유전자가 선택받는다는 것이다. 또한 암수가 있는 모든 생물들의 수정 과정은 쾌락보다 후세를 남기겠다는 의지가 더 강하다는 것도 흥미롭다. 하여 자신의 몸 일부를 구애 선물로 바치는 수컷들도 있다고 한다. 귀뚜라미나 베짱이는 교미 후 암컷에게 날개의 일부를 먹게 하고, 사마귀는 교미 중 자신의 머리를 통째로 바친다. 또한 수컷들의 재력과 권력은 암컷에게 매력적으로 작용하고, 침팬지나 고릴라 같은 유인원들은 무리 내에서 계급이 높은 수컷을 선택한다. 가을밤 귀뚜라미 소리는 암컷을 부르는 처절한 애모곡이며, 누룩뱀은 가끔 여장도 해서 다른 수컷들을 따돌린다고 한다. 기발하고도 신기하다.

도롱뇽은 암수가 직접 교미를 하지 않는다. 암컷을 유인하여 따라오게 하면서 정포(정자 보따리)를 떨어뜨리면 뒤에 오던 암컷이 이위를 지나며 그걸 몸속에 받아들여 수정이 이루어진다. 개중에는 구애 중인 암수 사이에 끼어들어서 앞의 수컷이 떨어뜨린 정포 위에 자신의 정포를 얹어 암컷이 결국 자기 정포를 취하게 만드는 얌체도 있다고 한다.

잠자리가 2인승 자전거를 타는 것처럼 꼬리를 물고 다니는 것은 다른 수컷이 자신의 정액을 암컷에게서 긁어내고 다시 사정할까 봐 암컷을 놓지 못하는 것이다. 상어는 암컷의 질 속으로 물을 뿜은 다음 자신의 정액을 주입한다.

놀랄만한 것은 일부다처제의 동물의 경우 짝짓기에 성공하는 수컷은 10% 내외라는 것이다. 따라서 수컷은 암컷의 선택을 받기 위해서는 아름답게 진화할 수밖에 없다. 수컷들이 모이는 곳에 암컷들이 오로지 짝짓기만을 위해 방문하는 곳을 '레크'라고 하는데, 암컷들이 레크를 찾는 이유도 오로지 수컷의 정자를 얻기 위함이라고 한다.

저자는 성(性)이 암수 둘로 나뉘지 않았음을 설명하기 위해 헤르마프로디토스의 이야기를 꺼낸다. 루브르 박물관에는 헤르메스와 아프로디테의 사이에서 태어난 젖가슴과 남성의 성기를 가진 헤르마프로디토스의 석고상이 있는데, 여남, 남녀추니, 어지자지 등으로 부르기도 한다. 현화식물(꽃이 피어 씨로 번식하는 식물)은 암수가 한 몸으로 태어나 꽃가루를 주고받는 역할이 끝나면 암술만 우뚝 서게 되며, 산호초 지역에 사는 물고기는 암컷으로 태어나 몸이 커지면 일부는 수컷으로 변한다. 산호는 성전환도 한다. 미국의 수확개미는 삼성(三性), 사성(四性) 체계도 있다고 하니, 자연계의 성(性)은 둘

이상일 수도 있다.

인간 외 다른 생물에게도 동성애가 존재한다는 이야기도 신기하다. 갈매기는 레즈비언 부부도 있는데, 암컷끼리 짝을 짓되 번식에만 수컷을 이용하여 엄밀히 말하면 양성애자로 볼 수 있다. 개미와 벌의 암컷은 암수 유전자의 교합으로 태어나지만, 수컷은 모두 미수정란(처녀생식, 무성생식)으로 태어난다.

저자는 리처드 도킨스의 진화의 역사에 공감한다. 도킨스는 "긴 진화의 역사를 통해 볼 때 개체는 잠시 나타났다 사라지는 덧없는 존재일 뿐이고, 영원히 살아남는 것은 바로 자손 대대로 물려주는 유전자다."라고 말하며 개체를 '생존 기계'라 부르고, 끊임없이 복제되어 후세에 전달되는 유전자, 즉 DNA를 '불멸의 나선'이라고 일컬었다. 저자는 이를 다음과 같이 정리한다.

각각의 생명체는 분명히 한계성을 지니지만 수십억 년 전에 태어나 아직 죽지 않고 살아 있는 DNA의 눈으로 보면 생명은 영속성을 띠고 있다. 지구의 생명의 역사는 DNA라는 매우 성공적인 화학물질의 일대기이며, 개체는 유전자의 전달을 위한 기계다. 저자는 생명의 역사는 곧 유전자의 역사라고 덧붙인다.

또한 저자는 '인간을 누군가 설계했다면 분명 그는 눈먼 시계공일 것이다.'라고 창조론에 반박한 도킨스의 의견도 전달한다. 오늘날의 생명체들을 보면 마치 숙련된 시계공이 설계하고 수리한 결과처럼 보이지만, 실제로는 눈먼 시계공이 나름대로 고쳐보려 애쓰는 과정에서 실패를 거듭하다 정말 가끔 요행으로 재깍거리며 작동하는 생명체를 얻어냈다는 것이다. 유전자를 일사불란하게 통제하는 일은 불가능하며, 다양한 형태로 발현된다는 이야기다.

저자는 도킨스의《이기적 유전자》가 하루아침에 자신의 인생관과 가치관을 송두리째 바꿔놓았다고 한다. 저자는 독자들에게《이기적 유전자》를 꼭 읽기를 권하며 아래의 글로 책을 마무리한다.

> "다윈의 진화론은 생물학의 범주를 넘어 우리들의 일상생활에도 폭넓게 영향을 미치고 있다. 진화의 개념을 통하지 않고서는 우리 삶은 그 무엇도 의미가 없다."

덧붙여 저자는 진화학자로서 혼란하고 당황스러울 때도 있었다고 말한다. 저자는 30년 이상 교회에 다니고 있는데, 자신이 연구하는 학문이 기독교의 창조론과 대조됨을 몸으로 느낀다. 그래서 '통섭'에 관한 연구를 하지 않았을까 생각된다.

종교와 과학은 그 본질적 성향 때문에 완전한 융합이 불가능하다. 그렇다면 둘 사이에 있는 담장의 높이를 낮춰 편안하게 오갈 수 있는 '통섭'은 가능하지 않을까. 저자는 이를 기대하는 마음으로 공부하고 있다고 한다. 또 영장류 연구소를 지어서 서로 다른 지역에 사는 침팬지를 데려와 다른 전통문화가 어떻게 전파되는지도 관찰하고 싶다고 한다. 언젠가 그의 바람이 꼭 이루어지기를 바란다.

저자가 친절하고 재미있게 풀어준 덕분에 생소한 지식을 기쁘고 즐겁게 받아들일 수 있었다. 학이시습지불역열호(學而時習之不亦說乎)라 했던가. 지금의 나이에도 여전히 앎에서 즐거움을 느낄 수 있다는 것에 감사하다.

## 생각 나누기

**1** 도서를 참고하여 진보와 진화의 차이를 정리해 보자.

**2** 도서를 참고하여 자연선택에 대해 정리해 보자.

**3** 저자는 리처드 도킨스의 어떤 이론에 공감하고 있는지 말해보자.

**4** 저자가 말하는 '통섭'이란 무엇인지 말해보자.

# 총, 균, 쇠

재레드 다이아몬드

인류 불평등의 원인
= 환경의 영향. 즉, 운!

2019년 말부터 세계적인 전염병이 세상을 뒤흔들고 있다. 중국 우한에서 처음 발생하여 확산된 코로나19는 전 세계를 공포의 도가니로 몰아넣었다. 지금 같은 혼란의 시대에 꼭 읽어야 할 책인 것 같아 재레드 다이아몬드의 《총, 균, 쇠》를 꺼내 들었다.

저자 재레드 다이아몬드는 1937년 미국 출신으로, 세계적인 문화인류학자이자 문명 연구가다. 케임브리지대학교에서 생리학 박사 학위를 취득하고 현재 캘리포니아대학교 로스앤젤레스 캠퍼스 지리학과 교수로 재직 중이며, 《총, 균, 쇠》로 퓰리처상을 받았다. 한국에도 자주 방문하여 한글의 우수성에 감탄했으며, 2019년에는 JTBC의 방송 프로그램에도 출연하여 일본인의 조상은 한국인이라고 주장했다. 그의 대표적 저서 《총, 균, 쇠》는 과학자의 입장에서 바라본 역사를 서술했다.

저자는 프롤로그에서 이 책을 쓰게 된 과정에 대해 말하고 있다. 저자의 뉴기니인 친구 얄리가 그에게 "당신네 백인은 그렇게 많은 화물(貨物)을 발전시켜 뉴기니까지 가져왔는데 어째서 우리 흑인은 그런 화물을 만들지 못한 겁니까?"라고 물었다고 한다. 이 책의 제목인 '총, 균, 쇠'는 바로 그 질문에 대한 대답이라 할 수 있다. 800페이지 가까이 되는 이 책의 결론은 문명의 발달 수준 차이는 각 지역이 가진 지리적·환경적 특징 때문이라는 것이다. 한마디로 '운'이라는 이야기다.

그동안 유럽인들이 세계를 지배한 이유는 인종의 우수성 때문이라고 인식하고 있었다. 그러나 이 책은 모든 인간이 특별히 더 잘나고 못난 것 없이 평등하며, 인종적 우월감이 터무니없는 것임을 알게 한다. 이와 더불어 저자는 인류 문명이 대륙별·민족별로 불평등해진 원인을 명쾌하게 분석하고 있다.

《총, 균, 쇠》는 총 4부로 이루어져 있다. 1부는 '인간 사회의 다양한 운명의 갈림길'이라는 제목으로, 인류가 유인원에서 분기된 700만 년 전부터 빙하기가 끝나는 13000년까지 인류의 진화와 역사를 설명하며, 아프리카에서 기원한 인류의 조상들이 대륙으로 퍼져나간 과정을 더듬는다. 13000년 전부터 현재까지 각 대륙의 환경과 역사의 과정은 폴리네시아섬이 모델이 된다. 폴리네시아인들이 태평양 일대에서 환경이 판이하게 다른 수많은 섬을 발견하고, 수렵부터 원시 제국에 이르기까지 각양각색의 사회를 이루게 되었음을 설명한다. 이후 스페인이 남미를 정복한 사건으로 이야기가 전환된다.

저자는 피사로가 잉카제국을 정복할 수 있었던 이유로 총과 쇠, 해상 기술, 중앙집권적 정치, 문자 등을 꼽고 있다. 잉카제국을 멸망시켰을 때, 이미 이전에 아즈텍문명을 침공했던 정보가 스페인에 있었다. 이 정보는 문자로 기록되었고, 문자가 있었기 때문에 지식 기반이 있었다는 것이다. 또한 문자가 발달한 곳은 어김없이 농경이 발달한 곳이다. 식량을 비축하고 빌려주며 기록을 해야 했기 때문에 문자가 필요했던 것이다.

이러한 지식을 기반으로 스페인은 말과 총, 쇠붙이를 사용하여 석기시대에 머물러 있던 남미를 정복할 수 있었는데, 완승할 수 있었던 것은 총과 쇠보다 훨씬 강력한 '균'이 있었기 때문이다. 초기의 유럽인들은 가축 등 동물에게서 발생하는 흑사병, 천연두 등으로 희생을 치렀지만, 그러면서 본인들도 모르게 전염병에 대한 면역력이 생성되었다. 이에 면역이 없어 전염된 아프리카인들은 속수무책으로 당할 수밖에 없었던 것이다. 이때 유럽인들의 총, 칼에 죽임을 당한 사람 수보다 전염병으로 죽은 수가 95%에 해당할 만큼 압도적으로 많았다.

2부는 '식량 생산의 기원과 문명의 교차로'라는 제목이다. 지배자와 피지배자가 생기는 직접적 요인은 식량 생산이라는 것이다. 유라시아는 채집에서 일찍 벗어나 농업이나 목축으로 먹거리를 해결할 수 있는 환경이 주어졌다. 아메리카도 부분적으로는 농사를 짓고 가축을 길렀지만, 환경적으로 유라시아는 가로(위도)로 길고 아메리카는 세로(경도)로 길어서 아메리카에서는 농업이 확산되지 않았고, 병원균에 대한 항체도 형성되지 않았다. 즉 나라가 가로로 길어 기후대가 비슷하면 농업 확산이나 기술의 교류가 쉽고, 반대로 세로로 길면 어렵다는 것이다.

당시 아메리카에는 가축이라고는 칠면조와 개밖에 없었다. 그러나 유라시아에는 말과 양, 소 등 13종의 가축성 포유류가 존재했다. 유라시아의 가축은 고기와 유제품, 농경술과 운송 수단으로 다양하게 쓰였고, 잉여 식량의 저장과 운반에도 도움을 주었다. 또한 가성비 좋은 쌀과 밀 등 키우기 좋은 농작물들도 많았다. 그래서 비옥한 초승달 지역(티그리스강과 유프라테스강)과 중국에서 농업과 가축화가 먼저 일어났다. 결국 유라시아 사람들이 똑똑해서가 아니라 환경이 좋았다는 것이다.

그렇다면 유럽보다 문명이 일찍 일어난 중국이 왜 아메리카를 발견하지 못했을까? 저자는 이 질문에 중국은 이미 통일국가를 이루어 자국의 기술 유출을 막기 위한 쇄국정책을 펼친 반면, 분열된 유럽은 부족함을 메우기 위해 다른 나라를 기웃거리다 운 좋게 아메리카 대륙을 발견한 것이라고 이야기한다.

2부에 포함된 내용 중 제9장의 제목은 '선택된 가축화와 안나 카레니나의 법칙'인데, 꽤 흥미롭다. 톨스토이의 소설《안나 카레니나》에서 안나는 모든 것을 갖춘 듯 보이지만, 채워지지 않은 마음 한구석의 공허함으로 자살을 한다. 저자는 모든 걸 갖추었어도 가축화로 선택되지 않은 상황을 '안나 카레니나의 법칙'으로 보았다. 톨스토이도《마태복음》의 '부르심을 받은 사람은 많지만 뽑히는 사람은 적다.'라는 부분에 찬동했을 거라는 저자의 재치가 재미있다. 가축화된 동물은 뽑히는 데 성공한 셈이다.

저자는 안나 카레니나의 법칙에서 한 걸음 더 나아가 "흔히 성공의 이유를 한 가지 요소에서 찾으려 하지만, 실제 어떤 일에 성공을 거두려면 수많은 실패의 원인을 피할 수 있어야 한다."라고 말한다.

2부의 핵심은 한마디로 식량 생산의 기원과 문명의 교차로로 선택화된 가축화와 역사의 수레바퀴가 각 대륙의 축을 중심으로 회전했다는 이야기다.

3부는 '지배하는 문명, 지배받는 문명'이다. 유라시아에서는 조밀한 인구로 가축을 기르는 대가로 세균이라는 사악한 선물을 받는다. 유라시아의 병원균은 아메리카 원주민과 비유럽인들을 총기나 철제 무기보다 훨씬 많이 죽게 했다.

정착 생활을 하고 식량이 남게 되자 정치가 발생하고 관료가 생기게 된다. 수렵 생활을 할 때는 비교적 평등했으나, 식량을 생산하는 사회가 되고 중앙집권 체제를 이루면서 문자를 중심으로 지식 기반을 갖추고 지배하는 문명을 이루게 되었다는 이야기다. 농사와 가축화가 쉬웠던 유럽과 아시아에 비해 그렇지 못했던 아메리카는 지식 기반이 마련되지 않아 지배당할 수밖에 없는 처지에 놓이게 된 것으로 보인다.

3부에서는 정복의 궁극적인 원인이 식량 생산과 각 사회 사이의 경쟁 및 확산임을 말하고, 병원균, 문자, 기술, 중앙집권적 정치조직 등 정복의 직접적 요인들이 생겨났음을 이야기하고 있다.

마지막 4부는 '인류사의 발전적 연구 과제와 방향'이라는 제목이 붙었다. 과거 하나의 대륙이던 오스트레일리아와 뉴기니섬의 역사를 통해 수렵 채집민부터 원시 제국에 이르기까지 여러 사회의 모델을 볼 수 있다고 한다. 얼마 전까지만 해도 뉴기니인들이 대부분 식량 생산자가 된 반면 오스트레일리아 원주민들은 채집민으로 남아 있었다고 한다. 유럽이 남북아메리카를 정복할 수 있었던 것도 가축화와 작물화가 가능했던 동식물, 병원균, 인간이 살기 시작한 시기, 대륙 축의 방향 등의 차이에서 비롯되었다.

아프리카에는 왜 흑인이 많은가에 대해 저자는 아프리카와 아메리카의 모든 요인이 달랐기 때문이라고 말한다. 유럽이 아프리카를 정복한 후에도 아프리카 남단을 제외한 사하라사막 이남에는 유럽인 정착촌을 퍼뜨리지 못했다. 그런데 그보다 더 중요한 것은 아프리카 내부에서 대규모 인구 이동, 즉 반투족의 팽창이 있었다는 것이다. 출산율이 높은 반투족은 용감하고 진취적이어서 아프리카만이 아니라 태평양까지 진출하였다. 현재 아프리카 사하라 이남 지역의 대부분은 반투족이 차지하고 있다.

4부에서는 대륙 간 불균형 이론과 원주민들이 낙후된 원인을 설명하며 과학으로서의 인류사의 미래에 대해 말하고 있다.

이 책을 통해 저자는 유럽인들이 세계를 정복할 수 있었던 요인들, 즉 군사기술, 균, 해양 기술, 중앙집권 체제 등이 왜 유럽에 편중되어 있었는지 설명하였고, 무기, 병균, 금속이 어떻게 인류 문명을 바꾸었는지를 이야기했다. 그리고 각 대륙마다 다른 속도로 진행된 인류의 발전은 생물학적 차이가 아니라 환경의 차이 때문이라는 것을 반복하여 강조한다. 좋은 환경을 만난 서양인들은 운이 좋았다는 이야기다.

《총, 균, 쇠》는 여러 가지로 생각의 변화를 가져왔다. 알게 모르게 유럽인들은 생물학적으로 우월하다고 생각하고 받아들였던 나는 무지의 깨달음으로 크게 충격을 받았다. 저자는 자신의 주장에 정확한 근거를 제시하며 논리를 전개하고 있어 수긍하지 않을 수 없었다. 굳이 이 책의 단점을 꼽자면 그 근거가 대단히 전문적이고 세밀한 나머지 분량이 너무 방대하고, 반복적인 내용이 많다 보니 독서가 지루한 감이 있다는 것이다. 더 많은 독자들에게 알려지면 좋겠는데, 접근성이 떨어질까 염려되는 부분이 조금 아쉽다.

### 생각 나누기

1 저자가 이 책을 집필하게 된 계기를 말해보자.

2 유럽인들이 세계를 정복할 수 있었던 요인들은 왜 유럽에 편중되어 있었는지 말해보자.

3 유럽보다 먼저 문명이 일어난 중국이 아메리카를 발견하지 못한 이유를 말해보자.

4 저자는 지배자와 피지배자가 생기는 직접적 원인이 식량 생산이라고 말한다. 식량이 풍부해짐에 따라 일어날 수 있는 변화는 무엇이 있는지 생각해보자.

5 저자가 이 책을 통해 뉴기니인 친구 얄리의 질문에 결국 어떻게 답하고 있는지 이야기해 보자.

# 코스모스

칼 세이건

창백한 푸른 점에 불과한 지구.
작고 연약한 지구를 소중히 다루자.

1980년, TV 화면에 나타난 휘황찬란한 별들의 세계가 안방을 넘나들었다. 칼 세이건은 그 신비로운 우주의 세계를 13부의 다큐멘터리로 제작하여 전 세계에 전파하면서 동시에 책으로 엮어냈다. 40년이 지난 지금도 여전히 《코스모스》는 스테디셀러 자리를 굳건히 지키고 있다.

《코스모스》는 1980년에 출간된 과학 서적이다. 칼 세이건이 이 책을 쓴 목적은 '새로운 것을 배우고자 하는 많은 사람들에게 과학적 지식을 쉽게 전달하기 위해서'라고 한다. 〈뉴욕 타임스〉의 베스트셀러 목록에 무려 70주 동안이나 올라갔으며, 미지의 학문으로 여겨지는 천문학을 대중에게 널리 알린 책이다.

저자 칼 세이건은 우크라이나 출신 이민 노동자의 아들로, 1934

년에 뉴욕에서 출생하여 1996년에 세상을 떠났다. 천문학을 공부하고 NASA에서 우주에 관한 연구를 했으며, 과학의 대중화에 많은 노력을 기울였다. 그의 부인 앤 드루얀은 칼 세이건의 학문적 동반자였으며 유명한 과학 저술가이자 과학 다큐멘터리 제작자로, 《코스모스》의 정식 후속작 《코스모스: 가능한 세계들》을 출간했다.

번역자인 홍승수는 《나의 코스모스》라는 책을 통해 "칼 세이건의 《코스모스》는 침묵하던 자연이 굳게 다문 입을 열어 자연의 속 사정을 우리에게 들려주게 했다."라고 말했다.

《코스모스》는 한마디로 서정과 서사가 어우러진 과학 서적이다. 총 13장으로 이루어져 있으며, 각 장은 《성경》, 《코란》 등에서 구절을 인용하거나 헉슬리, 뉴턴, 케플러 등 선대 학자들이 남긴 말을 시구처럼 인용하며 세계사와 인문학을 과학으로 연결한다. 전체적으로 상당히 흥미로우나, 학술적 이론이 나열되어 이해하기 버거운 부분도 있었다. 따라서 이 서평은 다섯 가지의 주제를 정해 감명 깊었던 부분을 중심으로 써나가려 한다.

첫째, 이 책은 지구는 우주의 변방에 있는 한 점에 불과하며, 인간 또한 보잘것없는 존재임을 말하고 있다. 우주의 나이는 '빅뱅'이라고 불리는 시점부터 약 150억~200억 년이 되었다. 우주가 처음 생겼을 때는 은하도 별도 없었으며, 불덩이만 그 공간을 채우고 있었다. 우주는 빅뱅에서 조화로운 코스모스로 이어지는데, 저자는 코스모스를 거대한 바다라고 본다면 지구는 바닷가라고 비유한다. 우주의 끝 구석 한 점에 불과한 지구, 그곳에 우리가 있다는 것이다.

1990년 2월 14일에 우주에서 지구를 찍은 사진이 도착했다. 이

사진은 1977년 발사된 보이저 2호가 태양계 외곽인 해왕성 궤도 밖에서 찍은 것으로, 칼 세이건의 주도로 실시되었다. 칼 세이건은 이 사진을 보고 '창백한 푸른 점'이라고 되뇌이며, 다음과 같이 말했다고 한다.

> "지구는 광막한 우주의 미아이며, 무수히 많은 세계 중의 하나일 뿐이다. 지구가 우리에게만 의미심장한 곳일지 모르지만, 어쩌랴 우리의 보금자리요 우리를 길러준 부모가 지구인 것을."

우리는 인간이 만물의 영장이며 우주의 모든 것은 지구를 위해 존재하는 줄로 알았다. 그런데 《코스모스》는 그러한 우리의 고정관념을 깨뜨리며 인간을 겸손하게 한다. 지구는 우주의 변방에 있는 하나의 푸른 점이며, 그 안의 인간은 찰나에 불과한 삶을 살고 있다는 것이다.

둘째, 이 책은 모든 만물의 진화론을 이야기한다. 칼 세이건은 다윈의 진화론을 확신하며 인간도 아주 작은 먼지의 생명체가 진화하여 생겼다고 말한다. 캄브리아 대폭발로 새로운 형태의 생물들이 속속 나타나 바다에서만 살던 식물이 서식지를 육지로 옮기기도 하면서 곤충이 태어나고, 양서류가 태어나고, 최초의 나무가 등장하고, 파충류가 공룡으로 진화하고, 포유류가 지상에 출현하고, 새와 꽃이 생겨나고, 1,000만 년 전에 인간과 비슷한 생물이 태어나고, 지금부터 겨우 수백만 년 전에 최초의 인간이 태어나게 되었다고 한다. 결국 동물인 나와 식물인 참나무는 조상이 같다는 이야기다. 단지 진화했을 뿐이다.

저자는 다윈 진화론의 기초인 자연선택설을 일본 헤이케 게의 이야기를 통해 설명한다. 숙적 겐지파와 전투를 벌이던 헤이케 사무라이 집안이 패배하여 바다에 몰살당하고 난 후, 그 바다에서 등딱지가 사무라이 모습을 한 게가 나타났다. 백성들은 헤이케 일파의 명목상 지도자이자 천황이었던 7살 소년 안토쿠를 기리기 위해 그 게를 먹지 않았고, 이 때문에 생존 확률이 높아져 그곳에서 헤이케 게가 많이 났다는 것이다.

식물과 동물의 형질은 유전되며, 인간이 동식물의 새로운 품종을 만들듯이 자연도 자연에 필요한 선택을 했을 거라는 저자의 말은 정확하다. 그러고 보니 우리도 인위적으로 자연선택을 하고 있다. 옥수수도 씨알이 크고 좋은 걸 골라 다음 해에 쓰고, 약한 것은 버리지 않는가.

또한 현재의 행성들도 충돌을 거쳐 자연선택의 과정에서 살아남아 태양계는 중년의 안정기에 들어섰으며, 지구에서 인류가 주인으로 군림하기 시작한 것은 최근의 일이라는 이야기도 이해가 된다. 우주의 그 많은 행성들도 환경에 맞지 않으면 사라졌고, 한때 번성했던 공룡도 지금은 지구에서 흔적조차 찾기 힘들다. 인간보다 몇 배가 큰 공룡이라도 자연선택에는 실패한 것이다.

셋째, 저자는 과학의 발전이 사회구조상 후퇴했던 것을 안타깝게 보면서, 과학은 신비주의와도 연관이 있다고 말한다. 과학은 고대 그리스 시대에 이오니아에서 시작되었고, 알렉산드리아 도서관이 과학 발전의 온상이었는데 지금은 남아 있는 것이 없다고 한다.

알렉산드리아 도서관에는 점성술에 대한 책도 많았을 것 같다. 점성술은 그야말로 미신이고 과학은 근거에 의해 얻어지는 결론이므로 점성술과 과학의 속성은 완전히 다른데, 당시 우주를 연구하는 과학자는 점성술사라고도 불렸다고 한다. 관찰로 별자리의 이동을 볼 수 있었으니 다음에 비가 올지 눈이 올지를 알아맞히는 것은 과학적 예측이었는데, 이를 점성술로 생각한 것이다.

천동설을 주장했던 프톨레마이오스는 별자리의 이름을 짓고 점성술을 완성했다. 그는 사람의 언행은 행성과 별의 영향을 받으며 외모와 선천적인 장애조차도 별의 다스림을 받는다고 주장했다. 독일의 종교개혁가이자 신학자인 마르틴 루터는 지동설을 주장한 코페르니쿠스를 '멍청이', '벼락출세한 점성술사'라고 말하며 "성서에 분명히 쓰여 있듯이 여호수아가 멈추라 명한 것은 태양이지 지구가 아니다."라고 했다. 이러한 믿음은 중세 지식인들의 발전적 생각을 저해했다.

칼 세이건은 케플러를 인류사에서 마지막으로 나타난 과학적 점성술사이면서 우리가 만난 최초의 천체물리학자라고 말한다. 케플러의 공상과학소설 《꿈》에는 지동설을 주장하는 내용이 포함되어 있다. 케플러는 지구에 적용되는 측정 가능한 물리법칙이 천체에도 똑같이 적용된다는 점을 간파하여 천문학은 물리학의 일부라고 단언한다. 그가 일생을 바쳐 추구한 목표는 행성의 움직임을 이해하고 선상의 조화를 밝히는 것이었는데, 이것은 이후 뉴턴의 연구를 통해 나타났다.

넷째, 저자는 우주에 대한 관심의 역사를 설명하며 인류가 협동하여 우주를 항해하자고 제안한다. 그러면서 인류가 우주에 대해 연구하고 노력한 흔적들을 나열한다.

뉴턴은 혜성을 매우 찌그러진 타원궤도를 그리는 일종의 행성이라고 증명하며, 혜성을 둘러싼 미신 같은 요소를 모두 제거하고 혜성 운동의 규칙성을 제시한다. 그러자 그의 친구 핼리가 76년마다 나타나는 혜성이 모두 같은 것이라는 것을 밝힌다. 이후 그 혜성은 '핼리혜성'이라 불리게 되었다.

허버트 조지 웰스의 《우주 전쟁》이라는 공상과학소설은 지구보다 진보한 과학 기술을 가진 외계의 침공을 소재로 하고 있다. 공상과학소설의 원조로 불리고 있는 이 소설을 통해 조지 웰스는 문학의 범위를 우주까지 확장한다.

퍼시벌 로웰은 하버드대학교에서 천문학을 공부하였으며, 행성의 본질과 진화, 우주의 팽창에 관한 추론, 명왕성의 발견 등의 업적을 남긴다. 명왕성의 이름은 퍼시벌 로웰의 머리글자인 P와 L을 합한 것이라고 한다. 그러나 로웰의 최대 관심사는 화성이었다. 그는 화성을 메마르고 쇠락한 사막의 세계로 그렸으며, 운하가 있을 것이라 주장했으나 운하망은 발견되지 않았다. 만약 로웰이 말한 운하망이 화성에 존재한다면 지적 존재가 그곳에 있다는 결론에 다다를 수 있다. 그러나 징후는 발견되지 않았다.

인류의 호기심은 지구와 가장 유사하며 직접 관측이 가능한 화성으로 옮겨갔다. 화성은 지구에서 그 표면을 관측할 수 있는 가장 가까운 행성으로, 얼음으로 뒤덮인 극관과 구름, 흙먼지의 광풍, 24시간 주기의 하루가 지구와 비슷하다. 이러한 이유로 화성은 우리가 이주할 수 있는 가능성이 가장 높은 천체다.

1976년 무인 우주선 바이킹 1호가 화성에 착륙해 지구로 화성의 사진을 전송했는데, 사진 속의 화성은 지구와 크게 다르지 않았다. 바이킹 착륙선에서는 흙을 채취한 후 지구에서 가져간 무균 용액과 혼합하여 실험을 했는데, 큰 성과는 없었지만 과학적으로는 소득을 거둬들였다고 한다. 화성의 생명 존재 유무에 대한 연구는 오늘날까지 계속되고 있다.

끊임없는 인간의 호기심과 모험심은 또다시 보이저호를 출항시킨다. 칼 세이건은 목성을 별이 되려다 실패한 비운의 천체라고 보고, 가상의 항해일지를 작성한다. 그 내용은 다음과 같다.

> 목성: 엄청난 기후 변화. 태양계 모든 행성의 질량을 다 합해도 목성의 질량의 절반에도 못 미침. 산, 화산, 강이 없고, 대기의 경계도 없으며 엄청난 가스와 구름의 층으로 10시간도 채 안 되어 한 바퀴를 돌았다.

저자는 인류가 우주를 알기 위해 노력한 성과를 이야기하며 온 세계가 협동하여 우주를 항해하자고 한다. 인류의 파멸로 몰고 가는 전쟁의 기술에 몰입하지 말고 우주로 나아가는 데 세계가 연대하자는 것이다.

다섯째, 저자는 작고 여린 지구를 사랑하자고 강조한다. 상상하기 어렵겠지만 우리는 별에서 왔으며, 별의 자녀임을 인식하고 우주의 창백한 푸른 점인 우리 지구를 아끼자고 말하는 것이다. 현재까지 인간의 눈이 닿은 우주 공간 내에는 지구만큼 인간에게 적합한 환경을 가지고 있는 곳이 없다. 제2의 지구는 목성과 같은 가스형 행성이 아닌 암석형 행성이어야 하고, 물이 액체 상태로 존재할 수 있어야 하며, 대기를 잡아두고 생명체가 살기에 적당한 중력을 유지할 수 있어야 한다. 인류는 광활한 우주 공간 너머로 계속 시야를 확장하고 있고, 그 수많은 행성 중 몇몇은 인간이 살아가기 위한 필요조건을 충족할 수 있을지도 모른다. 실제로 화성은 생명체가 살고 있을지도 모른다는 희망을 품게 했다. 그러나 그러한 막연한 기대로 우리가 오랜 세월 살아온 지구의 가치를 망각해서는 안 된다. 지금부터라도 지구가 더 이상 다치지 않도록 애정을 쏟아 잘 보존하는 것이 미지를 개척하는 것보다 현실적인 방안이다.

글을 마무리 지으며 지구의 소중함을 자주 상기하고, 그 아름다운 푸른빛을 지키기 위해 고민하고 실천해야겠다는 다짐을 해본다.

"우리는 코스모스에서 나왔다. 그리고 코스모스를 알고자, 더불어 코스모스를 변화시키고자 태어난 존재다. 알고 보니 지구는 참으로 작고 참으로 연약한 세계다. 지구는 좀 더 소중히 다루어져야 할 존재인 것이다."

### 생각 나누기

1 다큐멘터리 〈코스모스〉를 찾아보고, 책과 어떤 차이가 있는지 이야기해 보자.

2 저자는 다윈의 진화론을 확신하고 있다. 책을 참고하여 그 예시들을 찾아보자.

3 과학이 신비주의, 점성술과 관련이 있었음을 알 수 있는 사실들을 더 찾아보자.

4 현재 인류는 우주에 어떤 가능성을 기대하고 있는지 말해보자.

5 저자가 이 책을 쓴 궁극적인 이유는 무엇인지 생각해 보자.

# 사피엔스

유발 하라리

농업과 과학의 발전으로
우리는 행복한가에 대한 질문이다.

"From one sapiens to another(한 사피엔스가 또 다른 사피엔스에게)." 유발 하라리가 나에게 주는 친필 사인이다. 비록 인쇄된 것이지만, 묘하게 기분이 좋다. 몇 년 전 독서 모임에서 언급된 뒤로 곧장 읽어야겠다고 마음먹었으나, 이제야 펼치게 되었다.

한마디로 놀라운 책이다. 저자는 아주 작은 나라의 소소한 역사와 신화까지도 꿰뚫고 있다. 예루살렘 히브리대학교에서 역사학 교수로 재직 중인 그는 1976년생으로, 40대의 젊은 나이인데 배경지식은 타의 추종을 불허한다. 그 놀라움 속에 세계의 역사는 과학과 어우러지며 서사로 진행된다. 이 책은 매우 전문적이고 구체적이지만, 그 내용을 지루함 없이 전달하는 묘한 힘이 있다.

저자는 서두에서 이 책의 주제를 요약해 말하고 있다. 약 7만 년 전에 호모사피엔스에 의해 정교하게 만들어진 문화의 과정을 '역사'라고 하며, 이 역사를 형성하는 것은 인지혁명(7만 년 전), 농업혁명(1만2천 년 전), 과학혁명(500년 전)이라고 한다. 저자는 이 세 혁명이 인간과 그 이웃의 생명체에 어떤 영향을 끼쳤는가를 살펴보는 것이 이 책의 책무라며, 구체적으로 근거를 제시하여 세 혁명과 인간의 관계에 대해 살핀다.

더불어 인류는 농업과 과학의 발전으로 많은 부를 축적하고 이에 따라 삶의 질이 향상되었는데, 역사가 전개됨에 따라 사람들은 과연 더 행복해졌는지를 화두로 던진다.

**인지혁명: 뒷담화에서 시작**

약 7만 년 전 호모사피엔스에게 새로운 사고방식과 의사소통을 할 수 있는 능력이 생기는데, 저자는 이를 '인지혁명'이라고 한다. 일반적인 사람들은 호모사피엔스에게 생긴 이 능력을 우연한 변이에 의해 생겼다고 생각하지만, 저자는 사피엔스 종이 불을 사용하여 음식을 먹으니 창자가 짧아져 뇌가 발달하고, 그로 인해 언어가 발달했으며, 그 언어를 통해 세상을 지배할 수 있었다고 설명한다.

여기에서 저자는 호모사피엔스의 출현에는 우리의 형제인 네안데르탈인, 호모에렉투스 등을 살인했던 불편한 사실이 있다고 한다. 관용은 사피엔스의 특징이 아니기 때문에 사피엔스는 네안데르탈인 등을 만나 역사상 최초이자 가장 심각한 인종 청소를 했을 것이라고 저자는 판단하고, 덩치가 훨씬 큰 네안데르탈인을 사피엔스가 이길 수 있었던 것은 바로 '뒷담화' 때문이었다고 이야기를 재미있게 풀어나간다.

그런데 뒷담화로 결속할 수 있는 규모는 그리 크지 않은데, 호모 사피엔스는 뒷담화의 임계치를 넘어 수억 명을 지배하는 제국을 건설했다. 이는 허구의 등장이 큰 몫을 했을 것이라고 한다. 언어로 인해 픽션을 창작하고 대규모로 협력하여 정보를 공유할 수 있는 허구의 세계는 더 확산되었다는 이야기다.

인간보다 훨씬 큰 동물들이 도태되고 인간이 만물의 영장으로 살아남은 이유를 자연선택으로만 생각했는데, 사피엔스는 뇌가 발달할 수 있는 구조였고 그에 따라 언어가 발생할 수 있었다고 저자는 설명한다. 개미도 호르몬을 통해 말을 하고, 동물들도 무리 내에서 의사소통을 하지만, 그들이 모여 있는 한정된 공간에서만 가능할 것이다. 그런데 사피엔스의 인지혁명은 어떤 경우에서도 찾아볼 수 없는 커다란 혁명이었다. 사피엔스는 현재 인터넷이라는 가상공간에서 세계가 하나로 뭉칠 수 있다. 사피엔스의 인지혁명은 언어를 통한 뒷담화와 허구를 창조하는 능력이라는 저자의 신선한 접근이 구체적이고 흥미로워 수긍하지 않을 수 없다.

### 농업혁명: 역사상 최대의 사기

저자는 농업혁명이 '역사상 최대의 사기극'이라는 재미있는 발상으로 문제를 제기한다. 농경 생활로 경제가 안정되기도 했지만 이는 소수의 엘리트만을 위한 것이고, 일반인들은 훨씬 더 노동에 찌들어 산다는 것이다. 그러면서 다음과 같은 근거를 제시한다. 250만 년간 사냥하고 채집하던 동식물은 스스로 자라고 번식하여 인간의 개입이 없었다. 그런데 1만 년 전부터 사피엔스의 생활은 수렵 생활에서 동식물을 조작하는 농업혁명으로 바뀌게 되고, 이로 인해 인간은 해가 뜰 때부터 해가 질 때까지 고된 작업을 반복한다. 덕분에 식량의 총량이 확대되니 인구는 폭발하고, 방자한 엘리트들이 속속 등장했다. 즉 작물을 기르는 행위와 가축화는 진화에 맞지 않는 선택이라는 것이다.

그런데 이 모든 것은 과연 누구의 책임일까? 범인은 바로 밀과 쌀, 그리고 감자다. 저자는 이 작물들이 호모사피엔스를 길들인 것이지, 호모사피엔스가 이 작물들을 길들인 게 아니라고 말한다. 정말 재미있는 표현이다.

인간이 농경 생활을 하며 길들이기 시작한 곡물과의 관계를 저자는 인간과 곡물 간의 '파우스트적 거래'라고 한다. 괴테의 《파우스트》에서 학자인 파우스트는 지식과 성과 권력이라는 욕망을 위해 악마와 영혼을 파는 거래를 하는데, 여기에 비유한 것이다. 그렇다면 인간은 곡물에 어떻게 영혼을 팔았을까? 인간은 무한한 욕구인 자본을 쟁취하기 위해 다른 사람을 착취하게 되니, 즉 곡물에 양심을 판 것이다.

이 파우스트적 거래는 곡물뿐만 아니라 동물과도 이루어진다. 인간은 길들이기 쉬운 동물을 골라 가축으로 만들어 더 순하게, 더 살찌게 한다. 현재 뉴기니 부족에게서 이루어진다는 가축 만들기는 듣기만 해도 살벌하다. 그들은 돼지 코에서 큼지막한 살덩이를 잘라내어 냄새를 못 맡게 하거나, 돼지 눈을 파서 앞을 못 보게 하는 방법으로 돼지를 길들인다. 현재 낙농 산업에서도 실시하는 방법 또한 잔인하다. 양, 암소의 젖이 많이 나오게 하기 위해 출생 직후 새끼를 도살하고 어미의 젖을 짜낸 후 다시 임신하게 하거나, 성체(成體)가 되기 전에 도살하여 부드러운 스테이크를 만드는 등의 방법이다. 이렇듯 사피엔스는 자본을 위해 영혼을 파는 행위를 무자비하고 과감하게 한다.

또 저자는 사피엔스의 잘못은 파우스트적 거래를 넘어 문자의 발명에도 있다고 말한다. 인간의 의식을 돕는 하인으로 일했던 문자가 지금은 반대로 인간을 지배하고 있다는 것이다. 저자는 고대에는 문자가 단순히 인간을 돕는 역할이었다며 이를 뒷받침할 자료를 제시한다. 역사상 최초의 문서로 발견된, 기원전 3400년경 "37개월에 걸쳐 보리 29086자루를 받는다. 서명자 쿠심"이라 새겨진 수메르 점토판, 색색의 끈을 매듭지어 수학적 데이터를 기록하는 '키푸'라는 문자 체계가 있는 잉카문명, 4천 년 전 학생이 기록한 일기를 통해 학교생활을 엿볼 수 있었던 메소포타미아문명, 이슬람이 유럽에 퍼뜨려 아라비아 숫자라고 알려진 인도문명 등이 그것이다. 저자는 컴퓨터로까지 영역을 넓힌 쓰기 체제가 인류를 죄다 쓸어버리려 한다며 걱정한다.

그리고 이 문자 체계의 고안과 더불어 인류를 대규모 협력망으로 묶은 것은 인간이 만든 '상상의 질서'라고 말한다. 이것의 예시로 저자는 인도의 카스트제도와 미국의 인종차별을 들고 있다. 특히 전 세계적으로 통용되는 최악은 바로 '성별'이라고 한다. 문화라는 이름으로 남녀의 역할, 권리, 의무를 규정짓는 것은 생물학적 범주인 성(性)과 구분되는 문화적 범주인 '젠더'라는 것이다. 그러면서 현재 동성애에 대해 이야기하는 것은 젠더 문화가 변하고 있는 좋은 징조라고 말한다.

나는 농업혁명에 대한 저자의 의견에 공감한다. 어느 머리 좋은 사피엔스가 농경 생활을 하다보니 우연히 다른 사람들과 가축들을 부릴 수 있다는 것을 알게 되어 이러한 생활양식을 정착시켰을 것이다. 그러니까 저자의 말대로 최초로 유목민을 정착시킨 그 머리 좋은 사피엔스가 최초의 사기꾼인 것은 맞다.

농업혁명을 통해 집단은 진화하고 소수의 엘리트는 부를 누리지만, 개개인에게는 끊임없는 노동과 희생을 요구한다. 현재 우리나라도 세계적인 위상이 높아졌고, '2021년 세계 경제력 순위'에 의하면 경제력도 세계 10위에 올라 있다. 이렇듯 대한민국은 외견상으로는 성공한 듯 보이지만, 그 이면에는 아직도 빈곤에 허덕이며 고통받는 어둠이 공존한다. 이 사실을 확인하며 농업혁명이 사기였음을 다시금 인지한다.

### 인류의 통합: 종교와 제국과 돈의 힘

인간 사회에 질서는 언제, 어떻게 생겼을까? 살아가면서 우리는 이런 의문을 가질 때가 많다. 저자는 최초로 등장한 보편적 질서가 경제적으로는 화폐의 질서, 정치적으로는 제국의 질서, 초인간적으로 종교의 질서라며, 눈에 보이지 않는 상상의 산물인 이 세 가지 보편적 질서가 인류를 통합한다고 설명한다. 보편적 질서란 '모두에게 두루 통하는 질서'라고 생각하면 될 듯하다.

먼저 화폐의 질서는 수백만 명의 사람들이 무역과 산업으로 협력하는 것에서 찾아볼 수 있다. 세계 화폐 총량은 60조 달러지만 주화 지폐 총량은 6조 달러인데, 나머지는 데이터화되어 컴퓨터 안에 숫자로만 존재한다. 저자는 실체도 없는 그 숫자에 수많은 사피엔스들이 인생을 걸고 있다고 말한다.

다음은 제국의 질서에 대한 이야기다. 사피엔스는 이야기를 만들어낼 수 있는 존재다. 그 이야기를 구성원들이 믿음으로써 문화를 만들어나간다. 종교와 경제가 어우러지고 권력이 합해지면 제국이 된다. 예전에는 다른 종들을 학살하며 제국을 건설했지만, 지금의 사피엔스는 문화를 통해 제국을 이루게 된다. 기원전 200년경 이래로 인간은 대부분 제국에 속해 살았고, 제국이 무너지면 또 다른 제국이 왔다. 미래에도 하나의 제국 안에 살게 될 가능성이 크며, 우리는 '지구'라는 제국으로 나가는 갈림길에 있다고 한다. 저자는 지구 제국은 특정 국가나 인종이 지배하는 것이 아닌 다인종의 엘리트가 통치하여 공통의 문화와 이익에 의해 지탱된다고 말한다.

돈과 제국 다음으로 강력하게 인류를 통합하는 매개체를 저자는 종교로 보며, 위대한 신들의 등장으로 가장 크게 지위가 격상된 것은 호모사피엔스였다고 한다. 저자는 세계의 종교사를 크게 두 가지로 본다. 일신교와 다신교를 말하는 일반 종교와 신을 섬기지 않고 자연의 법칙에서 탄생한 종교가 존재한다는 것이다. 바로 '이데올로기'라고 칭하는 자유주의, 공산주의, 자본주의, 민족주의, 국가사회주의를 말하는데, 여기에서는 인간을 숭배하기 때문에 인본주의적 종교로 설정한다. 쉽게 말해 세계의 종교는 신을 믿는 종교와 휴머니즘을 믿는 인본주의 종교 두 가지라는 이야기다. 재미있는 설정이다.

종교는 초자연적 질서와 불변의 법칙에 대한 믿음을 기반으로 한 인간의 규범과 가치 체계를 가지고 있다. 저자는 이런 면에서 공산주의는 이슬람교에 비교해도 손색이 없는 종교라고 말하며, 종교와 이데올로기의 공통점으로 경전과 예언서가 있다고 한다. 공산주의자들은 마르크스와 레닌의 복음을 전파했다고 하는데, 이것을 경전이라고는 할 수 있겠지만 예언서라고도 할 수 있을지는 조금 의문이다. 조금은 무리하게 근거를 끌어들였다는 생각이 든다.

저자로서는 종교라고 해도 될 정도로 이데올로기가 신념이 되어버린 세상을 비웃고 있는지도 모르겠다. 사실 제2차 세계대전이 끝나고 세계는 민주주의와 공산주의의 이데올로기 안에서 몸살을 앓았다. 미국 중심의 매카시즘, 우리나라의 반공은 어린아이들에게조차 뼛속 깊이 각인되었었다.

중요한 것은 어떤 일이 일어난 그 순간에는 그 일이 왜 일어났는지 그 이유를 설명하기 어렵다는 것이다. 지나고 나서 과거를 돌이켜보면 쉽게 보이지만, 그 순간을 살았던 사람들은 알 수 없다. 같은 맥락으로 앞으로도 최악의 경제위기가 올지, 최악의 기후위기가 올지 우리는 알 수 없다. 현재 인류는 '과학혁명'을 선택하여 나아가고 있는데, 이 선택이 잘한 것인지도 알 수 없다. 저자는 우리가 역사를 공부하는 것은 미래를 예측하기 위함이 아닌 시야를 넓히기 위함이라고 말한다.

### 과학혁명: 감성까지 과학의 지배를 받을 수 있다

저자는 과학혁명이란 지식혁명이 아니라 무지(無知)의 혁명이라는 발상을 한다. 과학혁명이 유럽에서 이루어진 이유는 첫째, 유럽 제국주의는 과학적·자본주의적 사고를 하면서 무지를 인정했기 때문이라는 것이다. 무지를 인정했기에 지식의 정복과 영토의 정복은 더 빠르고 긴밀하게 합쳐질 수 있었다. 또한 과학과 제국의 성공 뒤에는 자본주의가 있었다.

둘째, 유럽에는 신용이 있었다. 16세기에 스페인의 통치를 받던 작은 지방 네덜란드가 유럽에서 가장 부유한 나라로 부상한 비결은 바로 신용이었다. 반면 프랑스는 주가 조작으로 외국으로부터 신용을 잃게 되자 세금을 많이 걷으려 했다. 이에 국민들은 강제된 세금을 낼 수 없다며 신용받지 못하는 정부를 향해 혁명을 일으켰다.

유럽은 과학혁명으로 이득을 취한 부분도 많지만, 이면에는 자본주의의 커다란 단점이 내포되어 있다. 첫째, 자본주의는 성장이 최고의 선이 되지만 윤리적 제약이 없어 쉽게 파국으로 치닫는다. 콩고를 지배한 벨기에는 할당량의 고무를 채취하지 못한 콩고인의 손발을 잘랐다. 벨기에는 분명 자본의 성장을 이루었지만, 윤리가 따르지 않아 파국으로 치달은 경우라고 볼 수 있다.

둘째, 호모사피엔스는 환경을 필요에 맞게 변형하는데, 이는 지구온난화, 해수면의 상승, 오염 등의 심각한 결과를 초래하여 오히려 자신들의 생존을 위태롭게 할 수 있다. 이를 통제하는 유일한 방법은 생태계를 더욱 극적으로 조작하는 일인데, 이는 더 큰 혼란을 야기하고 결국 공동체가 붕괴되어 국가가 그 책임을 지게 된다.

저자는 지난 40억 년이 자연선택의 기간이었다면, 이제는 지적 설계(생명공학, 사이보그 공학, 비유기물 공학)가 지배하는 우주적인 시대가 열리려 하고 있다고 한다. 이는 마치 소설 《프랑켄슈타인》처럼 우월한 존재를 창조하려다 결국 괴물을 만드는 결과를 가져올 수 있으며, 우리의 질문은 '어떤 존재가 되고 싶은가?'가 아니라 '무엇을 원하고 싶은가?'가 될 것이라고 말한다. 섬뜩한 이야기다. 희망도 욕구도 자신의 의지가 아닌 기계가 정해주는 삶을 살지도 모른다는 의미다.

저자는 후기에서 7만 년 전 아프리카 한구석의 그리 중요치 않은 종의 하나였던 호모사피엔스가 오늘날에는 신이 되려 한다며, "이보다 더 위험한 존재가 있을까?"라고 말한다.

### 그리고 그들은 행복하게 살았다

이 책의 핵심은 사피엔스는 인지능력이 있어 서로 협력할 수 있었고, 농업혁명으로 제국을 만들 수도 있었으며, 과학혁명으로 기계에 의해 편리한 삶을 살고 있지만, 과연 행복한지를 되묻는 것이다.

조지 오웰의 《1984》와 올더스 헉슬리의 《멋진 신세계》를 읽으며 '설마 이런 세상은 오지 않겠지?'라고 생각했는데, 지금 이 순간에도 과학의 발달로 저자가 염려하고 있는 문제들이 여기저기서 드러나고 있음은 부정할 수 없는 사실이다.

저자는 내용 마지막 부분의 소제목을 '그리고 그들은 행복하게 살았다'로 정했다. 과학혁명으로 지적 설계의 시대가 오는 지금, 사피엔스의 행복은 이미 과거가 되어버렸다고 해석을 해야 할지 저자의 조언대로 살면 행복한 미래가 올 거라고 해석해야 할지 나는 난처한 상황에 빠지고 말았다. 그러나 현재를 살아가는 사람들이 과학혁명과 환경에 대해 충분한 경각심을 갖고 살아간다면 결국 행복하게 되리라는 희망적인 방향으로 해석하기로 했다. 왜냐하면 저자는 감각적인 쾌락보다 의미 있고 가치 있는 일을 한다면 좀 더 행복해지지 않겠느냐고 말하고 있기 때문이다.

《사피엔스》는 눈 깜짝할 사이에 변화하는 과학의 시대에 생각의 시간을 갖게 해준 책이다. 이 책을 통해 사람들은 무분별한 과학의 발전에 대해 많은 대화를 할 것이며, 좀 더 의미 있는 삶을 살기 위해 노력할 거라고 기대해 본다.

### 생각 나누기

**1** 유발 하라리는 호모사피엔스에 의해 만들어진 문화의 과정을 '역사'라고 말한다. 이 '역사'를 형성하는 세 가지를 본문에서 찾아보자.

**2** 덩치가 훨씬 큰 네안데르탈인을 사피엔스가 이길 수 있었던 이유가 무엇인지 말해보자.

**3** 저자는 "농업혁명은 역사상 최대의 사기극"이라고 말한다. 이 의견을 뒷받침하는 근거를 찾아보자.

**4** 이데올로기와 종교에 어떤 공통점이 있는지 찾아보자.

**5** 저자는 과학혁명으로 인간의 감정까지 조종당하며 사는 세상이 올지도 모른다고 말하면서, 내용의 끝부분을 '그리고 그들은 행복하게 살았다'라는 소제목으로 정했다. 저자의 의도가 무엇인지 생각해 보자.

재미있게 풀어본 56편의 독서

# 교사의 서평

**1판 1쇄 발행일** 2022년 7월 29일

**지은이** 최혜경

**발행인** 김학원
**발행처** (주)휴머니스트출판그룹
**출판등록** 제313-2007-000007호(2007년 1월 5일)
**주소** (03991) 서울시 마포구 동교로23길 76(연남동)
**전화** 02-335-4422 **팩스** 02-334-3427
**저자·독자 서비스** humanist@humanistbooks.com
**홈페이지** www.humanistbooks.com
**유튜브** youtube.com/user/humanistma **포스트** post.naver.com/hmcv
**페이스북** facebook.com/hmcv2001 **인스타그램** @humanist_insta

**편집책임** 문성환 **편집** 윤무재 **디자인** 박진영
**용지** 화인페이퍼 **인쇄** 청아디앤피 **제본** 민성사



ISBN 979-11-6080-878-0 03800